他有一座很大的宫殿。

殿内永远只有他一个人。

许多时候，他会懒散地窝在座椅上，漫不经心地让灯火忽明忽暗。

从头到尾，他都是一个人。

priest

女配不想让主角分手

上

漆瞳 著

国际文化出版公司
·北京·

他有一座很大的宫殿。

殿内永远只有他一个人。

许多时候,他会懒散地窝在座椅上,漫不经心地让灯火忽明忽暗。

从头到尾,他都是一个人。

女配不想让主角分手

全二册

目录

章节	标题	页码
番外	平行	267
章伍	移魂	205
章肆	铁梦	163
章叁	烧血	131
章贰	远行	055
章壹	反骨	001

章节	标题	页码
番外	平行	557
章拾	喧天	509
章玖	孤光	487
章捌	看佛	451
章柒	焚我	407
章陆	百年	309

章壹　反骨

一

沈挽情是被疼醒的。

此刻,她满身血污,浑身上下布满伤痕,甚至连经脉都受到损伤,稍稍动弹一下就能感受到那股钻心的疼痛,从指尖牵扯着全身直至五脏六腑。

行路途中,出现意外,连人带车一头冲下悬崖,她一睁眼就是这副遍体鳞伤的模样。

看这架势,命运堪忧。

但是人总得乐观一点,比如现在唯一值得欣慰的是,自己正躺在一个男人的怀中,而且是个酷哥,是那种笑一笑就能让无数女生高呼"我可以"的酷哥。

眼前这位酷哥眉目俊朗沉稳,举手投足间都带着些孤冷与清高,在垂眼看向她的时候,眼底似有冰雪消融,带着些温和清润,对她还挺温柔。

一路上,她都能听见他用微微颤抖的声音,不断喃喃道:"我不会让你有事的,放心,我不会让你有事的。"

感人肺腑——作为颜狗①,沈挽情觉得自己还不算特别亏。

塞翁失马,焉知非福?

捡了一条命不说,身边还多了个温柔体贴的小男朋友,这待遇,她觉得已经很不错了。

---

① 网络用语,指对于一切颜值高的事物毫无抵抗力的一类人。

002

"别动,画皮妖的妖力还残余在你体内。"这位酷哥语气中全是担忧,"挽情,你放心,我这就带你去找风谣情,她一定会救你的。"

风谣情?

沈挽情一个激灵,觉得这个名字有点耳熟:"风谣情?"

"你又在同她置气,"纪飞臣的语气似乎带着些无奈,"她是我的未婚妻,以后,你再不可以同她乱发脾气了。"

未婚妻?

沈挽情瞳孔一震。

敢情你不是我的小男朋友?

那你还和我搞得这么暧昧!

沈挽情觉得信息量过大,头痛欲裂,就连呼吸起伏过大,都能感受到撕心裂肺般的痛楚。

而就在这时,一块半透明的悬浮面板突然闪了出来,只有她能看见——

恭喜侠女成功匹配《反骨》小说中女配角系统。鉴于您被大千世界抽取进入该界面完成任务,路途凶险,本系统与您同在!希望您出色地完成任务,不负大千世界的期待。

"反骨""小说""风谣情"——这几个熟悉的词汇堆积在一起,终于让沈挽情如醍醐灌顶。

她看过这部小说。

这个故事发生在一个妖物横行的世界里,纪飞臣作为修仙世家纪氏的嫡长子,与玄天派掌门之女风谣情早有婚约。被封印已久的反派魔尊突然有了苏醒的预兆,妖魔趁着这一大好时机,在大陆横行作乱。为了维护世界和平,纪飞臣、风谣情迅速组成了降妖除魔小分队,一路打怪升级。

这听上去是个励志故事,但其实是披着励志小说外衣的爱情故事。

纪飞臣凭借个人魅力，一路上妖魔没除几个，反而接二连三地将各种性格的恶毒女配角全都收集齐了，并且留下无数"中央空调"[①]言论——

"她只是我的妹妹。"

"她只是我的同伴。"

"我怎么能抛下这样一个弱女子？"

……

风谣情差点儿一口血呕出来。

然后这对小情侣就开始分手、复合、误会、再分手，无限循环，结局是女主角以身祭剑，男主角含泪用女主角的灵魂和自己全部的修为封印了反派魔尊——一死一伤，完美结局。

而好巧不巧，沈挽情被分配的这个角色，就是这本书里纪飞臣收集的第一张女配角小卡片——"绿茶"[②]软妹，柔弱无骨款初级卡片。

她是纪氏收养的孤儿，同纪飞臣一起长大。纪飞臣只把她当妹妹，但"沈挽情"一心想做人家的小老婆，仗着"妹妹"的名号故意在风谣情面前对着纪飞臣撒娇亲昵，无所不为，还三天两头跑去风谣情房间放狠话，拐弯抹角地讽刺一通。

"沈挽情"除了给人添堵，一点实际用处都没有，而且最后还因为自己作，落了个走火入魔、被纪飞臣亲手封印的下场。

被分到这么个角色，沈挽情的咸鱼梦被毁了，但转念一想，带着系统，看来是"金手指"爽文标配了。她很有悟性地眨了下眼。一般这种情况下，她的任务是攻略男主角，或者攻略男配角，或者攻略反派大魔王，或者拆散男女主角，夺取他们的气运，然后完美逆袭。

---

① 网络流行语，多含贬义，指同时对两个或两个以上的异性散发着温暖与爱心的人，犹如将热风吹向所有人的中央空调。类似"花心大萝卜"。

② 泛指外貌清纯脱俗，在人前装出楚楚可怜、与世无争却多病多灾、多情伤感的样子，背后善于心计，玩弄感情的女人。此用法也经常被简称为"茶"。

不是,难度太大,你还配不上。

她怎么就配不上了?这破系统怎么还带挖苦人的?

她这张脸再怎么说也是被作者大费笔墨描写过的,还是被画皮妖看上,掳走想要扒皮的颜值。

主线任务:甜文执行计划。

应广大读者以及该界面百姓需求,本系统任务旨在阻止男女主角退婚或者分手,协助该界面达成美好结局。简单来说,就是把这部小说变成甜文。

目前进度:0。

沈挽情:我不干了。

她现在就在想,刚才那个画皮妖怎么没干脆利落地一口吃了自己?她千算万算,没算到自己的任务居然是当男女主角的心灵导师。换个人还好,自己这么个每天在风谣情面前晃悠,还一口一个"风姐姐怎么还不退婚"的"绿茶"女配角,不被女主角直接了当地活埋已经是奇迹。

支线任务:世界和平。

阻止本书最大反派谢无衍屠杀人界,挽救天下苍生。

目前进度:0。

沈挽情觉得这破系统就是想让自己送死。

如果说作者把所有的美好属性给了男主角纪飞臣,那么相对应地,就把所有的阴暗和暴戾属性,全都给了反派谢无衍。

在谢无衍眼里，人和妖没什么区别，就像解闷用的小玩意儿，想杀就杀，想留就留，屠戮人界也不过是一时兴起；他看上去一副温文尔雅、风度翩翩的样子，但在俯身对着你微笑时，还会面不改色地伸手捏住你的心脏。

沈挽情想象了一下自己被捏碎心脏的画面，觉得胸口隐隐作痛。

毁灭算了吧，谁爱完成任务谁完成。

原本就只剩下一口气的躯壳，差点儿被这巨大的打击刺激到昏厥。她思来想去，决定还是先睡一觉，等身体养好了再思索一下任务的事情。

然而刚一闭眼，她就突然想起什么，一个激灵又睁开眼睛——不行。不能睡，她差点儿忘记，现在是小说中第一个虐心的修罗场桥段。

"沈挽情"被画皮妖掳走，在生死攸关的时刻被纪飞臣只身救下，但因为晚到一步，她已经经脉全断，身受重伤，无力回天，虽然有他的灵力撑着，却不是长久之计，随时可能丧命。

纪飞臣侠肝义胆，也没觉察到"沈挽情"的心思，只把她当自己的亲妹妹，当然不能坐视不管，于是抱着人一路飞到女主角的玄天阁，恳求风谣情施药救人。

风谣情当时正因修炼反噬，撑着重伤的身体来见纪飞臣，结果看见人家抱着小情敌站在面前，险些一口血呕出来。

"续灵丹是玄天秘宝，不施外人。"

纪飞臣却不愿看自己的"妹妹"惨死，就这么抱着"沈挽情"在玄天阁前站了一天一夜。

风谣情于心不忍，还是忤逆家规，出手救人，但纪飞臣那日夜悉心照顾，并且以自己灵力相输的态度，像是扎在她心里的一根刺。而且"沈挽情"作为恶毒女配角，并没有半点感动的觉悟，反而仗着自己是伤者，故意在纪飞臣面前任性撒娇给风谣情看。

"我同纪大哥自小一起长大，关系当然是你无法比的。他嘴上说着只当我是妹妹，只不过是没想明白我于他的特殊性罢了。倘若换一个人受伤,你觉得他会劳心到这样的地步吗?"

风谣情果然被气到,直接上门退了婚。

纪飞臣的漫漫追妻之旅,从此开始。

回忆完这段剧情,沈挽情泪目了,如果真让纪飞臣这么抱着自己去玄天阁求药,原本就是零的进度,恐怕一眨眼就要变成负数了。

风声骤起,裹挟着气流擦过沈挽情的发间,青山隐于身后,眼前的浓雾逐渐消散开来。玄天阁高筑在顶峰之上,竹林环绕,一弯弦月悬于上空。

纪飞臣的御剑术已然登峰造极,不一会儿就能看见玄天阁的大门。

沈挽情攥紧拳头,提起一口气,忍着疼痛艰难起身,挣扎道:"放我下来,让我自己走。"

"画皮妖的妖力渗透你的五脏六腑,即使有我的灵力也无济于事。"纪飞臣只当她任性,叹了口气,无奈道,"挽情,不要闹,你身体禁不起折腾,自己走不了。"

"我不。"沈挽情倔强发言,"那我就亲自爬过去。"

纪飞臣皱眉,声音里也带了些警告:"听话。"

"我不听。"沈挽情说,"我比较叛逆。"

可恶。

如果不是为了讨生活,谁愿意这么辛苦?

二

但纪飞臣是谁?

作为一个温良恭谦、宅心仁厚,并且还稍微有点大男子主义的男主角,压根儿就没想过和只剩下一口气的沈挽情废话。对她的叛逆言论,纪飞臣半句话没说,腾出左手直截了当地点了她的睡穴。

沈挽情瞳孔一震:你要赖!

她一句"等等"堵在喉咙里还没说出来，意识便先一步陷入昏沉。

在彻底昏迷过去的前一刻，她终于意识到，阻碍自己完成任务的很有可能不是各式各样的男配角、女配角，而是纪飞臣这个憨八龟本人。

警告！警告！男女主角关系即将破裂，该界面虐心值推进：3%。

请宿主尽快采取措施。

目前主线任务进度：-2%。

沈挽情是被系统刺激神经的警报折腾醒的。

在意识逐渐恢复时，她脑袋里第一个想法是，这狗屁进度条居然还真的能扣成负数？

"你能为了她，在玄天阁和我耗上一天一夜，能逼着我忤逆家规出手救人。"而就在这时，一道含着些恨意的女声响起，字字泣血，"纪飞臣，你当真是在意她。"

听见这话，沈挽情心里凉了半截。

她一闭眼、一睁眼的工夫，这纪飞臣的半截身子都已经迈进"火葬场"①了。

正当她准备再装会儿还没醒、摸一下局势，顺便想想应对办法时，就听纪飞臣字正腔圆地开了口："阿谣，挽情于我而言，是无法割舍的……"

---

① 网络用语，源于"傲娇一时爽，追妻火葬场"。一般形容一开始男生对女生爱搭不理，最后为讨好女生做很多事情。后也用"火葬场"形容男生身处这种前后言行不一致的尴尬境地。

还挺感人……等会儿？住口！谁和你无法割舍了？

你先问问我啊！我可以割舍！我非常可以。

沈挽情一下子就清醒了。

她咬着牙，忍着太阳穴处撕裂般的疼痛迅速睁开眼，然后一个鲤鱼打挺直起身，开始非常刻意地剧烈咳嗽，试图打断纪飞臣的危险发言。

原本就经脉全损，她这么一咳，更是牵扯得浑身上下都在钻心地疼。

果不其然，纪飞臣的话音戛然而止，转而低下头看着怀里的人，声音带着些急切："你醒了？"

沈挽情抬头看了眼站在不远处顶着发红的眼眶看着自己的风谣情。作为作者极力花费笔墨描写的人物，她果然非常有那股光是站着就能被看出几分仙气与高傲的气质。

即使风谣情现在是难过的，却还是挺直后背，骄傲地抬起头，一滴眼泪都没掉，只是格外平静地看着两人的方向。

有大问题。

同为女人，沈挽情当然知道，当事人越是平静，这感情完蛋得就越快。

这么想着，她一咬牙，翻身从纪飞臣身上滚了下来，身体发软，重重地栽在了地上，一口鲜血直接喷了出来。这么一摔，仿佛五脏六腑都彻底移位，沈挽情抬起沾满血污的手捂住自己剧烈起伏的胸腔，努力平稳着自己的呼吸。

"挽情！"纪飞臣见状，眉头一皱，疾步上前。

"别过来。"沈挽情撑起身，艰难地厉声喊了句。

纪飞臣一愣，停住步子。

沈挽情深吸一口气，抬起眼睫看着风谣情，抽了抽鼻子，带着些哽咽的语调开口道："风姐姐，我不能死。"

风谣情眉头微蹙，却只是看着她，没有说一句话。

"那只画皮妖修为不浅，难查行踪，即使是纪大哥出手，也让她顺利逃脱了。不过画皮妖对自己相中的皮囊有近乎疯魔的执着，如果我不死，就可以当作诱饵引她前来，将她斩除。可如果我死了，谁都不知道画皮妖下一个选中的人会是谁。"

沈挽情气若游丝，却还是强撑着一口气，句句话戳在风谣情的软肋上："我可以死，但如果此妖不除，修为日益精进，到时候无数无辜人会因此丧生。风姐姐恐怕不愿意看到这一幕吧？"

其实这段剧情后面的确有，纪飞臣设计用"沈挽情"引来画皮妖然后将其斩除。不过因为这件事，他对"沈挽情"的亏欠心意更深。作为恶毒女配角，"沈挽情"当然立刻借势撒娇、委屈、流眼泪，扑进他怀里，因此还让女主角更加心灰意冷。

但这些好歹都是后话，她眼前还是得把这关修罗场渡过去。

果不其然，风谣情似乎被说动，垂下眼，眉头紧锁，似乎在思忖着利弊。

而就在这时，纪飞臣痛苦地开了口："挽情，你知道我绝对不会拿你做诱……"

"你会你会你会。"沈挽情一个激灵，立刻声嘶力竭地喊出这句话打断他，提着的一口气险些没了。

不愧是男主角，太正直了，直挺挺地将自己拼命往"火葬场"送。

沈挽情深吸一口气，一句话连个磕巴都不打："因为我知道，纪大哥深知风姐姐是和你一样心怀天下、舍小我为大义，而且宅心仁厚，对天下苍生有着包容和关爱之心的人，所以才带我来玄天阁求药的。"

她顺带还吹了一下彩虹屁[①]，夸赞了一下这对灵魂眷侣的绝美爱情。

纪飞臣双拳紧握，眼底看上去全是因为自己妹妹居然这样揣测自己的失落与痛苦，可他只是紧抿着双唇，一言不发。

[①] 网络用语，意为花式吹捧对方浑身是宝，全是优点。字面意思为就连对对方放的屁都能出口成章，能面不改色地将其称为彩虹。

沈挽情看他一眼。

好兄弟，我知道你善良。你就稍微委屈下自己，免得咱俩一前一后死在这修罗场上。

女主角果然是女主角，作为本着"大爱天下"思想的女主角，她几乎没有任何犹豫就判断出了利弊。

"来人，取续灵丹来，"风谣情说，"救人。"

立刻有人忧心忡忡道："可是……"

"即使有家规，我也不能将人命置于不顾。更何况，这还关系着百姓的安危。"风谣情声音坚定，"救人，长老若责罚，我一人担下就是。"

其实风谣情看得出来沈挽情是在演戏。

但无论沈挽情是不是为了能够活下去而花言巧语，对风谣情来说都无关紧要，重要的是，她说的话的确有道理。风谣情不可能为了个人恩怨，放任无辜的人遭此劫难。

沈挽情感动得热泪盈眶。

她得救了。

松懈下来之后，脱力感也逐渐涌了上来。刚才全凭自己顽强的求生欲撑着，眼下终于得以放下心，全身放松过后，那因为刚才情绪剧烈起伏而消耗过度引起的疼痛也越发清晰了起来。沈挽情一口鲜血喷出，眼前一黑。

续灵丹作为玄天阁秘宝，功效非常显著，再次睁开眼的时候，沈挽情身上的痛感消去大半，她活动了下手腕，也没再感受到那种牵扯至五脏六腑的疼痛。经脉已经被接上，体内的妖气也被送出去了大半，唯独剩下重伤导致的身体发虚。

沈挽情长吁一口气，转过头，对上了风谣情那张清冷孤傲的脸，以及一双冷淡的眸。

因为续灵丹需要玄天弟子的灵力相助才能推动融合，再加上沈挽情伤势过重，所以只能由风谣情亲自出手。这段时日，每日都是由她来为沈挽情疗伤。

这么一想，沈挽情也能理解风谣情为什么气到退婚。

风谣情天天劳心劳力地替情敌治病，结果人家一醒就黏着纪飞臣撒娇，搁谁谁不退婚？

情敌相见，还是两人一个小房间，着实有点尴尬。

风谣情见她醒了，一言不发，伸出手替她把脉。

"谢谢。"沈挽情刚醒，嗓子还带点哑。

"纪飞臣不在，"风谣情语气冷淡，"没必要演了。"

气氛僵住了，沈挽情思索了下，如果她想长期跟在这两人身边，提防他们分手的话，最佳的方案就是成为女主角的好闺密。

但如果现在她和女主角说"咱们拜金兰吧"，估计会被直接打出去。

所以这件事还是得细水长流，慢慢来。

于是她琢磨了一下，决定先缓和一下气氛，找点话说："风姐姐今天的裙子真好看，很配你的钗子。"

风谣情没点反应，抬起扫了她一下，淡淡道："这句话你说过。"

这就出乎她的意料了。"沈挽情"的嘴还挺甜？

"然后你还说了，可惜纪大哥不喜欢我这样打扮的女子，没有半点女人味，所以只会把我这种人当作一同除魔的同伴，而不是心上人。"风谣情轻睨她一眼，轻飘飘地道，"顺带，还劝我不要自作多情。"

失策了，"沈挽情"怎么可能夸女主角？

沈挽情有点尴尬，绞尽脑汁，准备换个话题："那不是我之前不懂事？其实不仅仅是裙子，更重要的是风姐姐天人之姿……"

"这句话你也说过，顺便还让我打消靠着一张脸就想拐走纪飞臣的想法，说他不会喜欢徒有其表的女人，让我早日认清自己。"风谣情说，"所以你也不必用这句话来讽刺我了。"

强，"沈挽情"不愧是恶毒女配角，什么话都能说得阴阳怪气。

沈挽情愣了半天，然后一咬牙，苦笑着说："其实我看得出来，纪大哥很在意风姐姐了。"

"这句话你也说过。"

风谣情把完脉，收回手，看着沈挽情的眼睛，一字一句道："你说过，不过是同伴之间的在意，对于阿猫阿狗，他都会有仁爱之心，让我不要自命不凡。"

牛，好赖话全让"沈挽情"说完了。

沈挽情无语。

"纪飞臣去替你寻药，不在玄天阁内，所以你不必在我面前演戏。"风谣情站起身，语气寡漠，"你的伤势已基本恢复，不会伤及性命，好好调养即可，我也不再打扰了。"

说完，风谣情转身离开。

看这样子，虽然风谣情对纪飞臣好像冷淡了不少，但因为自己那通强行解释，好歹风谣情还没气到愤然退婚那种地步，沈挽情觉得自己可以稍微安下点心。

而且根据原著剧情，纪飞臣这趟寻药说是替沈挽情寻，其实也是发现风谣情被反噬受伤，特地深入险境找到仙草回来替她医治。

只可惜按照原著，那个时候风谣情已经退婚，并且对纪飞臣避而不见，所以纪飞臣只能将仙草委与他人转交。直到最后，女主角也不知道这草药是男主角替自己寻来的。

但现在没了"沈挽情"作妖，退婚应该也不会那么快。这么想着，沈挽情准备安逸地先睡个觉，顺便养一下自己这饱受折磨的身体。

然而一闭眼，就听见门外传来几道交谈声。

"风小姐，玄天派弟子已经准备好了，随时可以前往后山。"

后山？今晚玄天派要巡逻吗？

等等！沈挽情一个鲤鱼打挺起了身，后背冒出冷汗，差点儿忘了那位反派大魔王——谢无衍。

在《反骨》原著中，风谣情在某次带领弟子巡视后山的时候，偶然捡了一个身负重伤的男配角，悉心照顾之后，成功把人家变成了自己的追求者，一起加入了除魔小分队，时不时地给纪飞臣喂点"醋"。

这男配角就是反派谢无衍。

谢无衍强行挣脱封印从封魔窟逃出，只剩下一口气，坠落在玄天派后山上，然后被女主角救了。接着，他就压制着自己体内的魔力，一直装作无害地跟在降妖除魔小分队身边，在降妖除魔小分队好不容易找到能封印自己的孤光剑时，直截了当地将剑截和，顺带掳走了女主角。

说起来，谢无衍的恐怖之处，不在于他杀人手段多么残忍，而在于他的伪装。作者一梦浮华到故事后半段才揭晓谢无衍的身份，在此之前，几乎所有的读者都觉得他是一个和纪飞臣相同——侠肝义胆富有博爱之心的除妖师。

不行，沈挽情绝对不能让风谣情救下谢无衍，也不能让这位偏执大魔王对女主角产生感情。更何况自己有任务在身，要阻止这位手段残忍的"黑莲花"屠杀人界，那么就更不能轻易错过这次机会。

她摸着下巴琢磨了半天，终于想到一个办法——趁着大魔王现在气若游丝、身受重伤、手无缚鸡之力，不如，把他捅死算了。

沈挽情觉得自己是个奇才。

于是，奇才本人立刻摸了把匕首，开始行动。

三

月黑风高杀人夜。

玄天后山今日瘴气很重，一轮皎月被乌云遮了大半，依稀可见妖气翻滚，颇有几分风雨欲来的感觉。

按照原著，正是因为谢无衍意外坠落于此地，外放的气息惹得诸多妖物蠢蠢欲动。

风谣情就是在谢无衍即将被妖物吞噬的时候,及时出现,带领着手下弟子驱散魔物,并且悉心照料了他整整三日,才将他从鬼门关拉回。

沈挽情掐指一算,自己提前来了后山,所以那些妖魔鬼怪应该还没来得及赶过来,按道理,自己应该还算是安全的,趁现在把谢无衍一刀捅死,也算是为人类美好未来做出杰出贡献了。

但毕竟女主角和女配角还是有差别的。

在原著里,风谣情提着灯刚上山,眉头一皱就发现异样,拔剑循声走过去,就顺利"捡"到了反派大魔王;而眼下,沈挽情吭哧吭哧地找遍了半个山头,眯着眼睛都要找瞎,都没看见半个人影。

所以这大魔王还是看运气随机掉落的吗?

她拖着自己大病初愈的身子逛了大半圈,腿都有些发软了,准备坐下来休息一下的时候,顺手一摸,突然就摸到了个滑溜溜的东西。

她低头一看——锦袍!

沈挽情深吸一口气,握紧了腰间的匕首,将灯缓缓往手边的方向挪过去,微弱的光源驱散了黑暗,照亮了那人的身躯。

即使男人双目紧闭、满身血污,也依旧能感受到他那浑身上下散发着的、冷到钻进骨缝里的气息。他的唇角抹开一道血痕,浑身上下带着修罗鬼煞般的戾气,墨色的长发衬得肤色更加惨白。从两颊一直到脖颈,血痕如同蜘蛛网般爬开,使他看上去狰狞而又瘆人。

沈挽情眼睛一亮。看这气质,看这模样——大魔王欸!

几乎没有任何犹豫,她快乐地将灯放在一旁,将匕首从刀鞘中拔出,抬起食指蹭了蹭锋芒。虽然只是轻轻一抹,但刃尖还是在刹那间割开了皮肉,渗出一滴血珠,快到连痛感都来不及反应。

非常锋利!沈挽情放心了。这才是能够一刀致命的好匕首!

沈挽情找了找角度,发现从这个侧面姿势下手没有一个支撑点,很不顺手。万一捅到一半,人被疼醒了,自己力气小,刀还没完全扎进去，会不会直接被反杀？

当机立断，沈挽情站起身，非常果断地跨坐在了谢无衍腰上，固定住他的身体，接着伸出手抚上了他的脖子，摸来摸去，找了找他的经脉，心里琢磨着——如果一刀扎进大动脉，血会溅自己一身，这样很不体面，而且回去万一被玄天阁的人看到了，也怪不好交代的。

于是她准备用手捂着点，能挡着点血就挡着点血。

准备就绪后，沈挽情握紧匕首，抬起手，准备手起刀落，一刀毙命。然而手刚刚抬起，正准备猛地往下一扎时——谢无衍睁开了眼。

那是一双罕见的赤眸，狭长的眼形，即使没带任何情绪，就这么安静而又毫无波澜地看着她，也依稀能看见眼底噙着的令人不寒而栗的细碎光芒。

他就这么平静地看着沈挽情，眼底无波无澜，无惧无怒，只是眼眸中的血色一点点加深，就连眼尾处都蔓延开了蜘蛛网状般的血痕，连带着周遭的气息都显得阴沉而又全是威压感。

大魔王睁眼了！

原著里不是女主角衣带渐宽终不悔地照顾了三天三夜，他才勉强睁开眼的吗？不是说妖力受损封闭，完全无法使用，他和普通人没有区别吗？

为什么系统还能擅自改剧情？怎么还看人下菜碟呢？！

短短的一秒钟内，沈挽情思绪翻涌。

眼下，摆在她面前的只有两个选项。

一个是不管三七二十一，继续扎到底。但显而易见，这位"妖孽得惊为天人"且"气场强得所向披靡"的大反派，此刻浑身上下写着"即便我现在很弱，但是也能弄死你"这一行字。

沈挽情觉得，自己可能搞不死他了，保不准还会被反杀。

她的第二个选项，就是扭曲事实、颠倒黑白。

杀不成人，她可以顶替女主角抢先来救他，总之先断了男配角和女主角的感情戏，男女主角才能和谐地走向幸福结局。但这就比较费脑子了，而且沈挽情不会医术，将他捡回去了还是风谣情给他治伤，所以这个计划非常悬。

而且——沈挽情偷瞄了眼自己手上明晃晃的尖刀，觉得有点一言难尽。她现在这个姿势，怎么看都不像是救人的。

而眼下，谢无衍动了。他眼底寒光更深，虽然一言不发，但食指骨节微不可察地轻动了一下。林间风声骤然大了起来。

这样的场景，对于沈挽情来说，像是催命符。而就在这时，她深吸一口气，手起刀落，非常果断地一刀捅了下去。谢无衍眼皮都没动一下，然而，那把刀擦着他的脸颊径直没入了一旁的泥地里。

"好了。"沈挽情松开手，拍了拍手掌，脸不红、心不跳地编了个谎话，"刚才好险啊，你知道吗？你睡觉的时候有只蚂蚁差点儿爬到你脸上。不过不用担心，我一刀帮你捅死了。"

沈挽情也知道自己这句话有多离谱，但胜在她脸皮厚，把这么一段胡扯的话说得理直气壮、字正腔圆，就像是在实话实说一样。眼前这位反派大魔王还是一个字都没说，只是将眼稍眯，宛如凶兽看着自己的猎物一般，一寸寸地扫过沈挽情的脸。

"也不用这么感谢我，以后请我吃顿饭就行啦。"沈挽情心里慌得很，但还是抱着点苟延残喘的求生欲，加快了语速，"你一个人待在这里，而且你还这么面生，一定是被妖物缠住了。放心，我一定会救你的！玄天阁里的人我都很熟，我会求他们替你医治的。"

眼下，沈挽情只有一个想法，只要不给谢无衍思考的机会，和他多唠会儿嗑，没准儿能转移注意力等到风谣情的巡逻小分队到来，这样自己的小命就能保住了。

或许是因为过于紧张，她紧紧攥着拳头，指尖刚才被刀刃划过的伤口又一次裂开，一滴血顺着指缝滑落，轻轻落在了谢无衍的手背上。

谢无衍的眸光微不可察地轻动。

然而，出人意料的是，就在气氛僵至极点，沈挽情怀疑自己的小命即将结果在这里的时候，谢无衍扯起唇角，发出一声极低的轻笑："好啊。"

他这么干脆利落地答应了，反而让沈挽情没反应过来。这反派怎么这么好说话？

"不过，"谢无衍笑意敛去，一字一顿，"先从我身上起来？"

沈挽情沉默了一下，看了看自己和他现在的体位，然后一声不吭地站起身，往旁边挪了挪。

而就在这时，林间风声忽地再次大了起来，阴云翻腾，彻底遮住了空中的皎月。

看来，那些妖物已经嗅到气息，赶来了。

虽然沈挽情修为尚浅，却也能感受到妖气逼近。谢无衍现在虽然醒了，但显而易见，身体状态恢复得并不是很好，掐死她容易，对付这些妖物恐怕难以占上风。

"打个商量。"她犹豫了一会儿，小声开口道，"我感觉这些东西咱们好像对付不了。"

谢无衍挑眉看她："所以？"

"这样吧，我去搬救兵，你撑着点。"沈挽情义正词严，边说着边准备偷溜，"放心！我会回来救你的！"

其实她心里的真实想法是，可以在中途拦住上山巡逻的风谣情，让谢无衍被这些妖物折腾死之后再回来收尸。虽然迂回一点，但她还是能达到目的的！

然而就在这时，远处火光一闪，紧接着，衣袍翻飞，一把剑乘着寒光破开虚空，径直没入山林，伴随着一声凄惨的尖叫，一道黄符飞去，燃起，一只隐于山林之中的炽燃妖就这么被除去了。

风谣情收剑，覆手而立，朝着沈挽情的方向扫了眼，衣袂飘飘，眉头微皱："你怎么在这儿？"

来得真早……

沈挽情卡了下壳，随即深吸一口气，见缝插针，看向谢无衍：

"看！我就说我会搬救兵吧！是不是没骗你？"

谢无衍冷冷地看了她一眼。

风谣情看见身负重伤的谢无衍，上前几步，蹲下身检查了一下他的伤势，问道："锁心咒？你到底是什么人？为什么有人会对你下如此毒手？"

"除妖师。"谢无衍脸上毫无血色，眸中已经完全收敛了那股戾气，咳嗽几声，看上去身体虚弱，"半月前，我从妖道手下救下了几位孩童，却被记恨在心。几日前中了他们的埋伏，被强行种下锁心咒。这些时日被这群妖魔缠身，别无他法，才放手一搏来到玄天阁。"

沈挽情看着谢无衍这副人畜无害的样子，发自内心地觉得他演得真好，难怪男女主角都被他骗得团团转。

看上去，故事并不像如她记忆中那样，这谢无衍或许并不是在濒死边缘被女主角救下，而是压根儿从一开始就设计好了碰瓷儿，甚至为了真实性，狠心给自己下了锁心咒。

"我明白了。"风谣情点头，"放心，玄天阁绝不亏待正义之士。"

沈挽情也没指望风谣情会怀疑谢无衍。

正在她琢磨着日后怎样才能在这几人面前揭穿谢无衍的身份时，冷不丁突然被风谣情点了名："所以，沈姑娘为什么会在这儿？你不是应该在房间内调养身体吗？"

沈挽情说："健胃消食……"

四

风谣情差点儿没绷住自己严肃的表情："健胃消食？"

"是的是的。"沈挽情头点得跟小鸡啄米似的，还不忘颠倒黑白地给自己邀功，"然后在半路上看见了这位大侠，看他伤势过重，我就一直守着等他醒过来，悉心照顾，寸步不离！"

说到这儿，她还不忘抽了抽鼻子，自我感动："也不用谢我，这是江湖人应该做的事情。"

她想了想，好歹谢无衍醒来的时间也不算那么早，胡编乱造，加上态度果决一点，没准儿还能让人稍微怀疑一下。往好了想想，万一这反派的智商没那么高呢。

谢无衍蓦地低笑一声，胸腔稍震，明明是笑着的，眸中情绪却让人不寒而栗。许久之后，他才拖长尾音，一字一顿地说："嗯，多谢姑娘，谢某日后必当报以重谢。"

沈挽情自动翻译了一下谢无衍的话，虽然听上去是道谢，但从语气中能听出来的，分明是"你今晚就死了"。

行吧，她没糊弄过去。

反派的智商还是正常的。

就这样，沈挽情精心设计的刺杀行动就这么惨遭滑铁卢，不仅如此，还赔了夫人又折兵，成功把自己的名字主动写到了大魔王的暗杀名单上。

在跟随着风谣情的小分队回到玄天阁时，沈挽情还没忘记把自己那把可怜兮兮地插在地上的匕首带走。她想了想，毕竟是差"亿点点"就能成功暗杀头号反派的伟大武器，还是有收藏价值的。

在风谣情替谢无衍医治的时候，沈挽情在头脑风暴，思索着自己还有没有点把反派对她的好感度刷回来的希望。万一今晚眼睛一闭，谢无衍跑过来掐断自己的脖子，那作为一个堂堂正正的恶毒女配角，自己的体验感可太差了。

终于，半个时辰过去后，风谣情终于从屋内出来。

沈挽情上前，小声问："谢公子的伤势怎么样了？"

虽然风谣情不喜欢沈挽情，但毕竟这人还是她捡到的，所以还是耐着性子回道："锁心咒虽然还没解除，但是已无大碍，慢慢调养即可。"

"真的没有大碍了吗？"沈挽情抱着一点希望，"一点伤及性命可能也没有了吗?"

风谣情看她一眼,淡声道:"我会亲自替他医治。"

"那你会失手吗?"

风谣情气笑了:"沈姑娘放心,我从不失手。"

泪目——就是因为你不失手,我才不放心。

事情变得棘手了。沈挽情仔细想了想,觉得虽然现在自己和风谣情的关系不大好,但还是可以旁敲侧击地提醒一下她警惕谢无衍。她说:"风姐姐,你想,玄天后山戒备森严,你说他是怎么……"

"你说得对,能有这种孤注一掷地闯入玄天后山的勇气,还有能为无辜孩童得罪妖道并且硬生生扛下锁心咒的坚韧,损己而益所为,"风谣情的语气里全是敬佩,"这才是真正的侠者。"

说完,风谣情将袖一拂,转身离去。

我说得对?我说什么了就对?沈挽情沉默了。

带不动,真的带不动——她看着风谣情的背影,一股疲倦感涌上心头。

这才半个时辰,女主角怎么就被人家反派洗脑了?

她想了想,谢无衍虽然怀疑自己,但是毕竟人还在玄天阁,应该不会贸然做出什么冲动的事情。更何况他还需要博取主角的信任,所以这段时间他更会小心谨慎。

而且虽然女主角这边不开窍,但是纪飞臣作为男主角,敏锐度肯定更高,对于这种突然出现在自己未婚妻身边的雄性生物,应该更加抱有敌意。

沈挽情掐指一算,再隔几天,纪飞臣就该采药回来了,到时候在他面前拐弯抹角地提个醒,没准儿还能把这反派轰走。

但不怕一万,只怕万一——沈挽情琢磨了一晚上,找来纸和笔,悄悄写上"如果我死了,凶手是谢无衍"这一行字,塞进了自己的床垫下面,接着心满意足地盖上被子睡觉。

极限一换一，就算自己嗝屁了，也得带走一个。

夜上三更，谢无衍睁开眼。

他撑起身，坐在床沿，手松松地搭在膝上，然后闭上眼，头颅微微后仰。那血痕以及爬至全身上下的锁心咒，以肉眼可见的速度一点点淡去，直到化成聚集在指尖的一点青烟，轻轻一动，便随风散开。

谢无衍抬起眼睫，一双赤眸中全是寒意，与刚才那副温润谦和的样子判若两人。

他抬起手，指节屈起，叩了叩床柱。

风动，桌上的烛火闪了又闪。

片刻后，烛光刹那间熄灭，一道凌厉的风袭来，径直冲向了谢无衍，来势汹汹，却在离他只剩一寸的地方猝然停住。接着，仿佛腾空生出一道无形的屏障，妖力蔓延开来，最后聚集成一道火光，猛地四散裂开。一只疾行妖现了形，浑身上下都燃着火，面容扭曲，看上去无比痛苦，但无论如何挣扎和嘶喊，都没能发出任何一丝声音。

谢无衍眼皮都没动一下，甚至视线都没偏，只是慢条斯理地披上自己的外衫，拂了拂自己的袖口，起了身。

他在路过那只疾行妖时，火势一下子迅猛起来，顷刻间将它烧成了灰，凝聚成一道妖气，钻进谢无衍的体内。

很烦——他这次出关招惹来了不少不自量力的跟屁虫。

这些东西的胆子该有多大，才觉得就凭那点破修为，还真能伤到他一根手指头？

但说到不自量力——他停下步子，将眼稍眯——还有个胆子最大的。

谢无衍压根儿不需要打听，就能通过气息敏锐地感觉到那不知死活的小姑娘藏在哪间屋子里。出人意料的是，她睡得还挺香，被子在腰上裹了一圈，一半掉在了地上，怀里抱着个枕头，横躺在床上，非常安逸。

谢无衍皱起了眉。怎么有小姑娘的睡相能这么难看？

他伸出手，食指轻轻点住沈挽情的额头。果不其然，从手背上沾染到她的一滴血时开始，谢无衍就能感觉到她是特殊的天生纯净魂魄。这样的身体和魂魄炼出来的武器，能够驱动的妖力更为强大。

简单来说，她是一个非常适合用来祭剑的材料。

但这样的身体也有一个致命缺点，那就是一定要活祭——必须将活人推入剑炉，才能同剑身相融合。

所以，这小姑娘命挺大，还得养着。

谢无衍觉得可笑。自从自己被封印以来，想要杀死他的人不计其数，特别是魔界的人，他们在面上装得谦恭，其实个个都心怀鬼胎。但无论是谁，派这么个一只手就能掐死的小废物来用匕首偷袭他，未免太瞧不起他了吧？

谢无衍看了眼沈挽情雪白的脖颈，倒也不是很想杀她了。

比起这个，他倒更想看看，能派这种人来刺杀自己的幕后主使，到底能蠢成什么样子。顺便把她养胖一点，以后扔进剑炉里面，火烧得更旺。

谢无衍指尖微微向下，顺着她的鼻梁一路下滑，轻轻蹭过她的唇瓣，然后抽离，接着颇为嫌弃地看了眼自己的指尖。

沈挽情皱了皱鼻子，翻了个身，蹭了蹭床单，枕头被这么一裹，直接滑下去，被踢到腿边，枕在了她的小腿上。

睡相真的太难看了，难看到影响心情。谢无衍收回手，轻睨她一眼，转身离开。

脚步声远离，那股压抑的气息也逐渐散去，窗外的风一阵阵地刮着，树叶敲打着窗户，发出窸窸窣窣的声音。

许久之后，沈挽情才悄悄地睁开一只眼，伸出手捂住自己的小心脏，从床上爬起了身，摸了摸后背，一身冷汗。

她在谢无衍用食指碰到自己额头的时候就醒了，因为真的太痒了！就像羽毛一直挠你的脸一样，让人忍不住想打喷嚏。

不仅如此，他甚至一路下滑，从额头挠到了下巴，一时之间让沈挽情觉得，这可能是谢无衍独创的折磨人手段——有人挠你痒痒，你还得装睡着不出声。

那绝对是沈挽情人生中最难熬的一段时间，一边担惊受怕自己被一刀捅死，一边要忍受着这样严酷的刑罚。她最后实在忍不住，才偷偷翻了个身，顺便蹭了蹭脸缓解痒感，好在谢无衍没发现，她的命保住了。

但她完全不理解大反派的思维。为什么会大晚上跑到女孩子房间里摸来摸去，盯着人家半天，然后一声不吭又走了？

知不知道她心理压力会很大的？！

修行之人晚上都是不睡觉的吗？

沈挽情拍拍自己的胸口，翻身下床，倒了杯凉茶一口气喝完，一颗怦怦跳的心才平静了会儿。

兴许是觉得屋子里太闷，她走到窗前，准备将窗户开一条缝，而就在这时，余光瞥见了一道墨色的身影。她手上的动作一顿，突然就这么僵住，安静许久之后，想要装作什么都没看见，然后把窗户关上。

"啪"的一道轻响，一只骨节分明的手扣住了窗沿。

谢无衍懒洋洋地看着她，眸中没一点波澜，却让人不寒而栗。

沈挽情深吸一口气，挤出一个笑容，干巴巴道："好巧哦，你也来赏月啊。"

谢无衍笑了："嗯，好巧。"

五

在那一刻，沈挽情深刻地体会到了什么叫作杀人诛心。先给你一点生的希望，然后在你以为风平浪静的时候，再给予致命一击，不仅仅要人的命，还要让人在临死时体验人生中的大起大落。谢无衍不愧是以一己之力将结局整成悲剧的人物，非常有反派应该有的残忍和心机。

沈挽情痛苦了一会儿，伸出手摸摸自己的脖颈，幻想了一下自己即将要被"咔嚓"拧断脖子的场景，内心绝望到有点麻木，但还是垂死挣扎地和人家尬聊："现在天色已晚，谢公子的伤势才刚刚好转，怎么来了这儿？"

谢无衍："健胃消食。"

记性真好，还挺会现学现用。

她在原地低下头安静地等了一会儿，发现面前的人半晌没声，于是悄悄地抬起眼偷瞄了一下，见谢无衍抱着胳膊姿态散漫地倚在窗边，饶有兴致地轻睨着她。

不知道为什么，这种眼神非常像在看一只小仓鼠，纯粹是在找乐子，顺便观察着它会有什么有趣的反应。

这么看上去，他好像并没有要很快杀死自己的打算，虽然不知道谢无衍到底打的什么算盘，但是好歹命能保一天是一天。

但眼下被这人这么盯着，还怪不好受的，于是沈挽情试图将面前这人哄走："虽然我很想请谢公子进屋喝杯茶，但是现在天色已晚，而且谢公子身体有恙，在外头吹风耽搁太久可能会不太方便，所以不如早点回去休……"

"嗯，那就喝茶吧。"谢无衍说，"当然不能拒绝救命恩人的好意。"

沈挽情：那我可真是求你拒绝我的好意。

她抬头看了眼谢无衍脸上挂着的"没错，我就是找事"的微笑，艰难地咽了下口水，觉得自己的嗓子眼儿干得发疼，心里又后悔自己为什么想不开客套了一句说请他喝茶。

现在沈挽情可以合理怀疑，谢无衍没当机立断地掐死自己，绝对是因为觉得无聊，所以想留着她找找乐子，顺便来看弱者的求生表演直播。

虽然这样挺没面子的,但人该苟且的时候还是要苟且,毕竟命最重要,更何况自己怎么也算是个知道剧情的金手指玩家,只要活得久,最后谁咬死谁还真不一定。

这么一想,沈挽情非常大方地进入委曲求全的状态,将人请了进来,但她在乌漆墨黑的房间里摸了半天,也没找到火折子点灯。

沈挽情的心情一下子就愉快了,这是一个赶走谢无衍这尊大佛正大光明的借口。"好可惜哦,看来今天晚上是喝不了茶了。"话音刚落,烛火却凭空燃起,屋内瞬间被这点光源照得亮堂堂的。

谢无衍一撩衣袍,在桌前坐下,皱着眉打量着她,眼神里带点嫌弃。

即使没说一个字,沈挽情也能读懂他眼中的那点鄙夷——点个火都要火折子?到底是谁派了个这么弱的人来刺杀我?

沈挽情觉得被羞辱了。

她磨磨蹭蹭地走到桌前,倒了杯凉茶,推到谢无衍面前,非常僵硬地坐下,还不忘记往后挪了挪板凳,保持安全距离。

谢无衍没碰那杯茶,看似随意地问:"听说沈姑娘近日被画皮妖所伤,刚刚痊愈?"

沈挽情:"……是。"

她总觉得这人好像在给自己下套。

"也是,今日传闻魔界动荡,封印即将被冲破,也难怪这些妖物也开始肆无忌惮。"谢无衍说到这儿,稍顿了下,抬起眼睫目光轻扫过沈挽情的面庞,倏地笑了,"看来这魔尊一日不除,众生便永无安宁之日。你说对吗?"

精彩。

这种不惜羞辱自己的提问,实在高超。

沈挽情觉得自己好像在玩逃生游戏,但无论回答"对"还是"不对",都只有死路一条。

如果回答"对"的话,保不准就会立刻惹怒面前这位阴晴不定的大反派，直接打出死亡结局；如果回答"不对"的话，又和降妖除魔小分队那种正道人设不符，而且一听就知道是在讨好。

沈挽情心力交瘁，索性破罐子破摔："我觉得都行，毕竟，你看我连点个灯都不会，这么没用，一看就知道打不过人家，能不被小妖怪杀掉就算好的了，怎么操心这些斩妖除魔的大事？"

谢无衍思忖片刻，难得地赞同道："说得也是，你的确很没用。"

行吧，被羞辱总比被杀好。

谢无衍指尖摩挲着茶杯，端起来抿了一口，似乎是觉得又苦又涩，颇为嫌弃地放在一旁，没有再动。

他漫不经心地说："不过我倒很期待他会落得怎么个死法。"说到这儿，抬眼看她，"你呢？"

沈挽情被谢无衍这句话问得窒息了。

修行之人的思想都这么奇怪吗？正道修士心心念念赞扬反派是个大善人，而反派孜孜不倦地期待着自己怎么被搞死。

一时之间，沈挽情甚至不知道到底是谁的脑回路出了问题。

她用女性思维琢磨了下：一般情况，有些人自我否认的时候都是希望听到别人的夸奖。

但是眼下这种情况比较棘手，她感觉谢无衍并不需要自己这种菜鸟的夸奖。

于是沈挽情选择敷衍："嗯嗯，加油加油。"

谢无衍像是被戳中笑点一般，突然大笑了起来。他笑够了，稍稍敛起眉目，正色看着她，食指一下下地点着桌面，却给人一股莫名的压迫感。

两人又陷入一段沉默。

沈挽情发现了，谢无衍这人熟练掌握杀人先攻心的手段，一双眼眸望得人心里发虚。

为了掩饰住自己的心虚，她咬牙，梗着脖子和他对望，直到眼眶有些发酸，最后没能忍住地打了个大大的哈欠。

哈欠打到一半,沈挽情突然警觉到自己的失态,于是强行忍住,闭紧嘴巴。

谢无衍收回视线,似乎是觉得索然无味,起身道:"那我就不叨扰沈姑娘了。"

目送着谢无衍离去之后,沈挽情还半天没反应过来。

打哈欠这么管用的吗?这就走了?

什么都没干,真就喝口茶,问几个死亡问题,然后就这么走了?

沈挽情思来想去,也没明白这谢无衍到底是个什么思维,只知道自己的命好像暂时保住了,但是这算是给自己种下了个棘手的麻烦。

如果往后谢无衍每天晚上睡不着觉就跑到自己房间来出几个死亡选择题,她总有一天,不被吓死,也得因为睡眠不足过劳而死。

沈挽情边担忧着,边感觉到有点困,于是爬到床上抱着枕头继续担忧,接着就顺理成章、四仰八叉地在被子上睡着了。

天一亮,就得到个好消息,纪飞臣采药回来了。

沈挽情感动得热泪盈眶。依照纪飞臣的敏锐程度,和男主角对男配角天生的敌意,加上自己的暗示,纪飞臣一定能很快揭穿谢无衍的阴谋。

虽然《反骨》中没正面描写过谢无衍和纪飞臣在初期的时候谁强谁弱,但从纪飞臣最后能够成功将谢无衍再次封印来看,在谢无衍并非盛年时期的阶段,两人应该可以打个平手。更何况纪飞臣不会是孤军奋战,如果打起来,风谣情带着玄天阁的人肯定是护着他的。

想到昨晚因为谢无衍而少睡了几个时辰的痛苦折磨,沈挽情情绪激动得难以言表——从今往后终于可以睡好觉了!

"我听人说,你重伤刚醒,就跑去玄天后山那种危险的地方。"纪飞臣送药过来的时候脸色并不好,开口就带着几分兄长般的训诫,"挽情,如若不是阿谣及时赶到,你可知道后果有多严重?"

沈挽情小鸡啄米似的点点头,想要将话题扯到谢无衍身上:"纪大哥说得对，然后关于我在后山救的那个……"

"就算是救人，也得先考虑自身安危。"纪飞臣继续道，"阿谣这几日为你操劳，你不可再耍小性子。"

"对对对。"沈挽情继续点头，然后孜孜不倦地试图继续自己的话题，"所以那个叫谢无衍的……"

"阿谣这些天为你治伤，可否提到过我什么？"纪飞臣垂眼，眸中有些黯然神伤，"她对我避而不见，想来，我一定是伤透了她。"

沈挽情泪目了。

当时我拼命想要帮你说话哄未婚妻的时候，你拆我台；现在我和你说正事，你给我一口一个"阿谣"，是嫌我命太长还是嫌你命太短？

沈挽情深吸一口气，试图做最后的挣扎："纪大哥，我们先说说那位被下了锁心咒的谢公子吧，我觉得他……"

"你说得对，我听人说，阿谣解了谢公子身上的锁心咒。"纪飞臣忧色更深，站起身，拂袖准备离开，"不行，我得再去询问一下阿谣的伤势。她刚被反噬，还耗费心神去解这样的秘术，一定耗损不浅。"

"站住！"沈挽情一掀被子，气得险些没缓过气来。她深吸一口气，为了不被打断，加快语速一口气道，"你不觉得那位谢公子中了锁心咒还能不被觉察地来到玄天阁且说辞无法证实非常奇怪吗？"

纪飞臣闻言，顿了下步子，转头看她。

沈挽情一咬牙，决定对症下药："我倒是无所谓，就怕谢公子是对玄天派或者风姐姐有所想法，万一引狼入室，让她受到伤害，我会后悔一辈子的。"

纪飞臣一听，眉头也皱了起来："嗯，你的疑虑是对的，此事我一定会彻查。"

说完，纪飞臣面色郑重地离开。

沈挽情松了一口气，瘫软在床上，内心欢欣雀跃，甚至想要放鞭炮。不愧是男主角，虽然满脑子"阿谣阿谣"，但其实还是一点就通的。

她心情大好，早上甚至还多吃了两块桂花糕，然后心满意足地摸着肚子出门散步消食，只等着谢无衍被擒的消息传来。但还没走几步路，她便看到了惊人的一幕。

正道修士纪飞臣和反派谢无衍，非常友好地坐在静心亭中，面前摆着一副棋盘，正在你来我往地下着棋，氛围看上去异常和谐，甚至还时不时地互吹。

"纪少爷的棋风刚正而又稳健，谢某自愧不如。"

"不不不，谢公子才是，落子之间全是侠之风范，让纪某心服口服。"

两人相谈甚欢，甚至想拜把子。

六

人世间的悲欢并不相通。

比如，不远处的那对好兄弟正在谈天说地，而躲在树后面的沈挽情心如死灰，捂着胸口差点儿呕血三斤。更何况纪飞臣还特别真情实感地替谢无衍惋惜着他遭此劫难，甚至还向他递出橄榄枝，邀请他一同除魔卫道——真是我除我自己。

沈挽情掐指一算，觉得继续在这儿待着无异于杀人诛心，指望纪飞臣幡然醒悟，还不如回屋吃桂花糕来享受一下最后的快乐人生。

然而，正当她准备猫着腰偷偷摸摸离开时，突然听见纪飞臣开口："谢公子，实不相瞒，我有一事相求。"

求谢无衍？求什么？

出于女人该死的好奇心，沈挽情停下步子，又折返回树后面躲起来，竖起耳朵。

"谢公子想必也听闻了画皮妖一事，这些时日，此妖已伤人无数。纪某必然不能继续放纵它害人性命。"纪飞臣眉色凝重，语气里皆是担忧，"只是，挽情重伤初愈，修为尚浅，所以，谢公子能否与我们一同前往，替我保护她的安全？"

典型的"吃瓜"吃到自己身上的沈挽情只觉得窒息。她不是很想被保护。到时候谢无衍和画皮妖一见面，两个想杀掉自己的妖魔鬼怪恐怕会立刻站在同一阵营，争着抢着要亲手活剥了自己的皮才对。

沈挽情有些痛苦，桂花糕也吃不下了。

不过转念一想，原著里，这段并没有谢无衍参与。照此推测，他恐怕是拒绝了纪飞臣的请求。于是沈挽情顿时重新燃起希望，期待地盯着谢无衍的脸，期待着他说出"拒绝"两个字。

谢无衍指腹摩挲着棋子的边缘，唇角稍弯："好。"

沈挽情的希望被浇灭了。

"多谢谢公子相助。"纪飞臣拱手道谢。

"不必谢我。"谢无衍稍顿了下，目光稍偏，好似无意般地朝着沈挽情藏身的地方扫了一眼，"毕竟，沈姑娘也曾救过我的命。"

从刚才开始，他就觉察到了沈挽情的存在。对于他来说，这是很拙劣的隐藏技术。更何况，她甚至连自己的气息都不会控制。

谢无衍觉得好笑，实在想不通到底是什么人能派这样一个小姑娘前来刺杀自己，这到底是有多看不起他？

沈挽情浑身一激灵，往里面藏了藏。

然而谢无衍的神情看上去就像没发现什么，只是平静地收回视线，语气听上去毫无波澜："滴水之恩，必当涌泉相报。"

这不是报恩的语气。

这分明是死亡警告的语气。

沈挽情发现了，这些会下棋的心都脏。

一局棋下完，纪飞臣便匆匆赶去探望风谣情。沈挽情趁着侍女上前收拾茶杯棋盘的工夫，准备猫着腰悄咪咪地溜走，可还没走出一步，耳边突然响起男声。这道声音几乎是贴着沈挽情的耳畔，她甚至能感受到细微的呼吸拍打在自己耳垂上。那略带酥麻的触感，让人感到一阵不寒而栗。

031

"去哪儿？"

沈挽情浑身一抖,只觉得头皮发麻。她迅速往旁边侧了下身,下意识地抱紧胳膊,一副警惕的模样,紧张兮兮地看向谢无衍。

谢无衍慢悠悠地抬起手,指尖轻抵住沈挽情的眉心,语气分明带着点笑,却让人感到不寒而栗:"偷听?"

这种时候,说自己只是恰好路过这种话,是最苍白无力的解释。

沈挽情没别的本事,就是反应快,而且还能活学活用,嘴皮子还碎。

她眨了下眼睛,几乎没任何卡壳地说出了一段话:"是这样的,我今天吃了特别多的桂花糕,正在散步,健胃消食,然后突然看见你和纪大哥在下棋。我看谢公子棋风稳健、一身正气,颇有大侠风范,就不由佩服得五体投地、心生敬意,忍不住多看了一下。没有偷听的意思哦,我只是单纯对下棋感兴趣啦。"

无懈可击的答案。她既赞扬了谢无衍,同时又能凸显自己的无辜和真诚。

谢无衍安静了一会儿,忽然明白为什么有人会派这么个看上去屁用都没有的小姑娘来暗杀自己,多半是她上头那位嫌弃她嘴太碎,所以换个方式让她送死。对方倒也不是瞧不起他,纯粹是觉得这人话太多。

"佩服我?"他重复了一遍。

沈挽情点头:"嗯嗯。"

谢无衍:"对下棋感兴趣?"

沈挽情继续点头:"嗯嗯嗯。"

谢无衍盯了她许久,然后点了下头:"行吧,那我陪沈姑娘下。"

说完,他抬手挡下正准备撤走棋盘的侍女,折身坐下,接着做了个"请"的动作。

最毒莫过男配角的心。

沈挽情闭着眼睛都知道,谢无衍摆明了是发现自己在说谎,准备残忍地揭穿和羞辱自己。不愧是一手毁灭人界,导致生灵涂炭的反派角色,手段果然杀人诛心。

连围棋规则都不知道的沈挽情倔强地想要反抗:"这样也太麻烦谢公子了,我实在过意不去。"

谢无衍当然知道沈挽情在想些什么,他语调听上去懒洋洋的,却又含着点笑,明摆着是在逗弄她:"如果是沈姑娘,谢某当然乐意奉陪。"

行吧。

沈挽情深吸一口气,露出微笑:"下棋倒是可以,但是围棋并不是我会的棋种。"

谢无衍抬眼看她:"那就下你会的。"

沈挽情:"我会的,谢公子可能不一定会。"

谢无衍轻笑一声:"沈姑娘恐怕低估我了。"

"那好吧。"沈挽情坐下,索性破罐子破摔,"我们下飞行棋。"

凭借着"飞行棋"这个让人闻所未闻的棋种,沈挽情成功从谢无衍那里开溜。

溜之前,为了显得理直气壮,她甚至还义正词严地教育道:"谢公子还是要多多了解民生百态。飞行棋这种能够陶冶情操、修身养性的棋种,你怎么能够不知道呢?"

谢无衍撑着下巴,目送着沈挽情仓皇逃离,直到那道身影消失在眼前,才垂下眼睫,伸出手百无聊赖地轻拨了下面前的黑棋。

而逃之夭夭的沈挽情,在一番深思熟虑之后,怕阴晴不定的谢无衍追上来拧断自己的脖子,于是决定去男女主角那边赖着不走。

毕竟谢无衍还要继续在两人面前装三好青年,好赖都不会在他们身边动手杀掉自己。

这么想着,沈挽情决定暂时抛下撮合男女主角的任务,为了小命,去当电灯泡。

然而就在这时,身后树丛里传来了异样的响动,夹杂着一股带着些冷流的气息,沈挽情好像对此毫无觉察,正顺着小路朝着风谣情房间方向走去。

这条小路被笼罩在树荫下，风动时，林叶间的响动显得格外清晰。蛰伏已久的妖怪终于按捺不住，破风而出，裹挟着一股强大的气流和冲击力，朝着沈挽情的后背径直袭去。

"砰！"

就在那股妖力即将触及沈挽情后背时，却凭空生出一道巨大的屏障，硬生生地将它给撞开了，力量波动时产生的强劲灵力，震落了周遭的树叶。

沈挽情的白色襦裙翻飞，发丝也被这股劲风吹起，露出一截雪白的后颈，依稀可见挺拔的脊背。

她停步，转过头望向身后，眉宇间看上去没有半点意外，手腕上的手镯还在隐隐约约发着红光，闪烁几次之后，红光才消散开来，手镯重新变回原来的样子。

纪家作为一个大家族，世世代代培养除妖师，必定少不了护身的法宝。

原先沈挽情身上的法宝被画皮妖震碎，这个手镯，是纪飞臣从自己身上取下来给她的，对付一些小妖绰绰有余。

她走上前，在妖物落下的地方蹲下，撑着下巴悠然自得地打量过去——袭击自己的，是只鸟，毛色有点发灰，看上去小小的一只，圆头圆脑的，像只鸽子。

从刚才开始，沈挽情就感觉到了身后的异样。因为这样的气息她无比熟悉，在谢无衍重伤刚醒想要杀掉自己的时候，他浑身上下都散发着这股让人感到阴冷的气场。

只是，这股气息比起谢无衍的要弱上太多，甚至不及万分之一。简单来说，不用去看就知道很弱，所以沈挽情甚至不想花费力气来跑步逃跑。

但普通的妖，怎么可能贸然闯进这玄天阁？估计还没进门就会被那些戒备森严的护卫发现，连魂魄都给当场敲散。

沈挽情回忆了一下原著才突然记起来，在谢无衍加入降妖除魔小分队的时候，身边有只贴身灵宠，是只玄鸟。

据说在谢无衍没被封印之前，这只玄鸟就是他的得力手下。只不过随着谢无衍的沉睡，玄鸟的灵力也大半散去，等到他封印解除的时候，玄鸟才嗅到气息跟了过来。

所以在这个时候，这只玄鸟纯粹是只只会说人话的小菜鸟，并且由于灵力大多已消散，它身上的气息十分微弱。再加上玄鸟一族并不是妖，而是上古神鸟的一种，所以才不会被玄天阁发现。

沈挽情伸出手，提起这只玄鸟的腿，露出嫌弃的表情。

它真的很像鸽子。

然后这只"鸽子"就开始嚷嚷了："你居然用法宝！卑鄙！你是谁？你身上为什么有我主人的气息？快说！我的主人现在在哪儿？我告诉你，等我恢复真身，一定会要了你的小命，像你们这样弱不禁风的人类，怎么敢挑衅我们玄鸟一族？我告诉你……唔唔唔！"

沈挽情觉得有点聒噪，于是索性撕下一块布，将这破"鸽子"的嘴巴缠了起来，顺带绑起它的双腿和翅膀，提溜在手里，站起身朝着厨房的方向走去。

开玩笑。

她怎么可能在这大好机会下放过谢无衍的灵宠？

她打不过谢无衍，难道还打不过一只鸽子吗？

玄鸟拼命挣扎着："叽叽唔唔！"

沈挽情："哦，是这样的，提前和你说一声，我准备把你炖了。"

鸽子汤送给风谣情，一定能和风谣情很快建立深厚的友谊吧。

七

玄鸟现在有点慌。

作为一个曾经被数代君主供奉，站在谢无衍肩头看无数妖魔俯首称臣，与万千修士厮杀浴血而出的大妖，按道理说，它什么大场面没见过？

所以在沈挽情说要炖了它的时候，玄鸟是嗤之以鼻的。

怎么可能会有区区人类敢狂妄到这种地步？自己可是堂堂神鸟！

直到沈挽情真的就这么拎着它来到厨房，和厨子借了口锅，并且有模有样地开始烧水添柴，甚至还切好了白萝卜当配料。

被绑住嘴巴的玄鸟："咕咕！"

一旁的厨子乐呵呵地看着："这只鸽子还挺活泼的。"

玄鸟：大不敬！说谁是鸽子呢？我是神鸟！神鸟！

"给你个选择吧。"沈挽情举着锅铲，看它一眼，"要不要加葱？"

终于，面临过无数生死攸关场面的玄鸟，在眼前这个看上去无比弱的女人面前，头一次感觉到了恐惧。

不行，它堂堂神鸟，可不能死在这儿。

于是趁着她回头的工夫，玄鸟暗自发力，试图挣脱开身上的束缚。

可是当时袭击沈挽情时，好不容易积攒起来的灵力全被法器撞散了，它凝聚起身上所有的力气，才勉强能扯开绑在自己翅膀上的绳结。

足部的绳结还没解开，于是它只能扑扇着翅膀，一阵乱窜，噼里啪啦，哐当，厨房里的瓶瓶罐罐被它撞了个七七八八。

沈挽情见状，无奈地放下手中的菜刀，撸起袖子去捉。

于是一人一鸟联手，差点儿炸了厨房。

厨子见情形不对，冒出一身冷汗，为了保住自己的厨房，悄悄溜走去向风谣情告状。

等风谣情和纪飞臣赶到的时候，沈挽情刚好抓住玄鸟，浑身上下溅满了五颜六色的调料。只是厨房已经一片狼藉，就连天花板都在往下落着灰。

纪飞臣皱眉："挽情，你这是……"

"啊……我抓了只鸽子。"沈挽情一怔，迅速将握住玄鸟的手背到身后，解释道，"我想给风姐姐煲汤来着。"

玄鸟气得又开始扑腾翅膀——你才是鸽子！你全家都是鸽子！

风谣情似乎是愣了下，看了眼旁边的厨子，递过去一个询问的眼神。

厨子摸了摸头，道："的确如此，沈姑娘来找我借锅，说是想给风小姐煲汤。我见她态度真诚，就让她用了。但是没想到……"没想到差点儿毁了厨房。

纪飞臣眉头紧锁，正准备说些什么，却被风谣情抬手阻止。

"煲汤？"她试探性地重复了一遍。

沈挽情点头，还顺带委屈巴啦地吸了吸鼻子，表示真诚："因为风姐姐这段时间为了照顾我，操劳过多。"

风谣情走到沈挽情跟前，盯着她的眼睛看了一会儿。

沈挽情目光没半点闪躲。

许久后，风谣情垂下眼，思索片刻，语气也变得柔和了些："既然这样，我来帮你吧。"

玄鸟惊恐万分地瞪大了眼睛——它一定要逃离这个地方！

它抬起嘴，使劲地往沈挽情食指上一啄。

沈挽情吃痛皱眉，下意识地松开手，玄鸟扑腾着翅膀，一头撞了出去，厨房门离它越来越近，眼看它就要离开这间屋子获得久违的自由。就在这时，它却冷不丁地撞在了一人的肩头上，撞得头晕目眩。

完蛋了，玄鸟心如死灰。

看来它这只伟大的神鸟，今天就要死在这毒妇的手里了。

"怎么了？"而就在这时，一道熟悉的男声突地响起。

玄鸟惊喜地抬起头，险些热泪盈眶。

殿下！是殿下！得救了！

谢无衍垂眼扫了下这只格外狼狈的小宠物，稍稍顿了下，然后伸出手，平静地揪起它的翅膀，走进了厨房里，看向沈挽情，笑道："沈姑娘？"

沈挽情心虚地偏过头，一脸"你别问我，我不知道，关我屁事"

037

的样子。

风谣情好心地帮她解释了:"原来是谢公子。没什么事,这是沈姑娘捉到的鸽子,说是准备炖汤,没想到动静大了些。"

"哦?"谢无衍轻扫了眼手上那小畜生,唇角一扬,走到沈挽情面前,伸手递上,"既然这样,沈姑娘就拿去吧。"

这是在威胁吗?这绝对是在威胁吧。

这谁敢当着主人面吃掉他的宠物啊?

玄鸟如遭重创,痛哭流涕,哽咽着朝谢无衍的方向扑腾着翅膀,即使被绑住嘴巴不能说话,也能隐约感受到它的悲痛欲绝。

它试图用自己的小眼睛让谢无衍感受到自己激烈的情绪:殿下您不记得我了吗?当年我可是同你并肩沙场,让四海八荒都要闻之色变的宝贝灵宠啊。虽然大部分时间是您在打架,我在旁边嘲讽,但我们之间深厚的感情还是不能磨灭的!

风谣情看了一眼,轻"咦"一声,感叹道:"看来这只鸟,同谢公子分外投缘。"

玄鸟一听,立刻小鸡啄米似的点着头。

纪飞臣见状,摇了摇头,抬手拍了拍沈挽情的肩膀,劝道:"万物有灵,既然这只鸽子这么有灵性,就不好再伤它性命了。"

玄鸟头点得更快了。

在生死面前,鸽子就鸽子吧。

灵宠的主人都在这儿了,连带着两位主角都替它求情,沈挽情倒不至于继续在这几人面前自寻死路。她咬咬牙,点头道:"既然这样,就把它放生吧?"

"不必了。"谢无衍笑了声,松开手,抬指虚空一画,解开了它足部的束缚。

玄鸟立刻跌跌撞撞地朝他身上扑腾,站在了他的肩膀上。

"看来,它与我有缘。"谢无衍看向沈挽情,眸中笑意更深,"沈姑娘介意我把它留在身边吗?"

沈挽情："不介意……"

站在谢无衍肩膀上的玄鸟看上去颇为趾高气扬，甚至扬起了自己的小脑袋，看向沈挽情的眼里满是鄙夷，一副"你死定了"的嚣张劲儿。

沈挽情悔不当初。

早知如此，她一定会选择把它直接扔进柴堆里烤了，因为这样比较快。

关于下山捉妖一事，纪飞臣喊走了谢无衍，似乎是准备去细细商议。

两人并肩离开，风谣情却没急着走。她看了眼身旁情绪低落的沈挽情，又向后看了看案板旁边切好的配菜，若有所思。

"沈姑娘。"终于，风谣情开了口。

她抿了抿唇，停顿许久，才轻轻地说了两个字："多谢。"

说完，风谣情便转身离开。

恭喜宿主触发并完成隐藏任务，与风谣情关系缓和。

沈挽情稍怔，望着风谣情离开的背影，轻轻笑了一声。风谣情虽然看上去高冷，但其实是个内心很柔软的人，一梦浮华曾经这么形容她："无论被人欺骗过多少次，却仍然会对一切抱有善意。"她是一个真正意义上的怀有慈悲之心的除妖者。

也正因为如此，她会一次又一次地被伤害。

沈挽情想，虽然这次没能成功除掉玄鸟，不过好在，阴错阳差，自己和风谣情的关系成功破冰。

不亏。

入夜。

经由昨晚被谢无衍登门拜访喝了一夜茶的教训，沈挽情这次十分小心谨慎地锁上了门，并且顺带固定好了窗户，甚至还检查了一下天窗有没有关严实。

做完这些后，她才放下心，伸着懒腰爬上床准备睡觉。

而就在这时，沈挽情明显感觉到屋内的气压发生了变化，周围一瞬间安静得出奇。窗外刚才还被风声吹动的树叶在一瞬间停止，万籁俱寂，却更加让人感觉到不安。

紧接着，桌上那点烛火猛地一亮。

这无比熟悉的气场和情景，难道说……

沈挽情僵硬地转过头，果不其然，不远处的桌子旁，谢无衍懒洋洋地撑着下巴，将眼稍弯，抬起手同她打了个招呼："沈姑娘，晚上好。"

沈挽情哽咽了——又来？

所以这群妖魔鬼怪是真的晚上不睡觉吧？

沈挽情寻思着现在闭上眼睛装睡也来不及了，认命地撑起身子，语气毫无生机："谢公子今晚也是来喝茶的吗？"

"不。"谢无衍说，"为了了解民生百态，陶冶情操，修身养性，谢某特地来向沈姑娘讨教飞行棋。"

这话非常耳熟，沈挽情知道什么叫"搬起石头砸自己的脚"了——挑衅大魔王是没有好下场的。

她不情不愿地从床上下来，拖着沉重的步子在谢无衍面前坐下："我也很想教谢公子，但是首先我需要骰子，没有骰子的话……"

话音刚落，谢无衍抬了下指尖，隔空一抓，中指处的骨戒一闪，两枚玲珑骰子安静地躺在手心。

天罡骨戒——可储纳万物，是修仙界的法器之一。

对于这些奇珍异宝，沈挽情已经见惯不惊，但还是垂死挣扎："棋盘比较特殊，我得自己画，但是没有纸和笔。"

接着她眼前就出现了纸和笔。

沈挽情："我们得要有两种颜色的棋。"

然后他们就有了棋。

沈挽情："既然这样，还需要一小碟酱鸭脖、桂花糕和杏仁糯米丸。"

这下谢无衍没把东西变出来，他撑着下巴看她，骰子在手里被一抛一抛的，眼神里全是明晃晃的威胁。

沈挽情立刻服软，老老实实地趴在桌子上，开始认命地画起了棋盘："好吧，其实不需要这些。"

太可恶了，他变不出来东西就开始用眼神恐吓威胁人。

画完之后，她把那张纸往前一推，指了指四个角："现在每个人有四个子，骰子扔到'六'才能将自己的一枚棋子放在棋盘上，然后按照点数向前。谁率先把所有的棋子送到终点就算赢。"

接着，沈挽情示范性地扔了一下，是个"一"。

沈挽情将骰子递过去："该你了。"

谢无衍接过骰子的时候，眼神中的鄙夷清晰可见，仿佛明晃晃写着两个字——"就这？"

沈挽情叉腰："别看规则简单，但是运气也是实力的一部分嘛。"

谢无衍不置可否，只是随手一抛——"六"。

这人运气还挺好？

半炷香后，沈挽情发现了不对，这不是运气问题。为什么谢无衍从头到尾都是"六"，一连前行三步都到终点了，而自己扔出来的全是"一"，到现在为止连家门都没出去？虽然她是被强迫和谢无衍玩飞行棋的，但是这样，自己的游戏体验感也太差了吧。

沈挽情一抬头，敏锐地看到他指尖聚起的灵气——差点儿忘了，这是修仙界，根本不存在运气，全都是作弊的玩家。

沈挽情义愤填膺，拍案而起，一把抓住他的食指："不能用灵力控制骰子，不然就是出老千。"

然而，碰到谢无衍食指的那一刻，沈挽情才觉察到他异常冰凉的体温。仅仅是一根手指,却冻得人掌心刺骨疼痛,夹杂着还没来得及收起的气流,她的手宛若被刃尖拉开几道口子一般。

所以,即使是被封锁住大半妖力,谢无衍的力量还依旧霸道到这样的地步吗?

谢无衍看了眼沈挽情的手,被玄鸟啄伤的食指处,已经开始结疤了。

他不动声色,又抬眼看她。"哦。"非常敷衍的语气。

沈挽情气得想要揪他头发,但最终还是因为人厎胆子小,咽下了这口气,重新坐了回去,拿起骰子又掷了一次,是"一"。

绝对有问题。

她抬起头,盯着谢无衍:"你转过身。"

谢无衍挑了下眉,转身。

沈挽情再扔,依旧是"一"。

心态崩了的沈挽情决定,也要出老千。

于是她伸出手偷偷地拨了一下骰子,将点数调整到"六",然后故作无事地坐直身体:"好了。"

谢无衍转回身,看了眼点数,又抬头看了眼她。

"我扔的就是'六'。"不知道为什么,沈挽情在他眼神的注视下竟然有一点点心虚,从一开始的理直气壮变得声音越来越小,"你用这样怀疑的眼神看着我干什么?你又没看到。而且你都那么多'六'了,我扔一个怎么就不行了?小气!"

谢无衍当然能看得出来沈挽情的心虚,和她每一次撒谎一样,话又多又碎,她像只不怕死的麻雀一样在自己身旁扑腾着翅膀,叽叽喳喳地强词夺理。她的确很有趣,比预料之中的胆子要小,却也比任何人想象中的胆子要大。

谢无衍并没有拆穿她,只是平静地拿起骰子,抵在指腹摩挲一圈,然后轻轻一抛。

局势好像在这一刻发生了逆转,沈挽情一路"六六大顺"。

在把自己的四个棋子全都送进终点之后,沈挽情快乐了,觉得自己又行了:"我好强。"

谢无衍戏谑道:"沈姑娘怎么不怀疑了?"

双标①的沈挽情将胳膊一抱:"瞧您这话说的,一直扔'六'可太正常了。"

几局棋下来,夜色已深,沈挽情连续打了几个哈欠,有气无力地趴在桌上,麻木地扔着骰子——好困。

她甚至在想,这是不是谢无衍自创的杀人招数,通过不让她睡觉的方式,硬生生地把她熬死。

就这么胡思乱想着,一股深深的疲倦感便涌了上来,困意也越来越深,她的眼皮跟灌了铅似的,再也支撑不住。

毁灭吧。爱杀不杀,反正她要睡觉。

这么想着,沈挽情就睡着了。

谢无衍抱起胳膊,靠着椅背,觉得有些好笑。

她明明知道自己的身份,却还能安心地睡成这样;明明她看上去是挺惜命的一个人,原来还是这么不怕死。如果说她有多单纯善良,扎人刀子的时候却又比谁都干脆利落。

天罡骨戒又闪了闪,玄鸟扑腾着翅膀从里面蹿了出来。

"就是她就是她!揪我的羽毛、绑我的嘴,还要拿我炖汤!而且还叫我'鸽子'!"玄鸟一出来,就叽叽喳喳闹个不停,气势汹汹地朝着沈挽情的脖颈击去。

谢无衍抬了下眼,骰子在他的两指之间被硬生生捏碎。

一道红光炸开,伴随着无比强烈的气流涌动和冲击力。但无论房间内的气场有多么恐怖,整个屋子却仿佛被一道无形的屏障笼罩着,从外面看依旧是一片平静,毫无异常,似乎所有的气息都被刻

---

① 网络用语,指双重标准,即对同一性质的事会根据自己的喜好、利益等因素做出截然相反的行为。

意掩藏。

玄鸟被这道红光撞得脑袋疼,呜咽着飞了回来,委屈巴啦道:"殿下。"

"小点声。"谢无衍撑起下巴,伸出食指撩起沈挽情耳侧的一缕头发,百无聊赖地缠绕在自己指尖,"把人吵醒了,你来陪她下这无趣的棋吗?"

玄鸟哽咽了。

殿下只关心有没有把这女人吵醒,不关心自己的宝贝灵宠到底疼不疼。

这个女人果然是红颜祸水!

"你的灵力恢复了?"谢无衍瞥了玄鸟一眼,突然开口发问。

玄鸟一愣,这才发觉,晌午时被撞散的灵力,不知道什么时候又重新凝聚了起来:"好像恢复了一点……怎么会这么快?"

谢无衍转过头,捏起沈挽情的右手,食指处那道伤痕清晰可见。

玄鸟恐怕就是在这个时候,吞进了沈挽情的血。

谢无衍的指尖停留在她的手背之处,轻轻一划,一滴血滚落,掉落的速度却出奇地慢。

他伸手,聚齐一点灵力,触碰到那滴血珠。

刹那间,这滴血珠竟然燃烧起来,然后顷刻间炸开。

谢无衍在片刻的错愕之后,微微敛目,了然似的轻笑一声。

看来,她比自己想象中的更为特殊。

玄鸟倏地飞起,语气里全是错愕:"这是……"

"嗯。"谢无衍眸色如常,语气听上去挺平淡,"你想的那样。"

"殿下,既然这样,这人不宜久留。"玄鸟落在谢无衍的肩头,拼命煽动他,"万一以后……"

谢无衍却没说话,看向沈挽情,伸出手,用指尖抵住她的脖颈。

只要稍稍聚力,他就能划出一道深可入骨的血痕。

然而,他没有用力,只是收回手,撑起身:"我们该走了。"

玄鸟一副肝肠寸断的样子,委屈得满地打滚:"殿下,果然,她是你重要的女人,对吗?"

"算是吧。"谢无衍敷衍了句,语气里带着些懒散,"得花心思养着铸剑,是挺重要的。"

铸剑?玄鸟的眼睛重新亮起了希望之火。

果然,这个女人,不过是工具而已,它才是殿下心中最重要的东西!

八

这是自从到玄天阁以来,沈挽情第一次做梦:婴儿的哭啼声,正燃烧着熊熊烈火的剑炉,无数把飞驰而下的利刃,以及躺在血泊中看不清身形的影子。浑身是血的女人吻着婴儿的额头,眼泪混着血淌下,她一遍遍地重复着什么话。明明近在眼前,声音却显得格外遥远,像是隔着万水千山,听不真切。火光在一瞬间燃起,眼前蒙上一层血雾。

沈挽情惊醒了。

她动了动身子,发现自己正躺在床上,被子也整整齐齐地盖在身上。

沈挽情抚着额头撑起身子,皱起眉头若有所思。

虽然书中有提到过,"沈挽情"从来不把心思放在修炼上,但她毕竟是在大世家里长大的,所以多少还是有点基础。

修士有一个特点,就是不常做梦,一旦做梦,梦境除了和回忆有关的,其他的会暗示未来。

沈挽情可以确信,这部分应该是属于"沈挽情"的记忆。

只是原著对这个角色的背景描写并没有花费过多笔墨,只是草草交代她是个孤儿,她发挥完给男女主角添堵的作用之后,就领了盒饭下线了。

现在看来,恐怕没有这么简单。

沈挽情看了看不远处的桌子,香烛燃烧殆尽,桌面上散落着棋子,棋盘被风吹落在地上——无一不代表着昨晚并不是梦境。

沈挽情伸出手摸了摸自己的脖颈，还略微有些难以置信。谢无衍昨天居然真的和自己下了一晚上飞行棋，而且她下完棋居然还活着。

沈挽情边打着哈欠边在梳妆镜前坐下。她看了眼自己的黑眼圈，边梳着头边在心里偷偷骂着谢无衍。古代的脂粉她用着不顺手，折腾了半天才勉强将黑眼圈遮住，然后又在钗盒里挑挑拣拣，选了个翡翠的发簪，颇为生疏地盘起一个发髻。

简单地处理完之后，沈挽情满意地看着镜子里的自己。

怎么说都是被画皮妖觊觎的面容，当然要好好收拾一下，总不能暴殄天物。

掐指一算，距离下山捉妖的日子还有几天，这段时间，纪飞臣和风谣情没有"沈挽情"从中作梗，发展得倒也不错，看来也不需要自己花费心神。

"姑娘，姑娘？"

门外侍女的声音轻轻的，像是怕惊扰了她一样，尾音里都带着些软绵绵的温柔。

"我在。"沈挽情放下梳子，站起身拉开了门，重心抵着门框，问道，"怎么了？"

她还没来得及更衣，只穿着一身亵衣，睡了一觉起来，领口微松，胸口那抹雪色隐约可见。绸缎穿在她身上，能清晰勾勒出好看的身形，就连侍女都看得脸颊微红，不由得挪开目光，匆忙道："风小姐说如果您醒了，就让您去前厅用膳。"

沈挽情点头应了一声，随手挑了件鹅黄色的襦裙穿上后，便去往了前厅。

一进门，除了风谣情和纪飞臣两人，谢无衍和他肩膀上那只破鸟也格外醒目。沈挽情心里咯噔了一下，迈步的动作硬生生地止住，思索着现在要不要退回去跑路。

"挽情，愣着干什么？"纪飞臣笑着招呼她坐下，顺带伸出手，温柔地替她摘走头发上粘着的树叶，柔声训道，"怎么还是这么冒冒失失的？"

沈挽情一抬眼，敏锐地发现风谣情稍稍暗下去的眸光。

虽然风谣情昨日似乎对她的态度已经有所改变，不至于再像之前那样拒她于千里之外，但心里的芥蒂始终不能那么轻易地放下，更何况亲眼看见两人的亲密。

警告！风谣情对宿主的戒备升高！

听着系统聒噪的提示音，沈挽情将牙一咬，突然站起身。

在座的人都被她的动作吓了一跳，目光全都聚集在了她的身上。

沈挽情转头，看向一旁的谢无衍，盯了他许久后，宛若终于下定决心，紧接着，便转身走到了他的身旁，抚裙坐了下来，顺带朝他露出一个微笑："谢公子介意我坐在这儿吗？"

看着纪飞臣不解，以及风谣情满腹狐疑的怪异表情，沈挽情解释似的补充了句："因为突然觉得谢公子肩膀上的这只鸽子还挺可爱的，所以想坐得近些仔细看看。"

谢无衍没说"行"或者"不行"，只是稍稍挑眉，带着些戏谑般的浅笑。倒是他肩膀上的那只玄鸟反应激烈。"叽叽、咕咕、喳喳！"因为懂得不能暴露自己主人的身份，所以它在其他人面前，都装出一副自己不会说话的样子。

但即使是这样，沈挽情也能清晰地读懂它这串鸟语下的强烈抵触情绪。

谁信这个女人的鬼话？

昨天明明要把它炖汤，今天就说它可爱？

骗子！女人都是骗子！

沈挽情揣着明白装糊涂，歪曲事实："欸？看来谢公子养的鸽子也挺喜欢我的。"

"叽叽咕咕！"

玄鸟：谁喜欢你！

不知道这句话到底戳中了谢无衍的哪个笑点，他唇角一弯，低笑起来，就连胸腔都在震动。

"是吗？"他伸出手，替玄鸟理了下羽毛，"既然是沈姑娘发现的它，不如，替它取个名字？"

沈挽情倒是没想到谢无衍居然这么给面子，还让自己顺杆往上爬，去给这破鸟取名字。

但或许是刚睡醒，她的脑袋一片空白，再加上自己和这只破鸟没半点感情，恨不得互相一口咬死对方，她实在没有取名的灵感。于是她盯着这破"鸽子"看了好一会儿，说："那就叫'咪咪'吧。"

玄鸟扑腾着翅膀一飞而起，似乎是想和沈挽情拼命。

谁允许这个臭女人给本尊贵玄鸟来取名字的？而且敷衍就算了，你至少取个像鸟的名字啊！你取个猫名算是怎么回事儿？

沈挽情看着玄鸟来势汹汹，立刻往风谣情旁边躲了躲，装出一副委屈的样子："它好像不太喜欢，但是我现在想名字也只能想到'咪咪''旺财''狗蛋'这三个名字呀。"

谢无衍按住自己肩上的玄鸟，瞥它一眼："那你选一个？"

果真是红颜祸水。

于是，它堂堂一只玄鸟，终于在今天拥有了新名字——咪咪。

风谣情被沈挽情蹭到了胳膊，没躲开，只是垂眼看了眼沈挽情的脸，又看了看眼底含着些笑意的谢无衍。或许是女人天生的直觉，她总觉得这两人好像并没有表面上那么生疏，又想起这些天，沈挽情似乎的确没那么缠着纪飞臣了。

难道说……

恭喜宿主成功同风谣情冰释前嫌,戒备值降低,信任值增加27%,请再接再厉。

什么都没干的沈挽情一脸迷惑,完全不知道风谣情全靠脑补实现了自我攻略。

"纪大哥!"就在这时,门外传来一道清脆的声音。

下一秒,一道影子便从沈挽情面前掠过,径直奔向了纪飞臣,伸手一把拥抱住他的肩膀:"纪大哥,你真的来了!"

还没等人反应过来,少女又直起身,摸着后脑勺儿,笑嘻嘻地看向风谣情,俏皮地吐了下舌头:"风姐姐,我就是太激动啦,你不会介意吧?"

沈挽情窒息了。

这套行云流水的操作,让她差点儿连筷子都没握住。

风谣情看她一眼,无奈地笑了笑,拍了拍一旁的椅子:"一回来就这么风风火火的,过来坐下吧,子芸。"

子芸,曾子芸,是玄天阁长老的女儿,从小就和风谣情一块儿长大。

提示:已出现新女配角,请宿主提高警惕,注意男女主角之间的感情波动。

沈挽情抬手撑住额头,有点疲倦。

如果说自己是标准的"妹妹型女配角",那么曾子芸就是十足的"女汉子型女配角"。她打着要和两人一起降妖除魔、出生入死的名义,一直执着地找机会跟在纪飞臣身边。表面上装作只是朋友,其实背地里悄悄使绊子。她修为也并不怎么精进,只是学了些皮毛,但惹事不少。

沈挽情记得,故事发展到这里的时候,曾子芸还没彻底喜欢上纪飞臣，仅仅对他十分敬仰，有那么点朦朦胧胧的好感而已。

而她彻底喜欢上他的契机，就是这次捉画皮妖之行。画皮妖溜走后元气大伤，掳走了落单的曾子芸，准备吞噬她来补充修为，却被纪飞臣英雄救美。

从此曾子芸便红鸾星动，一发不可收拾。

"听说这次纪大哥和风姐姐要下山捉妖，"曾子芸拍了拍自己的佩剑，说，"我和阿爹说了，也要跟着你们一起去。"

沈挽情差点儿被一口茶呛死，拍了拍胸口，放下茶杯，劝了句："曾姑娘，这只画皮妖的修为非同小可。事情因我而起，我怕连累无辜的人再受伤害。"

"没事，阿爹说过就要多多历练一下。而且，"曾子芸笑嘻嘻地抱住风谣情的胳膊，道，"风姐姐和纪大哥一定会保护好我的。"

风谣情见状，又明白是长老的授意，只得作罢："好，那你就跟着吧，但切记要跟在我和纪飞臣的身边，明白吗？"

曾子芸雀跃道："明白！"

沈挽情知道劝不住曾子芸，毕竟自己在玄天阁也没什么说话的分量。更何况她看得出，玄天阁长老是故意想要让自己女儿跟着纪飞臣历练一下，眼下更不好阻止。

不过事情倒也有转机，只要曾子芸不被画皮妖捉走，也就不会有英雄救美这档事了。

这么想着，她转过头，看向自己身旁这唯一的变数。

原著里，谢无衍是并没有同行的。

万一他热心肠地出手帮忙，没准儿那只画皮妖压根儿就不会逃脱。

这么想着，她看谢无衍的眼神发生了变化，再也不是那种看豺狼虎豹的表情，而是仿佛在看着希望，一双好看的眼睛里全是充满希冀的光。

被这样灼热的视线注视着，谢无衍总算转过头，同沈挽情对视。

在数十秒的沉默后,谢无衍了然地勾唇,食指抵住沈挽情的额头,将她向后推了推:"抱歉,沈姑娘,谢某修为尚浅,只能护得住一个人。"

沈挽情眼底的希望破灭了。就知道指望不来他大发慈悲。

这两天,沈挽情过得倒是挺滋润的,玄天阁的人颇懂待客之道,往她屋里送的糕点从来都不重样。

虽然不知道风谣情到底脑补了些什么,但两人之间的关系确有缓和。

于是这几天,沈挽情的日常就是睡醒之后用膳,然后到花园蹲守想去当电灯泡的曾子芸,缠着她练剑、学习除妖之术,接着在晚上接待跑到自己房间里来下棋或者喝茶的谢无衍。

对于谢无衍半夜不睡觉来折磨自己这件事,沈挽情已经从一开始的提心吊胆,逐渐变得习以为常,甚至还会特地留个门让他进来,免得他腾空出现吓自己一跳。

虽然她不知道谢无衍葫芦里卖的什么药,但看情况,他似乎不准备立刻杀死自己。

这段时间下来,兴许是缠着曾子芸练剑的缘故,沈挽情发现自己的修为倒是精进了不少,具体表现在躺在床上就能用精神力控制糕点飘到自己面前,不下床就可以大快朵颐。

很快就到了下山的日子。

纪飞臣和风谣情的关系看上去修复如初,上个马车都互相搀扶拉扯,看上去俨然一对浓情蜜意的璧人。

曾子芸则是扑到自己阿爹怀里撒着娇。那个看上去一直板着一张脸,刻板而又严肃的长老,难得一见地笑出了褶子,把自己手里各式各样的护身宝器往女儿身上套。

至于那只叫作"咪咪"的破"鸽子",还是和之前一样没有任何变化——站在谢无衍的肩头，扯着嗓子一阵乱叫，虚张声势地要和沈挽情决一死战。

沈挽情觉得它有点吵，借着打哈欠的动作，偷偷施了个小法术，咪咪满嘴的脏话顿时戛然而止——锁声术。

这是沈挽情在修为精进之后，学会的第一个法术。

感受着终于安静的世界，她头一次领悟到了修士的快乐。

而那头的曾子芸已经结束了和阿爹的撒娇，撒开腿就朝着纪飞臣的方向跑："纪大哥，我要和你坐同一辆……"

话还没说完，她就被沈挽情提着后领拽了回来。

"我想和你一块儿嘛。"沈挽情在撒娇方面一绝，伸出手箍住曾子芸的胳膊，甜甜道，"曾姑娘是我在玄天阁认识的第一个朋友，就陪我一起坐第二辆马车吧？"

她怎么可能放任这位女配角去当电灯泡？

"你们什么时候关系这么好了？"风谣情掀开车帘，朝外面看了一眼，眉宇间笑意温柔，"子芸，你就和她一路去吧。"

曾子芸：谁和她关系好了？我们压根儿不熟！

但是沈挽情根本没给她解释的机会，就这么将她直接拽上了马车，顺带还捎上了站在一旁看戏的谢无衍。

于是，这辆马车里出现了十分诡异的场景：曾子芸一路上都在置气，转过头看着窗外，根本不给沈挽情一个正脸；谢无衍抱着胳膊闭眼小憩，薄唇紧抿，一言不发；破"鸽子"则是用阴冷的目光注视着沈挽情，却又不敢闹出大动静吵醒谢无衍，只能试图通过视线让沈挽情感觉到羞愧；沈挽情却乐得清静，一个人优哉游哉地看着带在身上的画本，吃着马车上备好的茶点，顺带咚咚咚地喝着提前让厨房准备好的玄天特制甘霖。

许久后，沈挽情听到身侧有些许响动，可压根儿没在意，将糕点咬在口里，腾出手将画册翻了一页，直到那股气息越凑越近，呼吸轻打在沈挽情的耳侧，让她不容忽视。

她转过头，抬眼就撞进了谢无衍那波澜不惊的眼底。不知道是刚睡醒，还是其他的某些缘故，谢无衍眼眸中的血丝清晰可见，却不显半点颓废，反而透着股让人不寒而栗的戾气。

沈挽情很久没见他这副样子了，稍愣了一下，没反应过来，又看他半天没说话，于是尴尬地咽了下口水，试图缓解尴尬地指了下糕点："吃吗？"

谢无衍就这么看着她，没说"要"，也没说"不要"。

兴许是被盯得有些发毛，沈挽情索性拿起一块糕点递到他面前。

又是长长的沉默。

谢无衍漆黑的眼瞳中分明没带半点情绪，却能让人莫名地感到毛骨悚然。他停顿许久，才慢吞吞地挪开视线，低下头，就着沈挽情的手咬下那块糕点。咀嚼，咽下，就连喉头的滑动都显得无比清晰缓慢。

沈挽情一怔。

就在这时，马车停了，纪飞臣的声音传来，随即帘子也被掀开："谢公子，前面好像出了些状况。"

几乎是在帘子被掀起的同时，谢无衍眼底的那点戾气消散得无影无踪。

"嗯，我同你去看看。"他站起身。

曾子芸看见纪飞臣，眼睛一亮，顿时开口道："纪大哥，我要和你一起去。"

沈挽情手疾眼快地把人拉了回来。

和曾子芸练了这么久剑，这人到底有几斤几两，她也心知肚明，如果真碰上什么事，那纪飞臣八成就得提前英雄救美了。

纪飞臣当然也知道这个道理，皱眉道："小芸，你就待在马车里吧。"

曾子芸脸色一垮，抱着胳膊，一副气结的样子。

两人离开一会儿后，曾子芸终于忍不住，白了沈挽情一眼，开口道:"喂,你是不是喜欢纪大哥?"

"别装模作样了。"曾子芸竖起食指,振振有词,"我早就听说你处处给风姐姐使绊子,天天在纪大哥面前装出一副楚楚可怜的乖巧模样,现在肯定是嫉妒我同纪大哥关系好,所以才处处阻挠着我,不让我同他相处。"

沈挽情懒得搭理她,随口敷衍了句:"没有。"

"没有?"曾子芸更加阴阳怪气了,"哼,我等会儿就要向风姐姐揭穿你的真面目。"

这句话总算让沈挽情抬了下眼,她深吸一口气,转过头,露出微笑:"你误会了,曾姑娘,我已经有喜欢的人了。"

"喜欢的人?"曾子芸一脸不信,"谁?"

这句"谁"还真把沈挽情问住了。

自己接受系统任务以来,就认识这么几个人,她翻来覆去地想了几遍,最靠谱、最能让曾子芸信服的人选,只有一个。

"谢无衍。"沈挽情说。

男配角是块砖,哪儿缺往哪儿搬。

更何况人家不在场,反正也听不见。

"是吗?"一道慢悠悠的男声传来。

"是啊是啊。"沈挽情小鸡啄米似的点头。

她点完头才发现不对。

等等……为什么是男声?

章贰　远行

九

马车内的气氛变得更加诡异了。

谢无衍抱剑倚门而立,双眸含笑着看她,明摆着是一副看好戏的样子。

沈挽情将身子坐得笔直,双手乖乖巧巧地放在膝盖上,目不斜视地低头望着地面,努力想要忽视身旁谢无衍那道带着些笑意的目光。

都说八卦能让女人心情愉悦,果不其然,曾子芸现在完全没了刚才的小脾气,她将眼瞪得圆溜溜的,十分机敏地竖起耳朵,目光在两人脸上扫着,不放过任何一丝表情变化,甚至还拿起了桌上的糕点,吃得"吧唧吧唧"响。

马车开始动了,谢无衍迈步走到沈挽情身旁坐下,向后一靠,座椅发出"吱呀呀"的声响。

沈挽情下意识地将背挺得更直。她现在别无所求,就希望不要有人说话,就这么沉默无言地让她糊弄过去这段尤为尴尬的时间。然后谢无衍就说话了:"沈姑娘,不准备对我说些什么吗?"

沈挽情无语。

你还问你还问!小姑娘难道不要脸皮的吗?

沈挽情差点儿被气晕过去,僵硬地转过头,果不其然,对上了谢无衍那双满是戏谑的眼眸。

太狠毒了。

这人明明就心知肚明自己在说谎,所以故意不给她台阶下。

沈挽情深吸一口气，准备使用小姑娘最会的招数来应对，脸红、害羞，再敷衍："谢公子别戏弄我了，我年纪还小，说的话不能当真。"

"不小了，"曾子芸嚼着糕点含混不清地说，"你都十八岁了，这个年纪，寻常人家的姑娘都嫁人生子了。"

沈挽情气死了。

就你话多，吃东西还堵不住一张嘴。

她转头看向谢无衍，然后亲眼看见他还颇为嚣张地抬了一下眉——动作极其缓慢的那种。

两双眼睛这么盯着自己，让人着实骑虎难下，于是沈挽情决定，索性破罐子破摔。

这个时候承认自己撒谎，倒不如咬牙承认自己对谢无衍有爱慕之情，然后被谢无衍残忍拒绝。这件事如果被曾子芸传到男女主角耳朵里，没准儿还能让风谣情更加相信她对纪飞臣死心了。

"好吧。"沈挽情深吸一口气，抬头注视着谢无衍的眼睛，咬咬牙，端出一副娇羞姿态，"既然这样，我的确对谢公子心生仰慕。"

在一旁看戏的曾子芸：哇哦。

就这样，两人对视了大约有半分钟之久，沈挽情焦急地等待着谢无衍的拒绝，但没想到，拒绝没等来，反而十分清晰地看到谢无衍唇角缓慢地轻弯了一下，只见他慢悠悠地端起胳膊，眸中的笑意更深，显得意味深长。

等等。沈挽情迅速反应过来，这个从来不按照正常套路出牌，并且用心险恶的反派，极有可能为了戏谑她，顺带找理由更好地埋伏在男女主角身边，干脆地答应和她结为道侣。

于是她手疾眼快地伸出手握住他的胳膊，脸上的笑意几乎快端不住了："等等！谢公子再……再好好考虑一下。毕竟，这和人家的终身大事有关。"

曾子芸眼睛瞪得更大了：哇哦！！！

谢无衍不是傻子，从听到那段对话开始，就知道沈挽情那几句话无非是为了敷衍曾子芸随口胡诌的。所以他倒也的确存了几分戏弄的心思，想看看如果自己真的就这么纠缠下去，这兔子似的小姑娘到底能狼狈成什么样子。

但眼下看见沈挽情那慌乱紧张，还带着些恳求的眼神，谢无衍突然觉得索然无味了。

这些女人之间的琐事，无趣极了。

他垂眼，轻轻抽开被沈挽情握住的胳膊，语气轻飘飘地说："抱歉，谢某拒绝。"

一线"吃瓜"的曾子芸：哇！！！

听到"拒绝"这两个字，沈挽情感觉自己获得了新生，甚至感动得想要落泪，在心里对谢无衍的好感度也噌噌地往上涨——反派还是很善解人意的。

她坐了回去，觉得还有些心悸，于是准备伸手摸块糕点，吃了压压惊，却没想到刚一伸手，手就被曾子芸扣住，然后紧紧握住。

"没关系的，沈姑娘。"曾子芸现在已经完全没了脾气，只有眼底还剩些怜惜的光，"这件事我会替你保密的。"

沈挽情：真是谢谢。

然后沈挽情很快就知道了，世界上最不能相信的东西，就是女人的嘴。

马车到达目的地之后，曾子芸就一溜烟儿地蹿了出去，抱着风谣情的胳膊偷偷耳语，然后风谣情错愕地瞪大眼睛，回头看了眼沈挽情，接着又拉着纪飞臣小声说了几句话。最后，三个人围成一圈，同时偷偷耳语了起来，不出半炷香的时间，几乎所有人都知道沈挽情告白惨遭拒绝一事。

马车上，远远眺望着这三人的沈挽情，心情有点复杂，但往好处想想，这下风谣情估计也会对自己彻底放下心，降低戒备。

没想到的是，落脚之后，还没来得及吃饭，面色铁青的纪飞臣就把沈挽情拎到了偏僻的地方，还没等沈挽情说话，就听见他一声严厉的训斥："跪下。"

"小芸都和我说了，"纪飞臣见她一脸不解，脸色更差，猛地一拍桌，然后道，"挽情，纪家的家法你都忘了吗？一个女儿家家，谁教你去向一个男儿逼婚的？"

等等，逼婚？谁逼婚了？

被骂了一通之后的沈挽情终于明白，女人到底会把八卦改编成怎样离谱的版本。

入夜。

因为在路上耽误了些时间，找到落脚处的时候，夜幕已经完全落了下来。

谢无衍解开外衫，看了眼旁边一脸痛苦的玄鸟，抬手解开了它的锁声咒。

憋了一天的玄鸟放鞭炮似的开始噼里啪啦道："太过分了，那个女人太过分了，居然对我使用这么卑鄙的招数。而且她居然还敢胆大包天地仰慕殿下您，殿下是她那种身份的人能够觊觎的吗？她一定是没安好心想要算计殿下……"

"还想试试锁声咒吗？"谢无衍将外衫随手搭在一旁，扯了扯领口。

玄鸟闻言，立刻闭紧了嘴巴。

窗外传来了一阵喧哗声，谢无衍抬眸望去，见沈挽情低着头，一脸认错的模样，乖乖巧巧地跟在纪飞臣的身后，俨然一副刚刚被训斥过的样子。

玄鸟扑腾着翅膀飞了过来，一看这场面，顿时又忍不住叽叽叽了："看，我明白了。之前就听说过这女人缠着自己的兄长不放，原来是拿殿下当幌子，简直是心机深沉，胆大……"

声音戛然而止，玄鸟楚楚可怜地趴在谢无衍肩头——殿下变了，居然真的对自己用锁声咒。那女人果然是红颜祸水！

谢无衍垂眸,望着楼下两人的身影,直到他们完全消失在自己的视野中后,才轻轻扯起唇角,发出一声低低的嗤笑。

原来如此。

无趣得很。

沈挽情发现了,自己无端介入事件发展,不可避免地产生了蝴蝶效应。

在原著里,男女主角已经闹到退婚,因为玄天阁和纪家产生矛盾一事,所以纪飞臣并没有来得及第一时间顾及除妖一事。而现在因为没有"沈挽情"从中作梗,两人的关系并没有闹僵,除妖计划也提前了许多。虽然只有几日之差,但许多事情发生了翻天覆地的变化。

所以按照原著内容,画皮妖当晚就被沈挽情身上残留的妖气吸引过来的事情,也并没有发生,不仅如此,一连几日都没有任何动静。

但被害身亡的人数依旧在增加,短短两日的工夫,已经死了三个人。

"搞什么啊?"曾子芸有些失去耐心了,撑着下巴发着牢骚,"是不是画皮妖已经找到更好的猎物,索性就放弃沈挽情了?"

风谣情和纪飞臣也显得忧心忡忡。

无论如何,叫他们亲眼看见这么多人一日接一日地死去,自己却无能为力,着实是一件痛苦的事情。

按照原著来说,画皮妖对沈挽情有一种近乎病态的执着,是在风谣情和纪飞臣的围攻下,宁可被打散魂魄,都要将她的灵魂吞掉的执着。虽然不知道原因,但她并不是这么轻易就能放弃的。

更何况画皮妖特地在她身上留下了一缕妖气,应该会很快发觉。

等等,妖气?沈挽情看了眼自己手腕的护身镯子,似乎突然记起来了什么。风谣情的医术高超,在医治自己的时候驱散了大部分残存的妖气,只留下不伤及身体的几丝当作诱饵。而原著中捉妖开始的时候,画皮妖的妖力已经大有突破,所以才能十分敏锐地感应到自己留在沈挽情身上那屈指可数的妖气。现在捉妖计划提前了,很有可能画皮妖并没有来得及突破新的境界，再加上有护身法器在自己身边，自己身上的妖气完全被掩盖了。

那么，现在除了等待画皮妖主动找上来，似乎别无他法。

但妖如果想要精进修为，必须无休止地吸食人类的精血，特别是有些修真基础人士的精血。

沈挽情抬眼看向曾子芸——她很合适。

再加上在原著中，画皮妖也袭击过曾子芸，所以她很有可能会提前遭到袭击。

  提示：危险提示，重要女配角曾子芸随时可能面临危险，为避免主线任务受到影响，请宿主尽快协助主角完成捉妖任务。

她服了。

如果画皮妖的袭击对象变成曾子芸，那么无可避免地会发生英雄救美的情节。沈挽情叹了口气，伸手果断地取下了自己的手镯，递给纪飞臣："好了，今晚再试试吧。"

这样，就能够保证妖气不被遮掩。

"这……"就连风谣情都有些犹豫，"挽情，你不留护身法器在身边的话，如果我们没及时赶到，很有可能……"

"没事，"沈挽情笑了声，"你们会及时赶到的。"

十

为了尽可能地避免打斗起来的时候画皮妖会伤及无辜，一行人换了家偏僻的客栈。

这家客栈非常有特点，灯光昏暗，楼梯踩上去会发出"吱呀呀"的声响，因为地处偏僻，周围没什么烟火气，看上去就阴森森的，是

061

个适合闹鬼的典型环境。

其实沈挽情一直觉得这种方法并不太可行,因为选在这种位置,不是明摆着告诉画皮妖自己在守株待兔吗?

在意料之中的是,一直到天色完全暗了下来,周围完全没有半点异样。客栈里还零零散散地进来了些客人,该喝酒的喝酒,该吃菜的吃菜,看上去倒是挺热闹。

下楼用餐的时候,谢无衍并不在场。

"我喊过他。"风谣情的语气中带着些担忧,"谢公子似乎是因为锁心咒残留的影响,身体不适,所以在楼上休息。"

听到这句话,沈挽情沉默了下,"身体不适"这几个字怎么看都和谢无衍不搭边,一般反派这样说的时候,八成是在偷偷搞事。

曾子芸风风火火地下了楼,抬眼看见周围坐满了客人,紧张的情绪顿时就松懈了不少。

一顿饭下来,或许是因为气氛太过安逸,她瘪了瘪嘴,发牢骚道:"搞什么嘛,根本就没动静。"

却没有人接话,只有风谣情给她夹了一筷子菜:"吃菜。"

沈挽情也觉得有些奇怪。

并不是画皮妖的缘故,而是纪飞臣和风谣情两人的状态。这对你侬我侬的小情侣,平日里吃饭的时候,他总会温声询问她饭菜是否可口,然后习惯性地给她夹菜,顺带会唤来小二替她将冷酒拿去热。

现在两人却过于安静了,都一言不发,脸上毫无情绪,又表现出一副没有任何异常的样子吃着碗里的东西。

沈挽情皱眉,抬头望了眼身旁几桌的客人。

人声鼎沸,每个人都在大快朵颐,没有任何一个人把目光放在她这边。但不知道为什么,沈挽情心里隐隐约约生出一股怪异感,就好像周围所有人都是披着一层皮的纸片人,扮演着自己的角色,没有任何思想和灵魂。

有了这个想法后,沈挽情握筷的手停了停。

"来了来了,这是几位客官要的酒。"店小二端着酒坛靠了过来。

他弯腰放酒时,宽硕的身体遮去了沈挽情头上的光。

沈挽情敏锐地看到了纪飞臣和风谣情同时绷紧的身体。

"客官,还有什么吩咐吗?"店小二转头,扯起嘴角露出一个微笑。

"嗯,"沈挽情点头,"加几道菜。"

"什么菜?"

"我想想……"沈挽情边思索着,边抬手摸了摸自己的发髻。

下一秒,她动作迅速地拔下自己的钗子,腾空一转握紧,手起钗落,钗子扎进店小二的手背,穿透过去钉在了桌子上。一声撕心裂肺的惨叫声,让所有的客人不约而同地停住了动作,提线木偶般地转过头,朝着他们的方向望来。

沈挽情此刻修为已经有所精进,刻意在钗子里施了些灵力,店小二连连惨叫,挣脱不开那支钗子,整个人也动弹不得。

曾子芸没反应过来,在原地愣了半响。

纪飞臣腾身而起,一把将两人扯到风谣情旁边,厉声道:"退后。"

"怎么回……"曾子芸的话还没问完,就戛然而止。

所有的客人几乎同时站起,将他们围成了一个圈,僵尸般靠近,包括店小二在内,周围每个人脸上都生出一层层的褶皱,宛若一层覆盖上去的面皮,往下脱落着。

不是一只画皮妖,而是一群。

果然是守株待兔,只不过角色完全颠倒了过来,这整家客栈压根儿没有一个活人,八成在一天前就全部被杀害,皮相被剥下用作画皮妖的伪装。

纪飞臣一行人,才是这些画皮妖的猎物。

然而真正要袭击沈挽情的那只,此刻并没有出现。

虽然不知道为什么,但显然剧情开始偏离原线了。

063

楼上的客房里,谢无衍姿态散漫地坐在窗台上,一只手松松地搭在膝盖处,另一只手将苹果反复地抛起接住,饶有兴致地看着楼下的大场面。

"砰!"一旁的门被猛地推开,从外面走进来一只炮灰画皮妖,脸上的皮肉垮了大半,一副狰狞的模样,看上去应该是亡命于此的客人。

炮灰画皮妖转过头,恰好与谢无衍对视。

它顿时妖力全开,雄赳赳气昂昂地走了过去。

谢无衍咬了口苹果,动都懒得动一下,只是兴味索然地看它一眼,然后将眼一弯,笑了。

威压,很强大的威压感。

炮灰画皮妖吓了一跳,顿时乖乖巧巧地收起妖力,装作没看见一样地转过头,"嗷呜"一声扑下了楼,攻向纪飞臣,然后被一符咒烧死。

玄鸟停在谢无衍肩上,小声吹着彩虹屁:"不愧是殿下,早就洞察出这家客栈里已经没有活人。居然能把画皮妖这么会隐藏气息的妖怪一眼识破,而且它们身上披着的可是最新鲜的人皮。"

谢无衍没搭理它。

他看着楼下的混战,慢条斯理地又咬了口苹果。

虽然这些画皮妖数量多且难缠,但是毕竟修为都不算太高,纪飞臣和风谣情合力倒也可以招架得住,只是时间问题而已。

哦,对了,还有两个拖油瓶,那估计就得更久。

说起拖油瓶,下意识地,谢无衍将目光放在了沈挽情的身上,目睹她忍无可忍地抬手,一记手刀敲在了曾子芸的脖颈上,将人家敲晕之后,吭哧吭哧地塞进桌子底下藏起来。

其实这真的不怪沈挽情。

曾子芸虽然是玄天阁长老的女儿,说是外出磨炼,但每一次都是被师兄、师姐们护得好好的,她头一次亲身遇到这场面,显然是被吓蒙了的。

一蒙，她就开始喊"纪大哥"。

沈挽情觉得，这人就跟只跳蚤一样，一会儿不注意就开始"纪大哥纪大哥"，然后泪流满面地往人家身上扑。平时倒也无所谓，现在这种关头，任何意外都容易让原本就有些艰难的纪飞臣思绪大乱。

沈挽情先是劝了会儿，发现没用，然后拽了一下，发现太费劲，而且还要花心思躲开一些画皮妖的袭击，非常消耗体力，于是，索性将她打晕了，省时省力。

而楼上，玄鸟有些不解："殿下，为什么不去帮忙？如果要获取这两人的信任，现在替他们收拾这些画皮妖是大好时机啊。"

谢无衍："好累，不想动。他们打得差不多了再说。"

非常任性的理由。

这话刚说完，就见楼下黑雾一闪，一只画皮妖在掩护之下，瞬移到沈挽情的身后，妖力汇聚成一只巨大的妖爪，直直地朝着她的心口掏去。

"挽情！"觉察到这边动静的纪飞臣喊道，但因为被多只妖怪死死纠缠着，一时间根本没法迅速赶到沈挽情旁边。

没有任何的护身宝物，这一击凭借她的修为，未必扛得住。然而纪飞臣话音刚落，就见眼前一束金光飞过，宛如利刃一般割裂了那汇聚成爪的妖气。一抹身影穿透层层黑雾，在沈挽情眼前落下，谢无衍抬手，扣住了她的后背，往自己身前一扯。

屋内妖气环绕，汇聚成无数团黑影，在狭小的屋内不断盘旋上涌。但以谢无衍为中心的方寸之地，仿佛被一股强大的力量笼罩着，没有受到半点妖气的侵蚀。

谢无衍低头看了眼怀里的沈挽情，接着缓缓抬起眼帘，墨发同赤黑相间的衣袍翻飞着，强悍的灵力在一瞬间形成一道屏障，硬生生地震散了萦绕在客栈里的黑雾，不断盘旋着的黑色妖气宛若在一瞬间被切割成千百万条碎片，猛地炸裂开来。

刚一转头就发现自家殿下已经飞下去的玄鸟：我记得刚才有人说累来着？

十一

沈挽情被谢无衍紧紧箍住，那群妖物苟延残喘地进行最后的挣扎，掀起道道劲风，四处撞击着，"哐哐"作响。谢无衍却没动，甚至情绪无波无澜，即使这样，也没有任何一缕妖气敢近他身。

纪飞臣迅速抓住了时机，数道符咒铺开，燃起道道火花，嘶吼、呐喊和咆哮，伴随着火焰炙烤时"刺啦"的声音，符咒贴附的地方腾起道道青烟。

顷刻间，客栈内的妖气也渐渐散去。

回过神来的风谣情有些错愕："谢公子，你……"

那可是几十只画皮妖聚成的妖气，到底是怎样强悍的修为，才能将它们一击破除，甚至看上去如此轻而易举，没有半分消耗？

这人真的只是个简单的除妖师吗？

好不容易吭哧吭哧地赶到谢无衍身边的玄鸟，看见风谣情的表情，心中暗道"不好"。这打法太过凶残，就连天之骄子纪飞臣面对这群画皮妖都得苦苦缠斗，而谢无衍几乎没有保留地出手，很容易让人产生疑虑。

于是玄鸟立刻小声提醒："主人，当心。"

谢无衍自然是听到了的，收手，散发着的灵压也渐渐隐去。

沈挽情没想到谢无衍会救自己，刚想开口道谢，就看见谢无衍眉头一皱，向前一个趔趄，同时一口鲜血喷了出来。

她头脑瞬间空白，下意识地伸手扶他，猝不及防地，手掌上被溅满了他的鲜血。

沈挽情瞳孔微缩，有片刻的错愕。

这是她接受系统任务以来,第一次这么直观地接触这样的场面。

"谢公子!"风谣情向前一个箭步,连忙赶到了谢无衍的旁边蹲下。

见状,纪飞臣顾不得仔细善后,连忙围了过来,帮忙将人带到了楼上的客房床上放下。

"是锁心咒。"风谣情检查了一下谢无衍的情况,发觉那原本褪去的红色血痕重新爬了上来,如同蜘蛛网般不断蔓延,直逼他的心口,"这种咒术,只要中咒的人发动功力,就会遭到等量的反噬。虽然之前被我暂时压了下去,但还需要好好调养。然而刚才他灵力波动太大,竟然重新诱发了出来。"

"恐怕他当时是为了不让我们乱了阵脚,才闭口不提。"风谣情说着,话里多了些自责,"却没想到,会反噬得如此之严重。"

"是我的疏忽。"纪飞臣看上去十分自责,"如果我早些发现异样,也不至于牵连谢公子。"

"放心,我已经及时用灵力抑制住了锁心咒的蔓延。"风谣情见纪飞臣情绪低落,连忙伸出手抚上他的手背,然后捧起他的脸,柔声道,"没事,这不是你的错。"

沈挽情扫了眼这对神仙眷侣,又抬起头看向床上的谢无衍。玄鸟安安静静地停在他的床头,难得地没有吵闹,一直在用自己的小脑袋蹭着他的脸。

"好了,今日你也操劳过多,先去休息吧。"风谣情拍了拍纪飞臣的背,然后道,"我来照顾谢公子,他现在的情况有所好转,估计一会儿就会醒过来。"

"我来吧。"沈挽情开口。

两人均是愣了一下。

"他也是因我而受伤。"沈挽情抬眼看着他们,"所以就让我来照顾他吧。"

风谣情迟疑了一下,似乎是想到了什么,露出一抹意味深长的笑容，同纪飞臣对视了一会儿，继而无奈地摇了摇头，站起身道："好，那就交给你了。我们就在隔壁，如果有什么意外，我们会迅速赶过来的。"

沈挽情起身，送两人离开。

人刚走，趴在床头的玄鸟就嘤嘤嘤地哭了起来："主人！我可怜的主人，太令人感动了，居然不惜冒着生命危险前去救人，和那些蛇蝎心肠、动不动就喊打喊杀的女人完全不一样，我会永远记得你今天壮烈的举动……"

沈挽情抱着胳膊，上上下下地打量了一下这对主人和宠物，然后敏锐地发现，双眼紧闭、躺在床上的谢无衍，眼皮有细微不可觉察的轻颤。

看来是他也快听不下去了。

不知道为什么，确认谢无衍没事之后，她反而松了一口气。

沈挽情在他身旁坐下，端起药碗，寻思着该用什么角度喂药给他喝。

她先试着用汤勺舀起一勺，递到他唇边，可谢无衍一动不动。

行吧，这个姿势的确不够稳重。

于是沈挽情上前，将谢无衍扶起来，靠在自己肩上，再舀起一勺。

谢无衍依旧一动不动。

在沈挽情尝试了无数种姿势，折腾出满头大汗后，终于感到疲倦了。

她端着碗，站在谢无衍床前，注视了他许久，又看了看自己碗里的药。

"不好意思，既然这样，我就只能用最后一个办法了。"沈挽情露出微笑，先这么提醒了一句，然后舀起一勺药，似乎是准备自己喝一口。

玄鸟一看，立刻惊得飞起，用自己的身体拦住她："干什么？干什么！不能动手动脚的！"

沈挽情压根儿没理它，将药含进口中，眉头立刻拧成"川"

字——好苦。

而下一秒,她的下颌突然被一只泛着些冷意的手掐住,力道十足,她几乎没来得及反应,就将刚含进去的药全数咳了出来。

"什么东西都往嘴里送?"

谢无衍脸上没有什么血色,衣领松松地敞着,颈肩线条棱角分明,墨色的头发披散在脑后,却莫名地带着股病态的美感。

他松开掐着沈挽情下颌的手,没耐心似的擦了擦自己的手指,然后整理了下衣袍,站起身。

沈挽情其实早就知道谢无衍八成是装的。

在小说里,他曾经无数次使过这样的伎俩——故意装出一副为了救人而自损的样子,让女主角对他心生敬仰和怜惜。

所以直到他掳走风谣情,并且将她囚禁在魔域整整一年的时候,风谣情仍相信他会改邪归正。

这足以证明,谢无衍到底有多么会伪装。

沈挽情没说话,而是端着药跟在他身后。

谢无衍侧目扫她一眼,披上外衫:"不必了。"

他分明是知道自己没有受伤。

沈挽情还是没说话,仍然固执地端着药碗站在他身后。

谢无衍走到桌旁,她就跟到桌旁;谢无衍走到窗前,她就跟到窗前;谢无衍要出门,她就要和他一起出门,像个黏人的小尾巴一样。

"砰!"

谢无衍猛地转身,扣住沈挽情的腰,将她硬生生地抵在了一旁的墙上:"你是不是觉得我对你很有耐心?"

沈挽情看着他的眼睛,抿了抿唇,还是抬起手,将药递给他:"喝了,我就走。"

那是无比漫长的对视。

不知道过了多久,谢无衍松开手,夺过沈挽情手中的碗,一饮而尽,然后转身离开了屋子。

被吓到的玄鸟在一旁蒙了一会儿，接着踉踉跄跄地跟了出去。

沈挽情不知道谢无衍这突如其来的情绪是为了什么，书里描述谢无衍，向来都说他是喜怒无常的，对着男女主角贴着一副温柔纯善的面具，但其实对知道自己底细的人向来都是分外凶残。

所以她其实并不在意这些。

沈挽情将碗放回桌子上，替谢无衍随手收拾了一下床铺，然后坐在椅子上发了会儿呆，见人久久没有回来，才退出屋子。

还好他是装的。沈挽情这么想。

如果真的有人为了救她而死，她一定会后悔一辈子。

无论谢无衍救她这一举动，是不是为了蛊惑风谣情他们，对于沈挽情来说，她都应该感谢他。

他的确救了自己。

沈挽情低头，看着自己的手。

"沈挽情"很在意自己的外貌，所以一双手也保养得十分漂亮，骨节细长，每寸肌肤仿佛都透着光般白皙，摸起来温润光滑。

但恍惚间，她能够清晰地看到这双手被溅满血污时候的样子。

沈挽情握紧手。

一开始来到这里的时候，她想的是什么呢——赶快完成任务，没准儿能够回到现代；如果不能，也可以自己偷摸跑到个山清水秀的地方，就这么混吃等死地度过一生。

沈挽情现在才发现，自己这样的想法有多么可笑。

她握紧手。

她不可能指望着一直有人来救她。

她必须得变强。

天色已晚。

沈挽情上楼下楼找了会儿谢无衍，没有发现他的踪影，正当准备回到房间里休息的时候，突然听见转角处传来些许声响，走过去，才发现拐弯处刚好有扇窗户，从这个方向望过去，能看见客栈后院。

她朝下瞄了一眼，然后——瞳孔一震！

谢无衍和风谣情并肩站着，月色正好，冷光透过云层和树叶，打在他们的身上，显得格外和谐。

两人似乎在说着什么话。

谢无衍脸上带着些笑意，就连眸光都是柔和的，宛若一瞬间退去了所有的戾气和锋芒，而风谣情也回应着他，时不时轻笑一声，顺带抬手替偶尔会咳嗽的谢无衍拍拍后背。

没被画皮妖那种狰狞样子吓到的沈挽情，这一刻彻底吓傻了。

等等……这什么情况？

虽然我的确很感谢你救了我，但是也不能偷偷和女主角搞暧昧啊。

你这样我会很难办的！

检测到反派和女主角单独相处，请宿主尽快做出反应！

你这破系统不仅没什么金手指，居然还出现延迟。

直到这一刻，她才意识到一个大问题：在原著中，谢无衍就是被风谣情善解人意、温柔的性格，以及对他的悉心照顾和关怀打动，正因为这一点，他才会在后期虐纪飞臣时虐得那么绝。

沈挽情虽然可以在一定程度下挡下那些女配角，但是谢无衍完全没办法受她的控制。

因为她打不过。

所以谢无衍对风谣情产生好感，恐怕是迟早的事。

看着楼下后院里两人的氛围越来越好，沈挽情一咬牙，"啪嗒啪嗒"地就下了楼。

凶就凶吧。再不管管，会出大问题的。

十二

"谢公子有伤在身,"风谣情柔声道,"还是不要在外面受这冷风了,快些进屋吧。"

谢无衍没立刻答话,只是垂下眼望着自己的双手,神情落寞,许久后,才自嘲似的低笑一声,将手攥紧:"纪飞臣原是请我来助你们一臂之力,却没想到现在我竟然成了累赘。"

"这并不怪你。"

女人心都是软的,风谣情见状,语气里也立刻带了几分怜惜。她伸出手搭上了谢无衍的手臂,似乎是在劝阻他不要自责:"谢公子不惜引发旧伤也要救我们于水火,已令风谣情心生敬佩,何来累赘一说?"

谢无衍转头。

两人对视。

月光正好,环境正好,氛围也恰到好处,只有躲在树后面的沈挽情觉得大事不妙——装,真会装。

照这么下去,沈挽情甚至怀疑谢无衍再演几轮,就能成功把纪飞臣挤下去,把自己提拔为男主角。

这样下去不是办法。

正当她紧张地想着对策时,突然感到鼻尖传来股酥酥麻麻的痒感,然后一个没忍住,"啊嚏"一声,打了一个喷嚏,非常响亮。

这就很尴尬了。

即使没有转头,她都知道不远处两人的视线都集中到了自己的方向。

沈挽情揉揉鼻尖,十分尴尬地站直身,从树后面走了出来。

"挽情?"风谣情收回手,错愕道,"你怎么在这儿?"

"我……"沈挽情绞尽脑汁,抬起头看了眼谢无衍,将牙一咬,索性破罐子破摔,"我一直在找谢大哥,怕他出什么事。"

说到这儿,她故意抽了抽鼻子,将眼眶憋得微微发红,做出一副失恋少女的姿态:"既然谢大哥和风姐姐在一块儿,我就放心了。"

风谣情看见沈挽情发红的眼眶,当即愣了下,接着立刻想起来她爱慕谢无衍一事。同为女人,彼此之间的心思最好猜,很快,风谣情就笃定沈挽情一定是看见自己和谢无衍待在一块儿,吃了味儿,才委屈成这副样子。

于是风谣情立刻快步朝着沈挽情走去,笑着抚上她的肩膀:"正巧你来了,纪飞臣今日操劳太多,我得回去照料一下,但又放不下谢公子的伤势,既然你正好在这儿,那么谢公子这边就交给你了。"说完,她便转身离开,走前还特地意味深长地朝着她眨了眨眼。

看着风谣情快步离开的背影,沈挽情总算松了口气。误会就误会吧,总比这两人趁着自己不注意就偷偷搞暧昧好。

她拍了拍胸脯,还没来得及放下心,一抬头就对上了谢无衍那双赤眸。他靠着树,抱着胳膊看她,眼神里可以清晰读出这么几个字:装,接着装。

历史总是惊人地相似,刚才还是沈挽情看着他装模作样,没想到这么快就角色颠倒。

"这么紧张?"许久的安静后,谢无衍突然低笑了一声,迈开步子走到沈挽情身旁,俯下身去迁就她的高度,"怎么,怕我杀了她?"

沈挽情一怔。

虽然她原本就没指望谢无衍会相信自己真的什么都不知道,但两人向来都不会揭穿对方,互相揣着明白装糊涂。所以,谢无衍突然这么直白地和她坦诚相待,还是头一次。

这话她没法接。

沈挽情想躲开他的视线,却被扣住下颔,被硬生生地扳了回来。"我杀了她的话,"谢无衍声音透着股冷意,"你不是该高兴吗?"

等等,这是怎么得出的结论?

沈挽情被这话问得蒙了一下。她想了想,总不能实话实说告诉谢无衍,自己是来阻止他当小三的吧?

这样估计话一说出口,自己连点挣扎的余地都没有,就会被他干脆利落地拧断脖子。于是,沈挽情深吸一口气,决定迂回一点进行表达:"没,我只是觉得纪大哥看到,或许会误会什么。"

"纪大哥?"

谢无衍重复了一遍,宛若是听到什么笑话一般低笑了几声,然后松开箍住沈挽情的手。

他直起身,目光冷得像刀,冷冷地瞪了她一眼。

她倒是爱屋及乌。

下一秒,没给沈挽情任何反应的机会,谢无衍迈开步子,同她擦肩而过。

沈挽情揉了揉自己被掐得有些发酸的下巴,再转过头时,发现人已经消失在视线中。

为什么他会觉得,自己希望风谣情死?

明明风谣情死了她也得嗝屁。

沈挽情捋了一下思路,然后恍然大悟。

八成谢无衍是真的信了曾子芸的话,觉得自己一心爱慕着纪飞臣。

这么一顺,情况就有点复杂了。

男配角觉得女配角喜欢男主角。

男主角、女主角觉得女配角喜欢男配角。

女配角知道男配角以后一定会喜欢女主角。

怎么看都像是绕口令。

沈挽情摸着下巴,边考虑着要不要向谢无衍解释一下自己不喜欢纪飞臣,边朝着客栈的方向走去。

然后还没迈出几步,她突然感到脊背一阵发寒。

乌云翻滚,遮住了月光。风声越来越大,气氛宛若在一瞬间变得压抑了起来,刺骨的寒意从四面八方涌来,包裹住她的全身。

沈挽情试着向前迈步,却发现自己的身体僵硬得出奇,艰难走出几步之后,就感到全身上下的血液都凝固了一般,动弹不得,眼前宛若瞬间被一团浓雾笼罩,场景变得模糊扭曲。

"就是这股气息。"

阴森的女声,几乎是贴着自己耳畔传来:"你知道,我等了你多久吗?"

女声的主人伸出手,轻轻抵住沈挽情的脖颈,从下颌顺着线条一直到颈肩,然后再到后背,另一只手箍住沈挽情的腰,然后一点点往里抠住。

那股冰冷的气流,顺着她的动作扫过沈挽情的全身,让人感到如坠冰窖般寒冷。

不得不说,这个姿势非常暧昧,难以描述的那种暧昧。

应该是她了,那只从纪飞臣手上逃脱的画皮妖。

这只画皮妖很聪明,先让自己的同伴将纪飞臣和风谣情的体力透支,趁着他们以为这些妖物遭到重创,不会轻易卷土重来时再大胆出手。

按照逻辑来说,这计划的确不错。

但沈挽情觉得她低估了纪飞臣,以他们的敏锐,估计很快就能觉察到不对劲。

"你觉得我会害怕跟在你身边的那群破修士吗?"画皮妖宛若能读懂沈挽情的心思一样,发出几近疯魔的笑声,抵住她后背的指尖微微用力。

钻心的疼痛,沈挽情现在却发不出任何声音。

她能感受到这只画皮妖在自己的后背上,划出了一道很长很长的血痕,就好像要顺着这道伤痕,硬生生地活剥掉自己的皮囊一般。

"只要我吞了你的血肉。"画皮妖说,"哪怕是一千个、一万个纪飞臣,都没有办法阻拦我。"

什么意思?

剧痛之中,沈挽情仍然保留一丝理智:所以这画皮妖这么执着于自己,原来不是单纯因为她长得好看?

画皮妖锋利的指尖几乎划开了沈挽情整个脊背,妖力从伤口处钻进她的身体,就像是要硬生生地将她整个人撑碎,要彻彻底底地将她同皮肤剥离开来。

在剧烈的疼痛中,沈挽情感觉到自己的大脑已经无法接受任何内容,只剩灼热得刺眼的惨白色。

"认命吧。"画皮妖的声音已经在她耳边变得模糊不清,"就算不是我,以后你也会成为其他妖怪的献祭品。"

这句话不知道触动了沈挽情的哪根神经,原本一片空白的脑袋里,突然闪过无数画面,更像是濒死前的求生欲,激发了许多这具身体里原本从未被唤醒过的记忆。

那些画面,和自己不久前的梦境出奇地相似,只是这一次,更清晰了。

浑身是血的女人低下头,抵住婴儿的额头,将她紧紧拥在怀中,眼泪混着血淌下。

许久之后,她深吸一口气,用颤抖着的声线,轻轻哼起了一首歌。

沈挽情从来没有听过这首歌,却还是感到无比熟悉,那像是一首哄孩子入睡的歌谣。

即使周围是一片血海地狱,有无数枯萎的蔓藤,还有不断燃烧的火光,女人的声音却依旧温柔而又坚定。

一首歌唱完,女人深吸一口气,站起身,将怀里的婴儿放在树洞里,然后割开自己的掌心,紧紧贴着树干,眼泪止不住地淌下。

血液顺着树向下淌着,在灵力的注入下,交错闪烁着赤红色的光。

这是护身咒。

"孩子，"女人抬起眼，看着树洞中沉睡着的婴儿，明明是流着泪的，眼里却全是温柔的笑，"不要做任何人的献祭品，一定要堂堂正正、挺胸抬头地活下去。"

记忆到这里戛然而止，宛若一瞬间在脑海中被切割成无数块碎片，变得支离破碎。

那是什么？是"沈挽情"的记忆吗？

沈挽情什么都不知道，但记得记忆中的那个女人做过什么。

她一咬牙，几乎耗尽了自己所有力气，硬生生地逼出几道灵力，操控着去寻找自己的鲜血，后背上淌下的鲜血在一瞬间溅开，燃烧。画皮妖一愣，迅速松开手，退了几米远。

沈挽情终于夺回了主动权，但是此刻身体已经虚弱到极致，她向前跌了几步，摔倒在地上，艰难地撑起身。

"没有用的。"画皮妖抬起手，错愕地看了眼自己指尖的血迹，然后笑了，"垂死挣扎可是不会让你减轻痛苦的。"

说着，她赤眸一闪，几乎是蓄起全力，朝着沈挽情击去。

"砰！"预料之中的疼痛没有降临，沈挽情转过头，朝后看去。谢无衍的右手穿透了画皮妖的身体，血液顺着他的大臂，滴落在地上。

十三

那是沈挽情第一次见到这样的谢无衍，脱去所有温和儒雅的伪装，毫无掩饰地暴戾和残忍，不掩藏自己的实力，毫无保留地倾泻出自己原本的力量。

画皮妖整个胸膛被他一击穿透，皮囊和血肉在遭到重创的一瞬间彻底腐烂，如同烂泥一样混着血块摔落在地上。不仅仅是这副外壳，画皮妖感觉到自己的五脏六腑都要被捏碎，痛到甚至连一丝声音都发不出来。

怎么可能？玄天阁里什么时候有了修为如此深厚的人？

但她很快就发现，这股力量并不来自任何一派的灵力，而是妖力，一股十分蛮横强劲的妖力。她咬牙想要挣脱，却发现没有任何机会，只能看着面前男人的眼睛，艰难地问："你、你是什么妖……"

谢无衍一双赤眸里无波无澜，就这么安安静静地看着她，即使这样，也能让人清晰感觉到那温润如玉的皮囊下，翻涌着让人毛骨悚然的压迫感。

他并没有开口，声音却直直地逼近了画皮妖的脑海里："谁允许你来动我的东西？"

说完，他翻手一握，将拳握紧，巨大的妖力四散开来，硬生生地将画皮妖的本体撕碎成无数道。

然而毕竟是有几千年修为的大妖，她费尽心思拘住了自己即将破碎的魂魄，化作一小缕妖气蹿了出去。

谢无衍没有去追，转身看向身旁的沈挽情，迈步走近。

沈挽情双手撑着地面，鲜血顺着胳膊向下淌着。她胸口艰难地起伏着，咬紧牙才勉强抬起头，看向站在自己身前的谢无衍。他的胳膊上全是鲜血，整个人带着一股浓浓的血腥味，虽然不是自己的血，但看上去依旧骇人。

"献祭品。"

沈挽情回忆起画皮妖的话，和在濒死前出现的那段记忆。

仅凭这些，她就明白，这具身体的体质有多么特殊。

所以谢无衍留着她，也是因为想让她变成他的献祭品吗？

沈挽情看向他的眼睛，同他对视。

读不到，她什么都读不到。

谢无衍只是这么安静地看着她，没有任何表情，甚至连一个多余的动作都没有。

沈挽情挪开视线，将牙一咬，然后抬起自己的一只手递给谢无衍:"救都救了,要不然就救到底吧。"

他好歹也扶她一把吧。

良久的沉默,感觉到谢无衍好像并没有扶她的意思,沈挽情也作罢,将手收了回来,撑着地面稳了稳重心,想要靠自己站起来。

而就在这时,一只手突然扯过她的胳膊,她身上一轻,被人打横抱起。窝在谢无衍怀中的时候,沈挽情还有些错愕,从她这个角度能够清晰地看见他棱角分明的下颌、如羽般的长睫。

谢无衍的手掌扣住她的后背,不可避免地按在了她被画皮妖割开的伤口处,沈挽情轻"嘶"一声,用额头抵住谢无衍的肩膀,咬了咬下唇,忍住那一点痛吟。

行吧,人家都给自己代步了,也不能挑剔太多他不够温柔。

"疼?"谢无衍问。

"嗯嗯。"

"那就疼着,也该长长记性。"

沈挽情觉得更疼了。

话虽然这么说,但沈挽情感觉到谢无衍那只原本冰冷的掌心,突然带了些温度,裹挟着无比温柔的气流一寸寸地扫过自己的肌肤,疼痛似乎被缓解了不少。

不用猜她也知道,肯定是谢无衍做了什么。

沈挽情突然觉得,都是对待自己的食物,至少谢无衍的态度比那只阴森森的画皮妖要好上很多。

她在他怀里安安静静地躺了好一会儿,然后憋出一句:"谢谢。"

这句话让谢无衍的步子一顿,他像是听到什么笑话一般:"谢我?"

"嗯。"

"没什么好谢的。"谢无衍说,"你怎么知道我不想杀你?"

"这我不知道,但是一码归一码。"

沈挽情觉得处理事情还是得讲道理,无论谢无衍想不想把自己当点心吃了,但好歹是救了自己两次的恩人,口头感谢一下还是有必要的。她想了想，又说："而且，我也打不过你。你以后想杀我，我也没办法。"

谢无衍难得同意她的话："倒也是。"

"等等。"看着他这么欣然接受赞赏的态度，沈挽情觉得自己还是有必要解释一下，"但其实我也不是很想死，如果以后你真想杀我，能不能提前告诉我一声？没准儿我还可以挣扎一下。"

沈挽情看上去并不是在开玩笑，而且眼神尤其真诚。

谢无衍活了这么久，第一次发现，自己能够完完全全地读不懂一个人。别的人接近或者想要杀掉他，都会带有很强烈的欲望：或许是为了力量，又或许是为了那些惩恶扬善的无聊正道；她好像不属于其中任何一种。

谢无衍突然就不太期望杀掉沈挽情了。

这样一个人，活着比死了，要有趣得多。

经历生死危机的沈挽情也看开了，一开始还觉得纪飞臣身为男主角，怎么着都能和谢无衍打个五五开。

结果这几场架打下来，她才发现这哪是五五开，两人如果打起来，完全是谢无衍单方面虐菜，十个纪飞臣都不够他掐着玩的。

沈挽情觉着，如果谢无衍真的早早掉马，估计转手就把男女主角一锅端了，直接将悲剧提前。这么看来，他一直相安无事地以除妖师的身份在主角身边待下去，一直待到主角小分队把等级练起来，反而是最好的结果。

想到这儿，沈挽情的任务目标就明确了，看向谢无衍的眼神也变得更加坚定——放心！我叛变了，我一定会保护好你的身份，让你不被发现的！

此时的谢无衍并不知道，自己增加了奇怪的队友。

谢无衍将画皮妖重伤后，画皮妖的修为受损，正因如此，妖力也无法同盛年时期一样隐藏，纪飞臣的罗庚也总算能发挥些许作用，寻到了妖力涌动的方向。然而当纪飞臣同风谣情刚从房间里冲出来的时候，迎面就撞上了抱着沈挽情的谢无衍。

"挽情！"纪飞臣冲上前，看着她的样子，眼眶发红，"我来迟了。"

沈挽情：你岂止是来迟了，我差点儿连汤都不剩了。你这破罗庚怎么和我的系统一样延迟呢？

风谣情看见伤成这样的沈挽情，惊得险些破了音。她连忙上前，掀开伤口处的衣袍，看见那骇人的伤痕后，语气忍不住地轻颤："抱歉，我不该把你留在那儿的。"

纪飞臣双手握拳，眉头紧锁，许久后一转身，对着谢无衍拱手单膝跪下："多谢谢公子搭救舍妹，此等恩情，飞臣没齿难忘。"

沈挽情觉得有点感动。

虽然接受系统任务以来，她一直都当完成任务似的对待这两人，对自己这位名义上的好哥哥也没什么感情，甚至有时候因为他的死心眼儿害自己无法完成任务而生闷气。但现在这一刻，沈挽情才突然明白，他是真真正正把自己当作亲妹妹的。

风谣情处理着沈挽情的伤势，蹙眉分析道："罗庚完全没有异常，看来是我们低估了这画皮妖的修为。今晚恐怕是不能在此多作停留了，飞臣，你快些去喊来曾子芸，我们得立刻上路去追画皮妖，以免它再去祸害别人。"

"曾子芸"，乖乖巧巧地趴在床上的沈挽情听到这个名字，顿时瞳孔一震，险些一个鲤鱼打挺跳起来——她怎么突然忘记了这个人？

沈挽情心中生出一股不安，但还是在拼命安慰自己，一定没事，画皮妖被谢无衍伤成这个样子，光顾着逃跑都来不及，怎么可能会折返虎口夺人？

况且系统也没有任何提示——"砰！"

然而，沈挽情的美梦被匆匆赶回来的纪飞臣无情打碎。

"小芸不见了。"纪飞臣说。

警告！重要女配角面临巨大危险，主线剧情即将被触发，请宿主务必注意！

沈挽情：果然，你这破系统就和纪飞臣的罗庚一样，完全没屁用。

纪飞臣皱眉，抬手在罗庚上虚空一画，紧闭双眼，灵力波动，罗庚振动许久后，猛地四散出千万条金线，这些金线迅速移动着，最终朝着同一个方向指去。

"找到了。"纪飞臣睁开眼，站起身，"曾子芸身上有护身法宝，我能感应到她的气息。阿谣，你同我去救人。谢公子，麻烦你照顾好挽情。"

在简单地交代好之后，二人便飞身离开，寻着罗庚指引的方向去了。

"等等！"沈挽情见状，艰难撑起身，想要去追，但一个不稳，险些从床上摔下来。谢无衍在她面前蹲下，撑着下巴仔仔细细地打量着她，然后伸出手抵住她的额头，往后推了推："急什么？画皮妖被伤成这种程度，你那好纪大哥再解决不了，还不如一头撞死。"

沈挽情坐直身，握紧拳头，现在凭着她身体的耗损程度，完全不可能追上纪飞臣和风谣情两人，唯一能够追上的——想到这儿，她转头看向了身旁的谢无衍。

沈挽情宛若看到了希望，谢无衍一抬眼，冷不丁对上了沈挽情那双湿漉漉的、仿佛在看着希望的眼神，差点儿怀疑她是被画皮妖吓得脑子出了问题。

"谢大哥。"沈挽情甜甜地问，"你想降妖除魔吗？"

谢无衍：你指不定是哪里有点问题。

十四

谢无衍索性也不和沈挽情废话了，把胳膊一端，用一种带着"你自己听听你这话是不是有点问题"的眼神看着她。

在这种关爱智障的眼神的注视下，沈挽情甚至被他看得有点心虚，小脑袋跟仓鼠吃粮时似的越来越低。

她左思右想，最后决定迂回一点。

按照道理说，谢无衍现在应该对风谣情产生了怜惜之心，再加上两人刚才在后院的气氛看上去也挺不错，所以拿女主角刺激他一下，没准儿真能说动这尊大佛。

"你看啊，这画皮妖诡计多端，虽然身受重伤，但纪飞臣也透支过多，所以并不占上风。"沈挽情循循善诱，"万一真的打起来，我怕风姐姐她一个女子，会出什么意外。"

"是吗？"谢无衍挑眉。

沈挽情点头："是啊是啊。"

谢无衍："嗯，那的确挺可怜的。"

谢无衍一句话说完，就再也没有了下文。

沈挽情等了一会儿，确定谢无衍的确不是大喘气之后，开始怀疑是不是自己读的小说是盗版的。

就这？你就感叹一句？

你这对女主角求而不得的偏执男配角怎么就这么点反应？

接二连三遭到挫败的沈挽情觉得有点失落，索性将被子往身上一裹，跟只负气的小猫似的将自己拧巴成一团。但没想到动作太过于激烈，一不小心蹭到身上的伤口，顿时又痛得蜷缩成一块，脸委屈成苦瓜。

谢无衍靠着椅子，手搭在桌面上，有一搭没一搭地敲着，兴许是觉得沈挽情这副气鼓鼓的样子有趣，便玩笑似的开了口："想让我去帮忙？"

听到这句话，沈挽情元气大增，立刻一个鲤鱼打挺起来，使劲点了点头。

"也不是不行。"谢无衍慢条斯理地吐出两个字，"求我。"

"求你。"沈挽情眨了下眼睛，反应迅速地接过话，甚至连一秒的停顿都没有，顺带还附赠了三连击，"求你求你求你。"

这下轮到谢无衍无语了。

百年前他闲着没事时总会捉几个除妖师到魔域逗着玩,多半时候,那些自诩名门正道的人,都会梗着脖子,铁骨铮铮地说:"呸,你这妖魔,我如果对你说半个'求'字,就愧对天下黎民百姓。"

虽然最后这些铁骨铮铮的少侠大多会痛哭流涕地认错,甚至还会兢兢业业地当起他的小弟,但好歹刚被抓的时候都会走一走形式。

像这么连形式都懒得走的,谢无衍还是头一次见。

所以看着沈挽情,他真的沉默了,完全不理解这堂堂除妖世家的纪氏,平日里到底是怎么教女儿的,甚至合理地怀疑她才是对家安插在纪家的卧底,专门用来搞坏他们家名声的。

沈挽情看着他一脸古怪的表情,伸出手扯了扯他的袖子,熟练运用起了自己十级的撒娇功力:"谢大哥要说话算话哦。"

有事,"谢大哥"。

无事,"谢无衍"。

谢无衍怎么想都觉得是自己亏了。

他低头拿掉沈挽情的手,一言不发地站起身,抖了抖衣袍,似乎是准备转身离开。

看着谢无衍去意已决的背影,沈挽情耷拉下脑袋,总算收了心。

算了,让大魔王去斩妖除魔,的确挺为难人的。

其实她倒是不愁纪飞臣无法擒住画皮妖,但这么一来,满口"纪大哥"的曾子芸肯定就得红鸾星动,开始彻底持恶毒女配角的证件上岗就业了。

木已成舟,沈挽情叹了口气。也没办法,以后多辛苦一点吧。

"你要一个人留在这儿吗?"

而就在这时,突然听见一道冷冷的声音传来。

沈挽情闻声一怔,抬头望去,谢无衍立于窗户前,衣袍翻飞,无风自动。他脸上的表情寡漠,月色披在他的锦袍之上,浑身泛着些冰冷的寒气。

他侧目看她,语气听不出什么起伏,很淡:"过来。"

话说到这份儿上，沈挽情立刻明白了谢无衍的意思，也顾不上身上的伤势，翻身下了床，蹭到了他的旁边。

然后，两人就又陷入了一轮新的沉默。

毫无疑问，得用轻功才能追得上纪飞臣和风谣情两人，但以沈挽情现在的身体状况，再加上她那点三脚猫的功夫，轻功速度甚至还不如孩童小跑来得快。

于是她紧张地搓了搓手，决定委婉一点打破沉默，把主动权交给谢无衍："不然你来挑姿势吧？我都能接受。"

离开客栈没有多远，沈挽情就看见一处火光漫天，妖气四散成千万缕线条，不断向上盘旋，形成一道浑圆的包围圈，紧接着，金光一闪，裹挟着巨大的轰鸣声，硬生生地将这些妖气撕碎开来。

飞灵剑嗡嗡振动，通体散发着赤色的剑气，在这浑厚的妖气中几进几出。

两股力量产生巨大的气场，互相抗衡着。

曾子芸就处于这两股力量之间，捂着胸口不断咳出鲜血，浑身上下都是血痕，止不住地瑟瑟发抖，甚至连喊叫的力气都没有。

她心知肚明，只要纪飞臣稍有松懈，她就会性命不保。

风谣情撑出一道结界，护着纪飞臣不被妖气侵蚀，但即便两人再默契，体力也显而易见地被消耗得差不多了。无数小妖哀号着扑上前，"妖"海战术还是十分管用的，只要两人一个分心，结界就会产生缺口。

可纪飞臣不得不分心，腾出一只手替风谣情加固结界。画皮妖敏锐地捕捉到空当，一缕妖气从气场下蹿入，紧紧地锁住了曾子芸的脖颈，勒得她几乎喘不过气，只能下意识地拼命挣扎。

"小芸！"

关心则乱，风谣情咳出一口鲜血，结界被硬生生攻碎。

刹那间，巨大的妖气织成一道网，朝着曾子芸的方向扑了过去。

曾子芸瞳孔一缩,张了张嘴,但勒住脖颈的妖力让她连一丝声音都发不出来,只能无力地看着死亡逼近。

"小心!"

纪飞臣腾身而起,手腕一振,召回了飞灵剑,起身去挡,但有人比他更快,从天横空而下,带着充满凛冽的剑气,硬生生地劈开了这道天罗地网。

曾子芸抬头一看,那是一道墨色的身影,逆光而站,衣角翻飞,一身凛然。月光冷得刺骨,在那锋利的剑端上汇聚成一个点,却灼得人无法挪开视线。

谢无衍转头,看向她时,眸中没一点波澜,却比任何炽热的眼神,更能戳中人心里的软肋。

画面十分和谐,唯一不和谐的是——

"落地了吗?落地了吗?"沈挽情缩成一团,整个人窝在他的怀里,将脑袋靠在他肩膀,闭着眼睛不敢抬头看,"说实话,我觉得我有一点点恐高。"

这是她第二次体验被人带着飞,体验感极差。谢无衍属于在高速公路上也要被拦下来罚款拘留的速度。

谢无衍看着自己怀里怕得蜷成一团的沈挽情,露出嫌弃的表情:"架都打完了。"

听到这句话,沈挽情总算睁开了一只眼,看了看四周:目光灼灼地望着自己的曾子芸、一脸担忧的风谣情和浑身戒备状态的纪飞臣,以及不远处那只半死不活、躺在地上吐血的画皮妖。

看来是真的打完架了。

她小心翼翼地从谢无衍身上下来,拍拍自己的裙角,非常有礼貌地冲他道了声谢,然后转头看了眼身后有点狼狈的曾子芸,思索了一下,伸手去扶她。

曾子芸倔强地转过头,鼻子里发出一声:"哼。"

虽然不知道出于什么原因,但看出来自己好像被曾子芸记恨了的沈挽情陷入沉思。

"我知道、我知道你是谁了……"

一旁吐血的画皮妖提起一口气，目光带着些恨意，朝着谢无衍的方向望去。她说每一句话都要大喘气，看上去已经是油尽灯枯。她死死地盯着谢无衍，却突然大笑起来，笑得猙狞而又可怖，让人感到不寒而栗："玄天阁的人居然和他混在一起，你们知道他是谁吗？"

谢无衍闻言，眸色一沉。

纪飞臣突然上前，靠近画皮妖，皱眉道："休要胡言乱语、垂死挣扎了。"

"我胡言乱语？"画皮妖的笑容逐渐变得猙狞。

沈挽情觉察出了不对，突然想起之前谢无衍同画皮妖交手的时候，曾经毫无伪装地使用出妖力。这么一来，画皮妖很有可能猜出什么，早早地就在纪飞臣面前将谢无衍暴露。

沈挽情转头看了眼谢无衍。很棘手，谢无衍不能在这个时候贸然出手杀掉画皮妖。

男女主角都是聪明人，很容易就看出端倪。

画皮妖："我来告诉你，你究竟在身边留……"

沈挽情垂眼，摸了摸腰上的匕首，手腕一动，将它脱鞘而出。

虽然她不知道管不管用，但或许，可以试一试。

下一秒，她用左手硬生生地握上了刀刃，握紧，锋芒割开血肉，鲜血顺着刀尖一路往下淌着。沈挽情闭眼，像记忆中那样，操控着自己的灵力汇聚到伤口之处，撕裂般的疼痛，凭空燃起的火光，仿佛要将她整个掌心都焚烧干净。

血水被撕成一条线，牵引着这股力量袭向画皮妖。

画皮妖甚至还来不及说完一句话，整个身体就被这股火光缠绕着、燃烧着，只剩下撕心裂肺的惨叫。

十五

疼，比自己预想中的要疼上千百倍，燃烧着的并不只是流淌在外面的血液，而更像是从自己割开的伤口处倾泻出一股力量，把底下的血肉当作根所在的土壤，疯狂地生长，几乎要将整个掌心撕裂。

"挽情！"风谣情是最先反应过来的，却无法接近半步。

火光沿沈挽情环成一个圈，将她缠绕得严严实实。

"糟糕。"纪飞臣也发觉不对，顾不上面前的画皮妖，抽剑抵住一道黄符，试图镇压下那蔓延在沈挽情身旁的灵蕴，喊道，"她的力量失控了。"

在一片火光中，沈挽情感觉自己的灵识逐渐抽离身体，抵达了一片虚无而又绵软的地方，突然眼前白光一闪，无数画面交叠在眼前闪过——尖叫着被人推进火堆，烧得面目全非的女子；一张张被剥去皮囊后血腥而又狰狞的面孔。

紧接着，周围激烈地震动，那些画面一点点被剥离开来，沈挽情转头，无比清晰地看见了站在不远处的画皮妖。她用愤恨的眼神盯着自己，从眼眶里淌下一道道鲜血，然后像股青烟似的，化成了灰烬。

这是……

沈挽情似乎明白了，自己如果用这股力量触碰到谁，灵力波动到一定程度后，或许就能够看见那个人的灵识和记忆。

而就在这时，沈挽情宛若感觉到了地动山摇，炽热的火焰瞬间包裹住全身，宛若要将她的灵识也硬生生吞掉。

"砰！"

突然，一道灵力涌了进来，宛若温泉一般浸泡住她的全身，舒适的温度和抚慰灵魂般的暖流，让她瞬间从痛苦中抽离。

与此同时，周遭的画面发生了变化，被一股浓浓的血色和阴暗的光影所笼罩。

沈挽情一转头，发现自己面前站着一个修士打扮的女人，女人牵着一个男孩儿。男孩儿看上去是七八岁的模样，墨发赤眸，衣衫褴褛，脚上戴着脚链，脚踝被摩擦出了一道道血痕。

虽然是这副狼狈的模样，男孩儿的表情却依旧平静，那是一种不在乎生死、没有灵魂般的麻木。女人牵着男孩儿朝前走去，径直穿过了沈挽情的身体。

等等……这是谁的记忆？

眼前的画面剧烈地闪烁了起来，许多零碎的片段迅速涌入、交叠，变得混乱不清，沈挽情却还是能依稀辨认出些许情节。浑身缠满锁链、伤痕累累的男孩儿，被掐住下颌强行灌入一碗鲜血，有人捏着他的脸迫使他吞下。

无数条锁链和符咒束缚住男孩儿的全身，驱使着他同那些凶恶的冥魔殊死搏斗，直到身上没一块好肉，却还要艰难地站立着。最后是被火光环绕、熊熊燃烧的剑炉。身着白衣长袍，俨然一副正道模样的修士们，全都一脸严肃地在一旁观望着。

女人牵着男孩儿不断朝前走，最后在剑炉面前停下。

"跳下去。"女人说。

男孩儿没有动，女人突然像发了疯似的拽住他的头发，将他朝着剑炉的方向拉扯着："跳下去！"

鬼使神差地，沈挽情伸出手，想要去拽住男孩儿的胳膊，但显而易见，这是徒劳。

地动山摇，火光在一瞬间燃起，男孩儿就这么被推了下去，没有任何多余的表情，无悲无喜，无惧无怒。

沈挽情瞳孔微缩。

她太熟悉这样的眼神了。

在那一瞬间，她突然明白这是属于谁的记忆了。

谢无衍。

只有谢无衍，才会在死亡面前露出这样的神情。

但是她为什么能看到他的灵识？

眼前被黑暗一寸寸笼罩，来不及多想，沈挽情感觉到自己的灵识被拉回到身体内，随之而来一股深深的疲倦彻底将意识吞没。

"挽情！"

纪飞臣箭步向前，扣住沈挽情的肩膀，然后缓缓蹲下身，让她靠在自己怀里。

看着意识昏迷的沈挽情，他眉头皱起，却还是不忘记抬起头和谢无衍道了声谢。"多谢谢公子。"而后他欲言又止，"你的手……"

谢无衍看了眼自己被灼烧得血肉模糊的右手，抬了下眉，淡淡道："没事。"

刚才沈挽情不知为何灵力失控，即便纪飞臣使出了全力，也只能勉强压下不到三分之一。

那团灵火烧得旺，再这么继续下去，恐怕她这副躯壳都会被烧得一干二净。

在别无他法之时，谢无衍收了剑，靠近那团火光，然后伸出手，径直穿过灵火的缠绕，握住了沈挽情的手腕，扣住她血肉模糊的掌心，将自己的灵力输送了过去，以此，才压住了这股险些撑爆她躯体的力量。

谢无衍倒是不在乎这些伤势，以前比这更疼的都经历过，他的体质特殊，血肉被毁后会比别人更加迅速地恢复。

他唯一在意的是——

谢无衍转头，看着靠在纪飞臣肩头，紧闭双眼，一脸痛苦的沈挽情，鲜血从她的嘴角渗出，一张漂亮的小脸此刻惨白惨白的。

烧血之术。

这种秘术罕为人知，这么久以来，能够拥有这种能力的人更是寥寥无几。

别人不清楚，但谢无衍最明白。

烧的看似是血，其实是修士的魂魄。这是一种非常恐怖的力量，受的伤越重，越是性命垂危，就越能把这种力量发挥到极致。

沈挽情显然是对这些一无所知的，不然也不会在自己还无法熟练控制的时候，就贸然使用这样的秘术。

但是她做到这种地步，居然是为了替谢无衍掩盖住身份。

为什么？

提示：触发隐藏任务"谢无衍的过去"。

请宿主尽快完成该任务，填补原著小说空白。

刚从昏迷中悠悠转醒的沈挽情听到脑袋里蹿出这样的声音的时候，气得想跳起来掐住系统的脖子，然后和它同归于尽。

这就是典型的当代无良老板。

你家员工都躺在床上吸氧了，还不忘督促她完成KPI[1]。

沈挽情提起一口气，咬紧牙，艰难地掀开眼帘。

她想起身，却发现身体跟灌了铅似的，沉得无法动弹。

"小心。"一旁闭目养神的纪飞臣闻声惊醒，立刻伸手扶住沈挽情，接着给她倒了杯水，喂她喝下，"别着急，画皮妖已除，你伤势过重，还得再休息几日再起身。"

沈挽情喝了几口水，又被搀着躺了下去。

她想了想，开口问："我是怎么了？"

"我还得问你，"纪飞臣温声询问，"那样的秘术，你是什么时候学会的？"

"我也不大清楚。"沈挽情说话，"我是在被画皮妖袭击那次，才偶然间发现自己还有这样的能力。"

纪飞臣沉吟了片刻，然后伸出手，一言不发地替她盖好被子。"罢

---

[1] 关键绩效指标，用于衡量工作人员工作绩效表现的量化指标。

了,你只管好好休息便是。这件事不要同任何人提起,我会替你弄清楚其中缘故的。"说到这儿,他又将眉一横,提醒道,"但是你要答应我,以后如果不到必要关头,千万不要再使用这样的力量。"

沈挽情乖乖巧巧地点了点头。遇事不决,先答应再说。

在沈挽情昏迷的这几日,纪飞臣同风谣情就已经达成了共识,虽然不知道沈挽情为什么会这样的秘术,但显而易见,这和她的身世或许有些关联。不过这样的消息一旦让旁人,尤其是那些世家门派内的长老发现,一定不会轻易放过她。

纪飞臣不愿意让自己的妹妹变成这些门派世家内为了维护实力的武器,更何况,他完全不清楚,如果继续使用这样的力量,会对她的身体造成怎样的耗损。

风谣情在这一点上赞同纪飞臣,并且特意叮嘱曾子芸要将这件事守口如瓶。

"好了,"纪飞臣站起身,"你先好好休息,我去让厨子给你做点清粥吃。"

"哎,等等……"

见纪飞臣要走,沈挽情撑起身,连忙喊住了他。

纪飞臣见状,无奈地坐了回来:"怎么了?"

"嗯……我这几天因为画皮妖的事情一直睡不好,所以想听听你们说的那个被封印的魔尊的事。"沈挽情组织了一下语言,准备从他这里先下手了解下情况,"我看那些长老都大惊失色的,魔尊真的有这么可怕吗?万一……还是可以好好相处的呢?"

纪飞臣古怪地看她一眼,然后摇摇头:"不,不可能的。"

"为什么?"

"其实魔尊并不是单纯的魔修,而是天道宫一位修士同魔修诞下的孩子。"纪飞臣说,"原先,天道宫的确是将他同其他修士一同培养,希望他能摒除血统上的魔性,没想到,却是养虎为患。他还在孩童的年纪,便暴戾到难以控制,当年以一人之力几乎屠尽了天道宫整整一个分支。"

沈挽情垂眼:"是吗?"

"挽情,我知道你心思单纯。"纪飞臣伸出手,拍了拍她的头,"但无论是人界还是魔域,都容不下这样的一个人。如果不将他重新封印,必将会导致生灵涂炭。"

纪飞臣离开后,沈挽情靠着床沿,仔细回想了下自己看到的那点和谢无衍相关的记忆。

天道宫。

原来那些穿着华袍看着他被推下火炉,驱使着他去无休止浴血战斗的修士,是天道宫的弟子。传闻里永远只会有传播者想让你知道的内容,然而她接触到灵识之后的记忆,是不可能骗人的。

对于谢无衍而言,那不是好心的培养,而是被当作一件充满杀伤力的武器,是变相的谋杀,用最残忍的方式逼迫他快速成长,控制着他去屠戮身上留有相似血脉的冥魔,最后再让他以身祭剑。

从一开始,谢无衍就是注定要被杀死的。

那个时候的理由,并不是他想不想做一个导致生灵涂炭的大魔王,而是有没有能力去成为一个这样的人。

十六

除掉画皮妖之后,一行人并没有急着回玄天阁。

镇上的人在得知那日的动静之后,都知晓这里来了几个能捉妖除怪的仙长,所以这段时间有络绎不绝的人前来恳请纪飞臣他们帮忙。

虽说他们了解情况后,发现多半是些小妖作祟,但因为考虑到沈挽情还需要调养,不宜奔波,所以几人就暂且在镇中一家客栈住下,顺便帮附近百姓驱魔降妖。

沈挽情的病号生活十分快乐。

她别的或许不太行,但是一张嘴倒是挺能造。

当风谣情等人后知后觉地问起,那日她为什么要贸然动手杀掉画皮妖的时候,沈挽情声泪俱下,满是真诚:"因为知道画皮妖诡计多端,所以害怕她是胡编乱造想要分散纪大哥的注意。我是一时担心纪大哥和风姐姐的性命安危,才贸然出手的。"

她边说边掩面抽了抽鼻子,显得楚楚可怜:"抱歉,是我太莽撞了,没有纪大哥那么稳重成熟。我一心想着尽快除掉此妖才会这么鲁莽,给大家添麻烦了。哥哥姐姐们不会怪我吧?"

"茶艺"十级,她老会了。

果不其然,风谣情和纪飞臣听到这话,哪里还有责怪之心,甚至颇为感动,还端出了标准回复:"怎么会怪你呢?你这么懂事,我们心疼还来不及。"

于是两人每次降妖回来,都会带挺多吃食和话本供她消遣取乐,风谣情甚至还替她裁做了几身漂亮衣服。

一开始沈挽情还觉得怪不好意思的,到后来,她已经能熟练地报上每日菜单,顺带还列下一些自己想看的话本选集交给纪飞臣,并且开始考虑自己新裙子的配色。

短短几日的工夫,沈挽情胖了三斤,这个变化让她大惊失色,觉得自己不能再这样下去了。

然后当晚,纪飞臣带了十里巷内那家排队排到豆腐西施家门口的烤猪蹄,于是沈挽情做出了改变,从心安理得地吃着烤猪蹄,变成忧心忡忡地吃着烤猪蹄。

这些天沈挽情没见到谢无衍,问起纪飞臣,得到的答案也非常离谱:"谢公子去帮附近镇上的百姓除魔了。"

看来谢无衍是去偷偷搞事了。

她其实倒不介意谢无衍搞事。

无论他杀掉什么人或者什么妖魔鬼怪,和她关系都不大。沈挽情只是在执行一个任务,没有很强的正邪之分,而许多道貌岸然的名门正道，句句礼法仁义，反而没有半夜揪着她下飞行棋的谢无衍讨人喜欢。

毕竟人家好赖还救了她两次呢。

所以只要谢无衍不掺和男女主角谈恋爱，或者一时兴起、闲着无聊想要毁灭世界，那么他就是可爱而又迷人的角色。

这几天沈挽情虽然没见谢无衍，但倒是经常会碰见他的灵宠，也就是那只破"鸽子"。

玄鸟每天晚上都会扑腾着翅膀，趾高气扬地飞进她的房间里，叫嚷着："如果不是因为救你，我家殿下也不至于操劳至此。你这女人居然还能心安理得地大吃大喝，岂有此理，岂有此理！"玄鸟边说着边偷偷顺走她的杏仁桂花酥。

沈挽情"哦"了一声，然后问："你明天要不要吃红烧狮子头？"

玄鸟："要！"

于是一人一鸟之间，奇怪的友谊被加固了。

谢无衍这几日的确去降妖除魔了。

那日被画皮妖猜出身份，倒是给他提了个醒：自己刚从封印里挣脱的时候，闹出了挺大的动静，那时体内的力量不稳，无法掩盖，还一路引来了玄天山附近的不少妖魔想要分食自己的力量。

虽然那些妖魔被他陆陆续续清理掉了大半，但总还留存着些漏网之鱼。

为了警告这几条"鱼"不要胡言乱语，谢无衍非常亲切地烧了它们的老家，站在树枝上看着这群妖魔被自己的灵火烫得抱头鼠窜。

有几个脾气不好，破口大骂了起来，于是谢无衍干脆利落地全都把它们烧成了灰，落得个清净。

将这群漏网之鱼解决完毕后，谢无衍刚折回客栈，就看见了油光满面、挺着肚子的玄鸟从沈挽情的房间里出来，甚至还特别响亮地打了个嗝。

玄鸟鼻子挺灵,转头看见谢无衍,立刻展开翅膀朝他扑腾了过来,带着一股油腻腻的狮子头味,被谢无衍毫不留情地弹开脑袋。

玄鸟委屈地捂着自己的脑门儿,一开口却还是一个嗝。

谢无衍冷冷地扫它一眼,抬起头,朝着那扇小小的窗户望去,里面亮堂堂的,窗台上摆着盆花,沈挽情在那儿。

而房间里的沈挽情对这一切浑然不觉。

她正在美滋滋地试着风谣情送给自己的新衣服。

那是几套为她量身定制的纱裙,腰线地方设计得别出心裁,穿上去之后既可以勾勒出完美的胸型,也可以显得腿长臀翘。

女人对小裙子永远没有任何抵御力。

沈挽情将衣服叠成了一座小山,一套一套地换好,然后对着镜子摆出各种各样的姿势,欣赏自己的绝美容颜和身材——太幸福了,当病号太幸福了。

而就在这时,她听见窗户处有些许响动。沈挽情头都没回,只觉得是馋嘴的玄鸟去而复返,于是随口道:"纪大哥送的脆樱果在桌上,风姐姐买的鲜花酥饼在门口,要吃什么自己拿。"

说到这儿,她想了想,又补充:"对了,鲜花酥饼帮我提一盒过来,太远了,我懒得动。"

"那需要我喂到你嘴边吗?"

"你不嫌麻烦也……"

等等,沈挽情后背一麻,动作顿时僵住——怎么回事?玄鸟那欠揍的声音什么时候变得这么低沉沙哑而又有磁性?

她猛地一个转身,瞳孔微缩——是他,可爱又迷人的谢无衍。

沈挽情手忙脚乱地揪起衣服挡住胸口,深吸一口气:"你怎么不敲门?"

谢无衍:"我走的窗户。"

你是不是觉得这句话还很有道理?

沈挽情想骂人,但碍于自己压根儿打不过面前这位祖宗,所以忍住了。

两人对视了许久，就连身旁的玄鸟都安安静静地不动弹一下。

终于，沈挽情忍不住了，友善地提醒道："谢公子，您没发现吗，我的衣服还没穿好。"

谢无衍总算动了，慢条斯理地将视线从沈挽情脸上挪开，轻轻掠过她的胸口，然后抬了下眉，转过身，只说了一个字："哦。"

不知道为什么，沈挽情觉得自己有被羞辱到。

这种平淡中略带些嫌弃的反应，简直比任何话都杀人诛心。

她气呼呼地穿好衣服，走到门口拎起装鲜花酥饼的盒子，折回到桌子前坐下。她抬头看了眼，发现谢无衍还戳在那儿，一句话也没说，就这么平静地望着自己。

直到这个时候，沈挽情才嗅到谢无衍身上的血腥味，不重，却附带着些阴森的妖气，让周围充斥着股冷冰冰的气息。

沈挽情低头，自顾自地捡出一盒鲜花酥饼，分在盘子里装好，朝着他的方向递了过去："吃吗？"

谢无衍没接，一双赤眸里没带半点情绪，许久后才冷不丁地说了句："你不问问我，这些天去做什么了？"

沈挽情顺杆接话："行吧，你这些天去做什么了？"

"杀人，还有妖。"

没想到的是，谢无衍真的就回答她了，语气像是没有半点生气一般，透着股冷意："有人知道的事情太多，对我来说不算件好事。"

沈挽情呼吸凝滞。行了，她收回那句觉得谢无衍还算是个可爱又迷人的话。这不明摆着是在恐吓自己？翻译过来就是："你知道得太多了，所以恐怕我要把你做掉，你觉得呢？"

沈挽情慢吞吞地收回了手，考虑了许久之后，艰难地说："是这样的，我现在说不太想知道你这几天去做了什么的话，还来得及吗？"

像是被戳到了什么笑穴一般，谢无衍突然笑了起来，声音低沉，胸腔微震。

那句问话其实并不是威胁她，而是谢无衍在告诫自己，本不应该留下沈挽情，却突然发现自己不想杀她了。

无论在玄天后山上，她到底是不是想要杀掉自己。

无论那日她烧血除掉画皮妖时，到底是为了替自己掩盖身份，还是别有用心，谢无衍都不想杀她了。

沈挽情也摸不准这位祖宗的情绪，心惊胆战地吃掉一块鲜花酥饼后，见谢无衍又不说话，一时之间有些头大。

为了避免他再开口问些死亡问题，沈挽情决定主动出击。

她上下扫了一眼，目光落在谢无衍缠着些绷带的右手上，故意大惊小怪："谢公子，你怎么受伤了？"

谢无衍扫了眼自己的右手，挑了下眉，没说话。

沈挽情一副痛心疾首的样子："到底是什么样心狠手辣的妖魔能下此狠手？真是太过分了。"

谢无衍："是你。"

沈挽情："哦，那没事了，吃点饼吧。"

又吃完一块饼之后，沈挽情才觉察出不对。自己什么时候伤了谢无衍？

她想起自己灵识脱离躯体，被焚烧殆尽时，所接触到的那股灵力。

沈挽情一怔。那个时候，她之所以能看到谢无衍的记忆，是因为那是属于他的力量吗？

这么想着，她突然就有些感动，一感动起来，胆子也变大了，甚至还胆大包天地伸出手，摸了摸谢无衍受伤的右手，看着他的眼睛，非常情真意切地问了句："疼吗？"

谢无衍看她的眼睛，薄唇紧抿。

而就在这时——

"沈挽情，纪大哥问你要不要下楼吃点东西。"曾子芸大大咧咧地推开了门。

多了一双眼睛看着，沈挽情觉得有些尴尬。

更何况两人现在的姿势，怎么看怎么情意绵绵。

曾子芸见状，将牙一咬，脚一跺，转身跑开了。

沈挽情抽回手，干笑几声，打着哈哈就迅速偷溜下楼，将谢无衍一个人留在了房间内。然而刚走到拐角，她就被不知道从哪儿蹿出来的曾子芸吓了一跳。

"我们公平竞争。"曾子芸抱着胳膊，一副贵小姐的傲气模样。

沈挽情被说得愣了一下，然后反应过来："你误会了，我不喜欢纪飞臣。"

"我是说谢公子。"曾子芸说，"反正你都被拒绝了，我们公平竞争。"

十七

沈挽情觉得无奈，转过身很认真地盯着曾子芸的眼睛看了会儿，曾子芸也很认真地盯着她。

气氛就这么僵持了许久。

最终，沈挽情叹了口气，伸出手搭上曾子芸的肩膀，非常走心地劝她："你还是放弃吧。"

曾子芸面色一变，梗着脖子气红了眼眶："你瞧不起我？"

不是，你是怎么脑补出这个结论的？

"我的意思是，"沈挽情试图解释，"谢无衍不是你能靠近的那种人。"

曾子芸咬牙握拳："所以你现在是在威胁我，对吗？"

沈挽情觉得这人有点难沟通："我没有……"

"不用解释了！"

曾子芸拍开沈挽情的手，语气冰冷："无论你再怎么阻止我，我都不会放弃的，你就死了这条心吧。顺便我奉劝你，像你这样不择手段的人，就算再怎么黏在谢公子身边，他也不会喜欢上你的。"

说完，曾子芸将脚一跺，扭头跑开。

看着曾子芸离开的背影，沈挽情陷入沉思。

她怎么觉得这场景似曾相识？就像是一个单纯的傻白甜勇敢追喜欢的男神，然后被高冷恶毒的女配角拦下来说："你尽早放弃，他不是你能靠近的人。"

敢情绕了一圈，自己还是恶毒女配角。

"挽情，怎么在那儿傻站着？"闻声而来的纪飞臣轻喊了一句。

沈挽情应了一声，小跑到桌旁坐下。

纪飞臣舀了一碗鸡汤放在她面前，有些心疼地伸出手拨了拨她额前的碎发，皱眉道："难为你了，这些天瘦了不少。"

已经胖了四五斤、险些连小裙子都穿不上去的沈挽情羞愧得想把头埋进碗里——"真是只有亲人才会觉得你瘦了"。

对她带着"变瘦"滤镜的纪飞臣一开始心疼，就会变得自责，一变得自责，就疯了似的往她碗里夹菜，直至堆成一座小山。沈挽情坐在旁边捏着筷子，觉得这饭来张口的生活过久了还怪不好意思的，于是也感谢似的往纪飞臣碗里夹了些菜。

于是场景变成了两人相互夹菜，对自己碗里的却一筷子都不动——

"妹妹辛苦了，妹妹多吃。"

"不，哥哥辛苦，哥哥多吃。"

场面非常和谐但又尴尬。

但如果离远些看，就只会觉得两人之间氛围十分和谐，比如说站在楼上，靠着栏杆望着楼下二人的谢无衍。他手里捏着些脆樱果，不吃，一个个抛着玩，肩膀上的玄鸟就会够着脑袋去接，然后一个接一个地吞进肚子里。

沈挽情是个挺会生活的人，即使是在客栈小住，也会把自己的那小块地方收拾得井井有条。

她的屋子里全是香薰的味道，都是这些时日闲着无聊她自己调制的香薰，闻起来让人感觉很舒服，并不冲鼻，只要在她房间里走一圈，身上就会带着些这股气味。

此刻谢无衍身上就沾了些这股味道，掩住了原本的血腥味，却又和他浑身透着的那股死气格格不入。

而与此同时，这道气味原本的主人正坐在桌边，笑得眉眼弯弯，低着头满心欢喜地同身旁的男人说着话。

纪飞臣似乎是见她嘴角沾了些东西，无奈地掏出帕子，递到她身边。沈挽情伸手接过，甜甜地冲他道谢。

"啪"。

谢无衍连眼皮都没抬一下，手上的脆樱果被捏碎。正张着嘴巴保持着准备一口吃掉的架势的玄鸟被吓得呆了一下，艰难地咽了下口水，终于觉察到自家主人此刻的情绪出奇地糟糕，比百年前那群修仙者打到宫殿门口，烧坏了他辛辛苦苦养的花时，更为糟糕。

就当玄鸟以为自家主人恐怕要忍不住闹出动静时，没想他却一言不发地转身，径直进了屋。

这恐怕就是风雨欲来前的宁静。

吃饱喝足、洗漱完毕的沈挽情摸着肚子，心满意足地回到房间，爬回床上将被子一裹，从枕头底下摸出话本，准备进行睡前阅读。

看着看着，她就有些犯困了，困着困着，就没控制住地睡了过去。

于是谢无衍来到她房间时，就看见她以一种极其诡异的睡姿横躺在床上，枕头被踢到腿下面压着，身上被子只盖了一半，脸上还扣着本书。

谢无衍伸出手，拎起那本书，上下扫了一眼，上面写道："上官情抽出凌雪剑，刹那间，山崩地裂，地动山摇，她那强大的灵力就连无恶不作的魔君南宫衍都感觉到胆怯。她干脆利落地出剑，一剑砍掉了这魔君的头……"

什么破书。

谢无衍指尖一动，将书干脆利落地烧成了灰。

做完这些事，他在床边坐下，低头看着四仰八叉躺在床上，睡得十分安逸的沈挽情。

沈挽情睡得挺香甜。

现在已经入夏,天气逐渐变得闷热起来,即便她只将被子盖了一半,还是总能感觉到一股闷热的空气包裹住全身,让人睡得并不安稳。正在她因为这股闷热感到烦躁时,突然感觉有一处来了些冷流。几乎是下意识地,她朝着冷气的方向蹭了蹭,然后指尖挨到个冰冰凉凉的东西,就像块巨大的解暑冰块一样。

沈挽情一点点朝着冰块的方向挪,先是将自己的手放过去,再将自己的脑袋放过去,最后整个人缩成一团,往上面靠。

舒服,沈挽情安逸了,一安逸就睡得更加香甜了。

谢无衍看着不知道为什么就赖在自己身上的沈挽情,陷入沉思。

他今晚心情很糟糕,所以原本是准备直接干脆利落地将沈挽情折腾醒,就像之前无数次那样。但是看见沈挽情跟只小猫似的这么蜷在自己身旁,甚至还将脑袋搁在他的膝上不肯挪开时,谢无衍突然就不想将她弄醒了。

谢无衍盯着她看了好一会儿,然后伸出手掐住她的脖子。

沈挽情看上去弱不禁风,一只手就能将她的脖颈扣住大半,仿佛稍微用点力,就能轻轻松松地将其折断。

但最终,他只是将手轻轻挪开,顺带拨开搭在她脸上的几缕碎发,撸猫似的揉了揉她的头发。

沈挽情哼哼唧唧地拿头蹭了蹭他的掌心,很痒。

谢无衍没动。

他靠着床沿,垂下眼思索了一会儿自己在这世上到底活了多久。

时间太长,他记不清了。

在天道宫的时候,每个夜晚他都是在地牢里度过的,伴随着全是腥臭味的湿气和冰冷的锁链。

地牢上空有一扇天窗,多数时候都是雾蒙蒙的,没有鸟兽,也看不见云月。

后来他从天道宫逃了出去。

对于魔域来说,他曾经是天道宫的走狗,是残忍猎杀了自己族人的刽子手。对于那些修士来说,他是一个冥顽不化、暴虐难改的恶徒。

无论是哪一方,都没有能够让他活下去的地方。

天道不容,魔道也不容。

所有的人都说,他一定会惹得生灵涂炭。

之前没有人给过他选择,之后也没有。大家都这么说,于是他真的这么做了。

他毁了一个地方,在那里筑起自己的宫殿,只有他一个人。

他就这么孤独而又安宁地活了下去,偶尔会踩在玄鸟背上四处转转,戏弄似的看着那些人见到他时又惊又惧的表情。

他这样过了许多年。

活着和死去对他来说并没有什么区别。

"啊嚏……"沈挽情鼻子蹭得有些发痒,皱着眉头轻轻打了个喷嚏,然后换了个姿势继续睡。

谢无衍低头看她。像这样,有人在自己身旁,这么心安理得地睡过去,还是头一次。

这样一来,显得他也像是个正常人。

沈挽情觉得,昨晚是自己这些天睡得最安稳的一个觉,就像是在空调房一觉睡到自然醒一样,整个人神清气爽。

她翻了个身,闭着眼伸了个懒腰,然后一伸爪子,摸到个柔软冰凉的东西,好像是头发。

等等,谁的头发?自己难道又遇到妖了?

沈挽情瞬间清醒了,立刻坐直身将枕头一抱,警惕地睁开眼。

谢无衍坐在床沿,一只手搭在膝盖上,眼睛紧闭,薄唇紧抿,眉头也稍皱着,看样子似乎是在小憩。

沈挽情傻了。这还不如遇到妖。

敢情昨天自己拿这位祖宗当了一晚上人形抱枕？

她抱着枕头瞪着眼睛看了谢无衍好一会儿，见他一点动静没有，才小心翼翼地爬过去，伸出手试了试他的鼻息。还有气还有气。

正当她准备松一口气的时候，谢无衍眼睫稍动，抬起眼皮，朝她望了过来。

沈挽情吓了一跳，立刻缩回手。她等了一会儿，想等这位祖宗主动开口，但等了好久，发现他好像并没有说话的意思，就这么安安静静地看着自己。

一时陷入僵局。

沈挽情想了老半天，觉得自己如果不说些什么，两人能在这儿大眼瞪小眼地看一天。

她深吸一口气，从自己怀里拿出枕头，直起身，垫在了谢无衍的脑袋后面，然后又抽出被子非常敷衍地往他身上盖了下，接着又慢吞吞地从他身上爬了过去，踩着鞋子站稳，转身朝他鞠了个躬："好了，您继续睡吧。"

她心中暗道：我看你比我更不像正常人。

十八

沈挽情觉得自己是个定力挺高的人，具体表现在——

她洗漱的时候，谢无衍在看着她；她开始梳头发，边哼着歌边挑着今天该用什么样的钗子时，谢无衍还在看着她；她转身坐到梳妆镜前开始倒腾自己的脸，画上一个妖艳的妆容，顺便还非常有兴致地贴了些花钿的时候，谢无衍仍然在看着她，顺带发出了一声嫌弃似的轻"啧"。

沈挽情忍了，假装没听见。

然而，当她要开始换衣服的时候，才发现她高估了自己的定力。

身后目光炯炯，烧得人脊背发烫。她捏着小裙子，停住了正准备解开衣服的手，被这理直气壮的视线烫到怀疑人生。

所以这人真当自己在看直播呢？

沈挽情深吸一口气，揪起裙子站在谢无衍面前，看着他的眼睛，试图用眼神暗示他稍微能够主动一点做出反应。

然而他毫无反应，甚至还露出了"你看着我做什么"的不耐烦表情。

终于，沈挽情忍无可忍，一肚子的脏话想要骂出来，但到嘴边还是咽了下去，然后露出一个非常和蔼可亲的微笑："这位哥哥，这边建议您闭一下眼睛呢，人家要换衣服了啦。"

"哦。"

然后，她就这么眼睁睁地看着谢无衍恍然大悟似的抬了抬眼，接着露出一个嫌弃的表情，转过头敷衍地将眼睛闭上。

不是，你这人怎么闭个眼睛的工夫还能顺带羞辱一下人？

沈挽情忍气吞声，找了个角落，正准备迅速换完衣服的时候，突然听见门口传来一阵敲门声。

"挽情，我进来了？"纪飞臣喊了一句。

听见这话，沈挽情瞬间挺直后背，看了眼坐在床上闭目养神的谢无衍，太阳穴突突直跳。

"吱呀……"门被推开一条缝。

"等等等等……"她一边这么喊着，一边蹿到了谢无衍旁边。

谢无衍抬起眼皮，看着她。沈挽情沉默了一会儿，接着深吸一口气，一鼓作气将他往里一推，揪起被子胡乱盖在他身上，然后放下床帐。

床帐刚放下，纪飞臣就推门进来了："昨晚休息得怎么样？"

一听到昨晚，沈挽情颇为心虚地斜了下视线，扫了眼身后的床帐："挺好。"

她就希望谢无衍能这么安安静静地躺着，不给自己整幺蛾子。

然而谢无衍用实力证明了他偏不——他翻了个身，床板发出

105

"吱"的一声，在房间里显得格外响亮。

沈挽情想掐死他。

纪飞臣转头，狐疑地朝着床的方向看了过去："刚才……"

"啊，对了，"沈挽情飞快地打断，"说起来，纪大哥找我有什么事吗？"

纪飞臣被转移开注意力："嗯，我们在此地耽搁了太久，眼看你伤势也并无大碍了，所以今晚便动身回去。你好好收拾收拾，可别遗漏了东西。"说完，又絮叨了几句寻常话后，他便转身离开。

总算将人送走，沈挽情松了口气，转回去掀开床帘，气势汹汹地准备去质问谢无衍，结果一眼望见谢无衍头枕着胳膊，懒洋洋地躺在床上，手里拎着本话本，食指夹在两页间，饶有兴致地翻看着。

沈挽情定睛一看：《迷情绝情谷》。

沈挽情顿时不气了，取而代之的是一股巨大的羞耻感。

羞耻感上头，她也顾不得打不打得过，往前一扑，伸手去抢那本书，谢无衍像是故意要逗她，将手一抬，让她够不着。

"砰！"而就在这时，门再一次被人推开，这回没像纪飞臣那样给人半点缓冲机会，曾子芸风风火火、大大咧咧地问道："沈挽情，你知道谢公子去哪儿了吗？我刚才给他送东西没看到人……"

沈挽情头脑一片空白，还保持着抢书的动作没反应过来。

谢无衍抬眸，扣住她的后背，将她整个人往身前一带，食指一画，床帐降了下来。

曾子芸一探脑袋，没看见人，狐疑地走进来，吊着嗓子喊了两句，也没人回应，转头看向床的方向，将腰一插："不会还睡着吧？"

说完，她便伸手去掀床帐。

沈挽情简直快窒息了。

如果说刚才纪飞臣进来的时候抓包谢无衍，没准儿还有解释的余地，可现在两人以这样一个异常的姿势躺在一块儿，再被抓包的话，那是跳进黄河都洗不清了。

床帐被掀开一角，透进来一束光，她心如死灰。

谢无衍低头，看着怀里耷拉着脑袋，跟蔫了的小兔子似的沈挽情，长眸稍眯，继而不动声色地将手稍稍扣紧。

她很瘦，这么小小的一点，窝成一团之后，他仿佛轻而易举地就能将她整个人揉进怀里。

"咦？"预想之中的曾可芸的惊叫声没传来，她狐疑地看了眼床内，皱了皱眉，"不在房间里吗？"

沈挽情一怔，正准备抬头，却被谢无衍扣住后脑。

他竖起一根食指，抵在她的唇瓣处，眉眼噙着些笑意："嘘。"

唇侧猝不及防地触及冰冷的温度，让沈挽情不由得稍愣了一下。她看着那双笑意潋滟的双眸，随即反应过来，估摸是谢无衍使了些障眼法。

曾可芸没见着人，摸着脑袋离开了房间。

沈挽情松了口气，撑起身，跪坐在谢无衍旁边，拍了拍胸口顺口说："谢谢。"

谢无衍食指轻撩起她一缕头发，依旧是那副慵懒姿态，放在手里把玩，片刻后慢悠悠地接话："行啊，怎么谢我？"

沈挽情：可把你能得。

到底是谁害的啊？你怎么这么能顺杆往上爬？

原本定好酉时动身，临时却发生了些意外，延缓了些许时辰。

风谣情今日除妖时低估了只鸣屋妖的修为，进攻之余被它乘其不备偷袭，受了些轻伤。虽然不至于耽误行程，但是她的身体还是有些虚，服过药以后便在马车上睡了过去。

夜色逐渐沉了下来，浓雾涌动。

在行至一处村庄时，马车逐渐缓了下来。

纪飞臣眸色微凝，掀开帘子。谢无衍原本一直抱剑靠着桌子闭目养神，此刻也仿佛感应似的睁开眼。

血腥味。

距离村庄不远处有片紫竹林，从里面散发出十分浓重的血腥味和怨气。别人兴许没太多感觉，但路过的修仙者能清晰地嗅到这股浓烈的气息。

而就在这时，突然响起一道锣鼓声。

沈挽情掀开帘子，往窗外看去。

村庄内亮起数道火点，紧接着锣鼓一声又一声响起，一行人抬着红轿，踩着声音的节奏，步伐缓慢地朝着紫竹林的方向走去，看上去似乎是在办喜事，可这锣鼓声并没让人感到半分喜庆，反而怪瘆人的。

曾子芸探头探脑："谁在这三更半夜办喜事？"

纪飞臣抬手，做了个噤声的手势。

细细看去，那些村民每个人脸上都没有任何表情，比起喜悦或者悲伤，更像是一种习以为常的麻木，只有走在轿子旁边的一对老夫妇，哭得肝肠寸断。

说话间，一行人路过马车，沈挽情眯了眯眼。

不知道是不是错觉，她感到这群人的步调放慢了下来。

红轿帘被风掀起，隐隐约约可以看见里面坐着个穿着喜袍的女人，依稀还能听到她的哭声。

"留步。"

纪飞臣皱眉，从马车上跃下，拦住了轿子："恕我冒昧，敢问这三更半夜，诸位是在作何喜事？"

站在前面的两位村民对视一眼，摇了摇头："外乡人，不要多管闲事。"

沈挽情靠着窗边，抓了把瓜子边嗑边看——哦豁，这语气，标准的是她触发了什么隐藏任务。

然而，还没给纪飞臣回复的机会，那对哭天抢地的老夫妇瞬间在他身边跪下，扯住他的裤腿喊："这位少侠，救救我家小女吧。"

"两位老人家快起身说话。"纪飞臣弯腰去扶。

老人颤颤巍巍地站起身,被搀扶着在一旁坐下,缓了口气,才开口道:"诸位有所不知,我们这不是在办喜事,而是在给妖怪送祭品。"

沈挽情听了一会儿,总结起来就是,这个村子三年前大旱,结果突然来了个自称"山神"的东西降了一场大雨,缓解了旱情。然后村子里的村长就在紫竹林建了个山神庙,天天跑到那里去烧香祈愿自己升官发财、长生不老。

然后有一天山神就真的发话了,说:"要我满足你的愿望也可以,每个月给我送个漂亮小姑娘来当祭品,以后你们就要什么有什么。不送也行,但以后你们村如果再出什么事,我就不管了。又没工钱,管你干吗。"

大家都是明白人,一听这话就知道,这玩意儿肯定不是什么正经山神,多半是什么妖怪在这里装腔作势。

但是村长想:"还有这等好事?"然后寻思着,反正自己也不是姑娘,送不到自己头上,于是就开始勒令村民每个月选出一个人来送到山神庙当祭品。但村民其实也没得到什么好处,多半的油水都被村长这个"中间商赚了差价"。

纪飞臣一听,心想这还得了,立刻宽慰老人道:"诸位放心,我一定帮助各位降服此妖。"

"仙长有所不知,"老人叹气道,"这妖怪神出鬼没,之前也不是没有人偷偷请道士来降服,但从来都还是没寻到踪迹就被杀害。"

"这样……"纪飞臣皱眉思索了一下。

如果是这样,想要成功将妖怪引出来,恐怕只能拿祭品当作诱饵,但寻常人当诱饵根本无法自保,而风谣情此刻身体也受到损伤,还在昏睡中没醒过来。

曾子芸……按照她那股冒失劲儿,保不准妖怪没想杀她,她自己就会冲着刀口往上撞。

这样一来,就只剩下——正在嗑瓜子的沈挽情感觉到纪飞臣的目光落在自己的脸上。她搓了搓瓜子皮，拍了拍手，早有预料似的坐直身。

其实也不怪纪飞臣麻烦她，主要是他实在没得选。她自己好歹还能保命或者极限一换一，曾子芸就只能把"纪大哥"改成"谢大哥"，还有可能把谢无衍喊烦了，一刀先捅死她。

"我倒是可以，这个我会，我是老诱饵了。"沈挽情没意见，但是有句话她一定要说，"但我是这样觉得的，以后如果还有类似情况，而且你们实在搞不过妖怪的话，可以优先考虑杀村长。"

你们一个村的人怎么就都这么轴呢？

妖怪虽然该死，但人家也没强买强卖。

阿拉丁神灯，你杀不了灯神，也可以杀阿拉丁啊。

十九

沈挽情坐在梳妆镜前，望了眼叠得整整齐齐、被放在一旁的喜袍，眉头稍皱，伸出手顺着上面的纹理，一寸寸拂过。

"恩公，先吃些东西吧。"

一位老嬷嬷推门进来，将热茶、糕点放在她的旁边，说完，便绕到她身后，边替她盘着发髻，边动容道："多谢恩公搭救小女，若是当真除了那山妖，就算让老身做牛做马，也是愿意的。"

沈挽情抬头，从镜子里看了眼身后这位老嬷嬷，稍顿了下，然后伸出手安抚地轻拍她的手背："这原本就是除妖人该做的事情，老人家不必多礼。喜袍我来换就好，您就不必费心了。"

话虽这么说，这位老人却还是红着眼眶没离开，不断道谢。沈挽情哄了半天，她才收住眼泪，被搀扶着颤颤巍巍地在一旁坐下，还不忘推了推那盏茶："恩公，紫竹林气寒，路上辛苦，喝了暖暖身子吧。"

沈挽情看了眼那杯冒着热气的茶，伸出手端起茶杯，喝了一口，然后道："多谢。"

两人又絮叨了几句，沈挽情才将这位哭唧唧的老人送走。

房间里终于重新安静了下来。

沈挽情看着镜子里的自己,伸出手摆弄了一下刚刚被盘好的精致发髻以及头上的步摇,似乎若有所思。

不对劲。

她突然起身走到一旁,食指中指并起,重重按在了自己的喉下,紧接着,刚刚喝下的那些茶水混着些淡血被咳了出来。

沈挽情抹掉嘴角的血迹,掩去地面上的痕迹,然后才坐回梳妆镜前,开始换上了喜衣。

很不对劲。

按照道理来说,这一个月一次的祭祀"山神",对于村内来说应该是至关重要的事情,而这么重要的场合,为什么那位主导这一切的村长并没有出现?更何况喜轿在半路就被截下,还闹腾出了这么大的动静,村民们明晃晃地把人带到家里来换掉祭祀对象,难道他们就完全不怕被村长或者"山神"发现?甚至那位老嬷嬷还这么仔细地替自己编好烦琐的发髻,点上了朱砂。

这些过程烦琐而又没有意义,唯一能让人感觉到的就是,她们对待自己,好像并不是对待一个引出山神的冒牌货,而是真正的祭品。

这一切都让沈挽情感觉到诡异。

她不能完全相信这些村民。

而眼下,纪飞臣他们也并不在她的身边。按照一开始的计划,曾子芸留下来照顾风谣情,而纪飞臣和谢无衍则会先去神庙附近蹲守,所以贸然反抗这些不知道是敌是友的村民,她不如先将计就计,同纪飞臣他们会合。

沈挽情换好喜服,戴上红盖头,被人搀扶着上了轿子。

轿子很颠簸,伴随着不断敲打的锣鼓声,一路向前。那刺耳的声响震耳欲聋,让人脑袋里的弦瞬间绷紧,听得人头痛欲裂。

不知道是因为锣鼓声,还是因为那口茶没被完全逼出来,沈挽情感觉四周的气温不断下降,阴冷的气流从脚底生来。明明没有任何风,但寒气逼人,混着浓重的血腥味和妖气,让人从骨子里感到一股钝痛。

看来,他们是进入紫竹林了。

"姑娘,到地方了。"那老嬷嬷的声音隔着轿子响起,"等会儿轿子停下来后,我会搀扶您到山神庙前,接下来您得自己进去,在席子上跪一会儿后,山神自然就来了。"

沈挽情:"嗯。"

轿子落下,她被搀扶着下了轿子,一路被领到一处门前停下。

"好了,姑娘,我就只能送您到这儿了。"老嬷嬷准备离开。

"等下。"沈挽情突然开口喊了句,稍顿,然后笑了声,"老人家,同我抱一下吧,多谢您送我到这儿了。"

老嬷嬷当然不会拒绝。

在两人拥抱的工夫,沈挽情将藏在袖中的传声符贴在了她头发后。

"吱呀——"庙门被推开,扑面而来的潮湿气息伴随着浓浓的腐尸味,令人感到一阵反胃。

沈挽情摘下了红盖头,望了望周围。

白骨、尸体,尸体多数已经腐烂,但依稀还有些能辨认出面貌,看上去并不像所谓一个月献祭一个少女那么简单,因为以骨架和身形可以看出,多数是男性。

除了这些,还依稀能看见几道符咒。仔细辨认,虽然已经被鲜血和泥垢沾满,但还是能看出,不少尸体的打扮看上去像是各门各派的修士或者除妖人。

情况不对,这么多修道之人丧命于此,那些村民却只字不提。

沈挽情抬手从发髻上抽出一支金簪握在手里,钗子的锋芒抵住自己的掌心,随时都能割开一道血痕。

她走到寺庙中心,看了眼正中央的席子。

那位老妇说，要在上面跪下来等待。

而就在这时，传声符里传来一声——

"仪式可以开始了吗？"

"一次送来五个送死的傻子，山神一定会重重赏赐我们的。"

"可是我听镇上的人说，这次的修士好像有些来路……"

"放心，这几个傻子一早就喝下了我们的东西，我亲眼看着的，功力肯定会受到影响。那可是山神给的东西，怎么可能出错？"

沈挽情皱了下眉，而就在这时，传声符内的声音突然变得模糊不清了，在断断续续的几声模糊惨叫之后，便戛然而止。

难道说符咒被发现了？

但眼下，这些不是关键。

沈挽情看着席子。即使不仔细分辨，也能嗅到这席子上有多么浓重的血腥味。看来有无数修士被这群村民骗到这里，接着以某种仪式引出妖怪，再被残忍地杀害。

虽然这群人满口谎话，但有一句话说得没错，按照他们说的去做，的确能够引出妖怪。但以纪飞臣的主角光环，没准儿真能将此妖除掉，更何况还有谢无衍这个 bug[①] 在。

沈挽情安静许久，然后转身离开。

当她是傻子？

她没有村民那么轴，这种情况下，才懒得拿自己当活靶子揍妖怪。

她要去揍村民。

但走到门口，她推了一下门，没有开。

沈挽情再怎么说也是有些修为的，就算是那些村民将门锁了起来，按照道理，她也应当能强行推开，但这么纹丝不动，应当是妖气作祟。

与此同时，一股冷气从背后蹿起，紧紧贴着她的脊背一路向上，

[①] 英文单词，故障、缺陷之意。现经常借其"故障"之意，引申用作网络用语。此处可以理解为"大人物"。

像是一只无形的大手，一寸寸地抚摸她的肌肤，令人毛骨悚然。

沈挽情没动，绷紧后背，缓慢地将推门的手放下，握紧了手中的簪子。看来自己一进门的时候就被注意到了。

"这群蠢货倒是给我送来了个好东西。"那男声宛若隔着千层万层的雾，明明近在耳旁，却显得模糊不清。他几乎是贴着沈挽情的耳畔说出这句话的，诡异的腔调更加让人心悸："小姑娘还挺聪明，但太聪明也不是件好事。"

沈挽情有点脑仁疼。

虽然好像并没有实体，但她感觉自己的身体被这股浓烈的妖气缠绕了起来，绷住自己每一寸肌肤，让她动弹不得。

说实话，这妖怪磨磨唧唧又不出手，就费老大劲儿往自己身上一点点摸，说话还阴阳怪气的，不像是杀人也不像是在折磨人，更像是在吃自己豆腐。

然后她就感觉到那只无形的大手拐到了自己身前，顺着自己的小腹，一寸寸向上。

确定了，他就是在吃自己豆腐。

和画皮妖完全不一样，很明显，这股妖力更加浑厚强大，整个庙宇内都被一团浓浓的黑雾缠绕了起来，宛若随时就要将这座寺庙撑破。

按道理说，到这种地步，纪飞臣不应该还没有发觉。

沈挽情想起从传声符里听到的话，皱了下眉。该不会纪飞臣真的中了计，喝下了那村民给的茶，所以才对此一无所觉？

靠人不如靠己，她将金钗抵进肉里，血顺着钗子淌下，与喜袍的颜色融为一体。

而就在这时——

"说实话，"谢无衍的声音带着些懒意，听上去慢悠悠的，"这身喜衣不太适合你，难看。"

在声音响起的同时，沈挽情感觉到贴附在自己身上的妖力一松。

她转头，谢无衍不知道什么时候坐在房梁之上，枕着胳膊，看戏似的上下打量着自己:"还多管闲事吗?"

所以他早就发现了。

沈挽情无语:"所以你就陪着他们演?"

"对啊,"谢无衍拖腔带调地说,"看看你们能丢脸到什么地步。"

沈挽情骄傲的自尊心不允许她被这样嘲笑:"我也发现了!"

谢无衍:"哦,我比你早。"

沈挽情:"性质不一样!"

谢无衍:"我比你早。"

一旁,"山神"几次想要开口都被打断,妖气在庙宇内滴溜溜地转了好几圈,发现这两个人光顾着吵架,根本没搭理自己,不自觉有点窝火。

什么意思?

看不起我?

"山神"一不高兴就要放大招,攻击目标十分明确,比起谢无衍这个能让他毫无觉察就进入这里的危险人物,沈挽情显然比较好欺负。

所有的妖力汇聚成一团,朝着她的方向袭去,带着无比强劲的气流,将四周的柱子撞了个七零八碎。

"砰!"那道力量宛若撞到了一个无比坚硬的屏障,在一瞬间四散崩开。

谢无衍右手扣住沈挽情的腰,将她朝着自己身前一带,然后皱了皱眉:"你是不是胖了?"

沈挽情:"这种时候就不必发表获奖感言了,谢谢您。"

二十

黑色的妖气形成了一道旋涡,带着强劲的气流,尘土飞溅,仿佛将人硬生生地丢进破碎机,要将五脏六腑都搅碎,强大的威压感让空气都变得稀薄了起来,让人觉得身上宛若负着千斤重,能够硬生生地将骨头压成粉末。

谢无衍松开扣着沈挽情腰处的手,抬眸望着那团黑雾的中心,只见衣袍上下翻飞,噼啪作响。

那道旋涡膨胀得越来越大,突然,在一瞬间延伸出无数只黑色手臂,一窝蜂地拥向谢无衍的方向,将他紧紧缠绕。几乎是在一眨眼间,谢无衍就被这股妖力吞噬。

"不自量力。"

从那黑雾中心传来了山妖猖狂的笑声,浑浊而又诡异的语气里,全是猖獗:"想英雄救美?未免太看得起自己,到头来也不过是上门送死而已。"

沈挽情沉默了一下,心中替这妖怪默了个哀。

你说你要是少说两句,按照谢无衍那种干什么都觉得好麻烦的性格,没准儿压根儿不想和你打架。

但有一说一,这山妖的力量的确不容小觑。

这么多年,那些村民并不是献祭普通人来供养山妖,而是骗来各式各样的修士。村民编造出谎言引那些落单的除妖师和修士前来除妖,再使手段暂时化解了他们的功力,接着把他们带到这布下血阵的庙宇内。

被这些修仙人滋养着的山妖,比普通妖魔鬼怪更加迅速地强大了起来。

一道蔓延出来的黑色妖气贴着地面来到沈挽情脚底,接着分裂出来无数条,绳索一般顺着她的四肢将她缠绕起来。

"接下来,轮到你了。"

然而那声音刚落,从那团深不见底的黑色旋涡中,突然闪烁出一道红光,紧接着,蔓延开无数道蜘蛛网般的血痕,光芒瞬间灼得刺眼,宛若穿针引线似的。那道红光不知道被什么牵引着,以肉眼难以捕捉到的速度上下翻腾，几乎是在顷刻间，就将这巨大的旋涡切割成无数道破碎的碎片。

"砰！"

那股浓郁的妖气炸开，一瞬间仿佛要将整个庙宇撑破，伴随而来的，是山妖撕心裂肺的号叫声。

谢无衍睁开眼，那双赤眸中看不出什么戾气，却仍然显得妖冶，剑循着他的位置回来，稳稳入了剑鞘。墨发随着衣袍一同上下翻腾，唯独他却没有半点动作，甚至连位置都不曾挪动。

山妖混到这程度怎么说也算是个大妖怪，虽然打不过，但是挺会逃。黑气贴着地面很快聚集起来，一招声东击西攻向两人，趁着他们防守的工夫，真身从屋顶上破了出去。

沈挽情看了一眼，好像是去往村庄的方向。

她转身，推了推门，没有妖力的控制，门一下子就被推开了。

然而看见眼前的样子，沈挽情步子一顿，倒吸一口冷气。

原本以为庙宇内足够凶险，却没想到，外头比起里面还要骇人数十倍。

尸体，几乎是满地的尸体，从庙宇门口，一路到紫竹林。仔细分辨了一下，都是刚才抬轿送自己过来的村民。他们的死状十分骇人。

所以……刚才传声符突然听不见声音，很有可能是因为在那个时候，这群人就被人杀害了。

她侧过身，小心翼翼地绕开挡路的谢无衍，接着一路避过地上的尸体，按照记忆朝着村庄的方向走去。

谢无衍转头，看着前面不远处玩躲避炸弹游戏一样的沈挽情。她踮着脚，小心翼翼，一惊一乍，一蹦一跳，像只跛脚的兔子一样，倒是让人忍俊不禁。

谢无衍唇角翘了翘，在觉察到自己潜意识萌生的笑意时，却又硬生生地停住，收敛了神色。

117

然而沈挽情没走几步路，突然听见林间有些许响动。

难道是纪飞臣？

她停下步子，朝着响声的方向望去，刚准备去仔细寻寻，一道人影就突然从里面蹿了出来，踉跄挣扎着扑到自己面前，双膝"扑通"跪下。

"侠女，救救我吧，侠女。"

面前是一个满身带血的老妇人，哭得一把鼻涕一把泪，狼狈地卧在她脚边不断磕头。

沈挽情仔细一看，顿时觉得无奈。

好家伙，这不是给自己下药送茶的老嬷嬷吗？

沈挽情蹲下身，想听听这人到底能说出什么屁来。

老嬷嬷抬起头，哭得声嘶力竭，一抬眼看见沈挽情身后的谢无衍，立刻露出又惊又怕的表情，更是瞬间抱紧了她的腿："侠、侠女，是他，就是他！他是妖怪！侠女，救命啊，他一定是同那山妖是一伙的。"

沈挽情看着这老人，叹了口气转身，看向谢无衍。谢无衍停在不远处，没动弹，就这么倚着竹子看她，全是无所谓的散漫模样。

而就在这时，沈挽情听见道熟悉的声音，隔得挺远，隐隐传来——

"挽情！谢兄！你们在哪儿？"是纪飞臣。

老嬷嬷听见这道声音，瞳孔都亮了起来，如同找到救星一般地转过头，张开嘴——

"刺啦！"血水一瞬间喷溅开来，多半溅在了沈挽情的脸上。

沈挽情面无表情地站起身，看向谢无衍。

谢无衍也看着她。

这回他脸上没带笑意，敛目凝神，就这么安安静静地望着她的眼底，似乎是在审视，但眸中看不出任何情绪。

纪飞臣的声音依旧在附近，沈挽情没说话，抬手做了个噤声的手势。

其实沈挽情觉得，老嬷嬷是罪有应得。

不过显而易见，按照纪飞臣和风谣情的性格，即使知道自己被这些村民欺骗，也不会下狠手，只会苦口婆心地说服、感化村民们从此向善。所以如果真让他们从这老妇口中知道，谢无衍做了违背他们理念的残忍事情，一定会怀疑谢无衍的身份和这么多天塑造的形象。

所以这人必定不能活下来，只要没有任何一个活口，就算再有人发现这些尸体，也能全推到山妖的头上。

沈挽情的确是在帮谢无衍，原因很简单——谢无衍救了自己，而老妇想拿自己来献祭。所以这种情况下，她只能帮没有伤害她的人。

与此同时，村庄方向被一股巨大的妖气缠绕。这股浓烈的妖气就连沈挽情这样的修仙小白都能感觉到，更何况是纪飞臣。

很快，他的声音越来越远了，看来应当是担心风谣情等人的安危，先一步前去村庄寻那山妖。直到纪飞臣离开，沈挽情才松了口气。

她走到谢无衍身旁，犹豫许久，然后问："我脸上脏了吗？在什么位置帮我指一下，不然怪难看的。"

没想到她憋了这么久，居然只憋出来这句话。谢无衍没立刻回答她的问题，只意有所指似的朝着那老嬷嬷尸体的方向轻扫一眼。

沈挽情耸了耸肩。

沈挽情说："这样，不如我们互相保密？"

她的眼底一片明朗，甚至还能这么轻巧地替自己找了个台阶。

谢无衍觉得，沈挽情比自己想象中的要聪明许多，聪明到即便以后如果知道了她真的是在撒谎和虚与委蛇，他也觉得无所谓。

"这块，这块，这块。"谢无衍抬起手，在她脸上指了几个位置，猝不及防道，"都脏了。"

沈挽情愣了一下，然后迅速反应过来，像只猫似的孪开毛，转过身背对着他，抬手往脸上抹了一圈，然后自信满满地转过头问："现在呢？"

谢无衍沉默一下："不错，抹匀了。"

奇耻大辱。

二十一

沈挽情赶到村庄的时候,火光映天,即便隔得不远,也依旧能看到妖气盘踞在村庄上头。挨家挨户都灯火通明,不少村民持着火把,从远处看,像星火一般聚成一团。

在这团火光包围中心的人,是纪飞臣。

他单膝跪地,握着剑苦苦支撑着,嘴角渗出些血迹,手臂上被割裂开巨大的伤口,顺着剑柄一路往下淌着血。

按照道理来说,纪飞臣即便功力有所亏损,凭借着他的修为,对付这只山妖不应当如此吃力。但奈何这些村民倾巢而出,蜂拥上前拦截袭击他。

即便知道这其中有些许阴私,他还是处处顾忌着这些村民,怕伤到他们的性命。如此他便打得束手束脚,分心之下反而被山妖狠攻了一击。

"纪大哥!"

沈挽情拨开包围着他的人群,奔到他的身边,蹲下身扶着他的肩膀,让他能挺直身体:"你没事吧?"

纪飞臣的眼睫上都沾着些血迹,转头看着面前的沈挽情,松了口气,抬起手紧紧握住她的手腕,一把将她扣进怀中:"幸亏你没事。"

被这么猝不及防地一把拥住,沈挽情瞳孔微缩,没反应过来,却能无比清晰地感觉到有一股冰冷的目光从自己背后掠过。

她僵硬地转过头——

谢无衍冷眼旁观着这对"兄妹"之间温情的画面,笑得有些嘲讽。

本来很好的兄妹情,怎么被你一看,就这么让人心虚呢?

沈挽情宽慰了纪飞臣几句,扫了眼四周。

旁边的村民神情看上去凶恶无比,窃窃私语着什么,依稀可以听见——

"送祭的队伍还没回来,一定是这伙人惹怒了山神大人。"

"这些该千刀万剐的修士。"

……

纪飞臣听着这些话,几乎要将掌心攥出血痕。

沈挽情皱了下眉,环顾四周,觉察到不对。

此妖明明被谢无衍重伤,此刻妖气不但没有消减,反而像是在慢慢恢复。

等等……

"纪大哥,"沈挽情急忙问,"风姐姐呢?"

与此同时,罗庚疯狂地振动着,朝着一个方向指去。

那是风谣情所在的方向。

警告!警告!检测到女主角即将受到生命威胁。

纪飞臣听闻此话,将眉一抬,那双向来温润的眸中难得有了些冷意。他提剑起身,嘱咐道:"照顾好自己。"说罢,他便准备奔向风谣情的方向。

"砰!"而就在这时,一位老妇在纪飞臣面前跪倒,拽住他的裤腿:"不能去,不能去啊。山神如果不在了,我们整个村子就完了。"

像是开了个口子,无数人蜂拥而上,将他们围得水泄不通。

"你们明明知道那不是山神,而是以吸食人精血为生的妖。"纪飞臣目眦欲裂。

人归根结底都是自私的。

"管它是神是妖,三年前我们村因旱灾饿死大半人的时候,你们这些修士又何曾管过我们的性命?那些神庙吃了我们的香火和供奉,又怎么顾忌过我们的生死?是山神大人救我们村于水火之中,赐予我们粮食与钱财,保佑我们风调雨顺。"

纪飞臣无法教化这群暴民,但以他的能力,这群普通人是拦不下他的。

他手腕一振，似乎是准备强行破开这拥堵的人群。

似乎是觉察出纪飞臣想要做什么，那老妇情绪愈加激动："除妖？我呸！你们这些修士只顾自己得道成仙，于我们哪有半点好处？只有山神才能救活我重病痴傻的儿子。今日你若敢向前一步，老奴我就一头撞死在这石柱之上，让天下人看看你们这些满口仁义的修道人是怎么逼死我们老百姓的。"

这句话成功让纪飞臣停下了动作。

他握紧剑柄，青筋暴起，眉宇间全是痛苦。

纪家自小的教导——侠者仁心——让他没办法眼睁睁地看着这些村民死在自己面前。

"轰！"不远处劈开一道剑气，冲破浓雾。只是那道剑气看上去太过虚弱，很快就重新被黑雾吞没，但零星可以看见几个光点，在苦苦支撑。

"阿谣！"纪飞臣声嘶力竭地喊了一句。

沈挽情看了眼一副要拼命模样的老妇，又看了眼一旁看戏的谢无衍，接着朝他伸出手："可以借我你的剑吗？"

谢无衍没问为什么，将剑递到她手上。

沈挽情拔出剑，穿过人群走到那位老妇面前，审视她许久，然后开口对一旁的纪飞臣说："纪大哥，你去救风姐姐吧，这里交给我。"

纪飞臣双目赤红，仅剩一点理智逼着他不去发怒，他转头，看着沈挽情："你？"

"嗯。"沈挽情说，"你放心去。"

不远处的妖雾形成一个巨大的旋涡，风谣情苦苦支撑，最终还是难以抵御，被硬生生地贯穿了身体，呛出一口鲜血。

见状，纪飞臣也不再有任何顾虑，腾身而起，朝着风谣情的方向奔去。

"拦住他……"老妇一句话还没说完，声音便戛然而止。

沈挽情的剑锋抵住她的喉，一双原本总是笑盈盈的双眸里没有半点情绪，声音冷静，却让周遭喧哗的人声一下子安静了下来："撞石头上的话，万一留口气赖活着，多痛苦。不如撞我剑上，死得安稳些。"

周围鸦雀无声。

在沉默许久后，总算有人反应过来，开始叫嚣着——

"果然，修士都是些阴毒的人，还自诩除魔卫道呢，不把寻常人的命当命了吗？"

"可笑可笑，你可知这位老人家家中有位垂死的孩儿还等着山神救济？修仙之人居然没有一点仁慈之心。"

"此事若昭告天下，定让你们颜面……"

"沈挽情。"沈挽情眼睛都没眨一下，一字一句，报上了自己的名字，"不是要昭告天下吗？那好歹记住我的名字吧？刚才那些人或许会于心不忍，但我不会，我不是除妖师，是个被娇生惯养长大的大小姐，性格也不怎么好，走在大路上被你们拉去当祭品，也怪让人心情不快的。"

说着，她看着那妇人的眼睛，剑锋逼近了些，割开一道血痕："所以明白了吗？我忍心杀你。"

沈挽情的语气太过于平静。

但往往这样毫无情绪起伏的语调，最容易让人感到恐惧，几乎所有人都能确信，她真的能眼都不眨地杀掉这位妇人。

沈挽情看得出来，这群刁民看上去振振有词，实际上都是唯利是图，这么气势汹汹，无非是认准了纪飞臣不敢对他们动手。

越是自私的人，往往越是惜命。

纪飞臣拿捏不准这群人的真实想法，也不敢真的以他们的性命作赌。

果然，那位老妇往后趔趄几步，被人搀扶着瘫软在地上，边摸着脖颈，边掩面痛哭了起来，捶胸顿足，拍打着地面道："我那苦命的小儿子哦……"

沈挽情没搭理他们，将剑收入鞘内，递还给了谢无衍。

既然双方都撕破了脸，村民也不再顾忌，侮辱和谩骂声此起彼伏，像苍蝇似的环绕在沈挽情身边嗡嗡作响。

沈挽情置若罔闻，朝着风谣情的方向望去。

飞灵剑悬空而立，纪飞臣双目紧闭，嘴角渗出的血迹缓慢淌下。他手腕振动，数十道符咒应声而出，带着金灿灿的光芒烧开了那团浓雾。

他一跃而起，淡青色的身影掠过夜空，拦腰抱下风谣情，将她护在身前。

看来人已经被救下了，沈挽情总算放下心，而正当她转身准备去寻他们的时候，突然感觉后脑勺被粒小石子重击了一下。

她步子一顿，紧接着，石子接二连三地朝她身上扔来。

沈挽情转身，一个看上去六七岁的小男孩满手泥污，见她看向自己，迅速往大人身后一躲，探出个头，冲她"呸呸呸"。

沈挽情头一次感觉到疲倦。

她并不想多同这些人计较，因为闭着眼睛也知道，风谣情在获救以后，一定不会忍心责备这些人，甚至会动用玄天阁的修士来帮助这个村庄恢复如初，去救治那些所谓重病的孩童，用爱感化妖物和恶民。

这是主角成长的必经之路。

然而，就在沈挽情准备离开的时候，突然听见身后传来一阵呼救声。其中一个村民被谢无衍拎起来带到沈挽情面前。

"道歉。"谢无衍声音冷得像冰。

沈挽情愣了一下，然后反应过来谢无衍是为了她。

那村民被这么一吓，哪敢接着犟，红着眼眶哆哆嗦嗦地道歉。

二十二

村民脸上全是鼻涕混着眼泪，根本不敢反驳一句。周围的人都摆出一副事不关己高高挂起的模样，全然没了刚才那副同仇敌忾的模样，只有那村民的家人扑上前，抱着他的身体，声音颤抖："你们怎么能这样对待我们？"

沈挽情不吃这招："我不太明白你的意思，你是来排队道歉的吗？"

"你！"那妇人猛地一抬头，紧紧盯着沈挽情。

"我明白了。"沈挽情挪了下步子，让开块地方，昂首示意，"您请道歉，慢慢来，不着急。"

妇人愣了半晌，转头看了眼旁边的谢无衍，咬着下唇，许久后才颤抖着道歉。

沈挽情抬头扫了眼周围，每个与她对上目光的人，都不约而同地低下头，满脸惊惧的样子，甚至有妇女老人呜呜地哭了起来，一口一个"我们村就要亡于今日了"。

怎么搞得她像个反派一样？

于是，纪飞臣成功除掉那山妖，带着风谣情和曾子芸赶回来的时候，一眼就看见了面前这幅极为诡异的画面：沈挽情双手背在身后，周围乌泱泱地站了一群人，个个儿埋着头，战战兢兢的模样；而谢无衍散漫地靠在一旁，拿一面帕子慢条斯理地擦拭着自己的剑，动作很慢。

月光打在剑上，晃得刺眼，每晃动一下，那些村民就会惊恐地抖一下身子。

"挽情。"

纪飞臣将昏睡的曾子芸放下，然后抱起受伤的风谣情，走到他们身边。他转头望了眼此刻乖顺无比的村民，一时之间有些没反应过来："你这是……"

"我……"沈挽情摸了摸脑袋，抬头看了眼不远处的谢无衍。

谢无衍视线都没偏一下，只是将手中剑收进了鞘中。

顿时，周围的人松了口气。

沈挽情解释："他们在忏悔。"

"忏悔？"纪飞臣毕竟不是傻子，"怎么突然就……"

"我以德服人。"沈挽情睁着眼睛说瞎话。

纪飞臣一言不发，只是递过来一个不信的目光。

行吧，其实是沈挽情在忍无可忍之后，决定使用武力震慑，叉着腰说："如果你们再这么胡搅蛮缠，就让谢无衍教训你们。"

谢无衍：为什么是我教训？

沈挽情老会狐假虎威了。

虽然猜到些端倪，纪飞臣却没有点破，今日一事让他身心俱惫，留着这些村民性命，纯粹因为"仁义"二字时刻教导他克己复礼。他看了眼怀中奄奄一息的风谣情，眼眶发红，咬着牙道："你们害了多少修士，伤及多少无辜，今日若是她有事，我……"

"喀喀。"风谣情咳嗽几声，全身上下满是血垢，艰难地睁开眼，看了眼一旁跪了一排的村民，突然抬手扣住纪飞臣的手腕，摇了摇头，"这些都是被妖物迷了心智的人，虽然可恨，但还有悔过的机会。"

不知道为什么，沈挽情宛若在两人身上看出了圣洁的光辉。

终于到了吗？主角嘴炮攻击、净化人心灵的环节。

她听了一会儿，觉得有些犯困，毕竟是主角专场，再加上自己这么个让人战战兢兢的反派站在一旁，还怪破坏气氛的。但转念一想，自己这么个恶毒女配角对比出了主角的宅心仁厚，也算是为了给美好结局添砖加瓦而自我牺牲。

于是，自我感动到的沈挽情一步一步地朝着马车的方向挪，准备先一步爬上去睡个觉，结果目光一偏，发现站在一旁的谢无衍正凝视着风谣情的方向，眼神情绪复杂。

如果非要形容，那就是——

眉头稍皱，目光含情，宛若冰雪消融后的温柔。

沈挽情心里咯噔一下——完蛋了。

恐怕是和自己对比之后，谢无衍对于风谣情这种即便受伤却依旧愿意怀有善意的人，产生了强烈的好感。

但谢无衍并不知道沈挽情这些脑补。

他只是单纯在思考这些修仙之人是不是脑子修出问题了。

而就在这时，他猝不及防地被沈挽情撞了个满怀，沈挽情一头插进来挡住了谢无衍看风谣情的视线，揪着他的袍子，一双眼睛亮亮的，声音清脆："谢大哥，陪我一起回马车休息吧！"

沈挽情说着，还跟小姑娘似的瘪嘴开始撒娇："马车离得好远，那块黑灯瞎火的，刚刚才见识了那么恐怖的山妖，人家……人家真的好怕。"

谢无衍现在能确信这些修仙人是会修坏脑子的了。

他沉默一会儿，然后问："你在演什么？"

什么意思？她还不能是个萌妹吗？

沈挽情也是有脾气的。

她愤怒转身，一个人朝着马车的方向走去。

"谢兄，"终于，忙着在一旁散发着圣洁光辉的纪飞臣腾出空，交代了声，"你先带挽情和小芸回马车，我们马上就来。"

谢无衍应允了声，看了眼一旁靠着树，还没醒过来的曾子芸，又看了眼已经离开一段距离的沈挽情。

他沉思一下，迈步走到曾子芸身旁，伸出手捏住她的手腕。

灵气涌动。

"嗯！"

曾子芸突然睁开眼，整个人向前一挺，大口大口地喘着粗气。

谢无衍松开手，准备站起身："走了。"

"等等！"曾子芸喊住他，然后低下头，脸颊微微发红，"谢大哥，我、我腿软……"

谢无衍平静地看着她，然后点头："哦。"

接着，他转身离开，留下一个残忍的背影。

曾子芸望着他离去的背影，捂住胸口，只觉得怦然心动。

他没有抱自己，一定是觉得不能误了女孩子的清白。

他真是一个体贴的人！

127

虽然不知道纪飞臣和风谣情的嘴炮到底对那些村民有没有影响，但是他们真的信守承诺，一回到玄天阁，就派出些医修前往村庄替那老妇的孩子治病。

风谣情重伤，纪飞臣这段时间几乎是彻夜守着她没有合眼。而没了曾子芸这个实力女配角搅局，他俩的关系急剧升温，眼看着任务完成的进度条就噌噌往前涨，沈挽情感动得泪流满面。

然而第二天，进度条就往后退了一大截，倒不是因为主角吵架，而是因为谢无衍差点儿在晚上误杀曾子芸。

警报！警报！重要女配角即将面临死亡，随时可能导致重要剧情受到影响，请宿主多加警惕。

曾子芸一死，玄天阁的长老必定不会善罢甘休，再加上玄天阁出此惨案的话，很有可能对男女主角的主线任务造成影响，导致剧情崩坏。

更何况，谢无衍也有可能因此暴露身份。

那谢无衍为什么差点儿误杀曾子芸？

原因也很简单。曾子芸向他十分热烈地表达了自己的爱慕之情，每天天刚亮就跑到他院子里缠着他陪自己练剑，缠着他给他送自己亲手做的糕点。

她的剑法很差劲，而且糕点做得还很难吃。

谢无衍这种人想法很简单，应付人很麻烦，不喜欢，就想清除麻烦。

得知这个消息的沈挽情，次日晚上就立刻抱着枕头、被子去敲了谢无衍的门，准备看着他，不让他轻举妄动。

谢无衍开门，看了看将枕头、被子裹成圈，顺带还塞了一大堆话本，看上去想要在这里安营扎寨的沈挽情，陷入了沉默。

"我怕黑，"沈挽情脸不红心不跳地撒谎，"所以准备和你一起睡觉。"

谢无衍：你听听你说的是人话吗？

"没什么好害羞的,我打地铺就行了。"沈挽情从谢无衍的胳膊底下弯腰溜进去,熟练地铺好了地铺,然后把自己塞进去,顺带还特别大方地拍了拍枕头,安慰道,"想开一点,咱们都是江湖人,不要那么拘束嘛。"

谢无衍:你就像个怪物。

章叁 烧血

二十三

沈挽情坚信，只要自己的动作够快，就不会给人拒绝的机会，所以迅速挨着谢无衍的床边打好地铺，拍拍枕头，然后掏出了自己这几天缝好的特制睡眠眼罩戴上，接着往被窝里一滚，整个人裹成一团。

然后她还不忘探了个脑袋出来，用非常虚伪的语调问候道："晚安呀，谢大哥今天也要好好休息哦，你睡得不好我会心疼的。"

接着，她迅速缩了回去。

这人还挺能的。

谢无衍端着胳膊，靠着门边看着她这么折腾，光是猜也能猜出来。虽然不知道是谁吩咐她做事的，但显而易见，她闹这么一出，八成是过来盯梢自己的。

沈挽情觉察到了谢无衍那灼得人脊背发烫的眼神，于是立刻将眼闭紧，还非常刻意地发出"呼呼"声，佯装睡熟。

只要脸皮够厚，她就不会被赶出去。

谢无衍被气笑了。

他迈步走近，在沈挽情身旁停下。

沈挽情继续发动死皮赖脸技能，全身绷紧，却还是一动不动。

"睡着了吗？"

"睡着了睡着了。"

于是下一秒，她就被谢无衍拎着后颈，一路拎到门口，连人带枕头给搁在了门外。谢无衍毫不留情地关上了门。

行吧，死皮赖脸招数失败，但沈挽情也不放弃。

她寻思着既然这样，自己还可以站在这儿当一晚上门神，反正不能让谢无衍半夜睡不着，偷偷摸摸跑去掐别人脖子。

先开始，沈挽情抱着枕头跟门童似的站着，炯炯有神地盯着屋子，全神贯注地盯梢。

五分钟后，她站得有些累了，于是蹲下了身子，消极式盯梢。

一刻钟后，她有些犯困，于是将枕头抱在怀里，将一张小脸埋进去，打了个长长的哈欠，开始边偷懒边盯梢。

所以，在谢无衍再一次推开门的时候，一低头，就发现自己门边蹲着个不明物体。关键是那不明物体看上去好像还睡得挺香，就是有点蹲不稳，左摇右晃的，随时要倒掉的样子。

谢无衍沉默了一下。

不管怎么说，沈挽情盯梢都能不敬业到这种地步，属实失败。

看着这么个跟不倒翁似的摇摇晃晃的人，谢无衍索性不吵醒她，倚着门想看她什么时候能摔上一跤。

下一秒，沈挽情就因为重心不稳往前一个趔趄，接着瞬间从半梦半醒中回过神，将身子打直，像只受惊的仓鼠似的拍了拍胸口——好险好险。

谢无衍没克制住地低笑了声。

这都没摔，她倒是还挺有本事。

沈挽情听见声音，一个激灵，刚准备抬头，就猝不及防地被谢无衍拎了起来。

他像捡了只猫咪似的将她拎回了屋里，随手丢在了刚才铺好的地铺上。

坐在床铺上的沈挽情还有点发蒙，在彻底清醒之后，瞬间感动得热泪盈眶："您真好。"

谢无衍坦然接受："那倒是。"

沈挽情卡了下壳："那真是太谢谢您了。"

133

"倒不用谢，"谢无衍走到她身前蹲下，"主要是怕你被人看到，毁了我的清誉。"

沈挽情被噎住。

气死了，之前到底是谁每天三更半夜跑到自己房间打卡的嘛！自己才来一个晚上都不行吗？！

做人不能太双标。

油灯灭掉后，整个屋子被吞噬进一片黑暗中，周围安静得可怕，隐隐约约能听到几声虫鸣。

被提溜进来之后，沈挽情反而睡不着了。一睡不着，她就喜欢翻身，左翻一下，右翻一下，将被子裹来裹去，不停地找着舒适的睡姿。

"睡不着就滚出去。"

在谢无衍带着些不耐烦的声音响起之后，沈挽情立刻将眼闭紧，打直身板，还不忘自我证明："睡了睡了！我已经睡着了！"

一动不动了不知道多久后，困意也逐渐上来，半梦半醒之中，她听到不远处传来些窸窸窣窣的声音，似乎是谢无衍的方向。

沈挽情一个激灵，瞬间清醒，悄悄地睁开一只眼。谢无衍起了身，他的发丝有些凌乱，眉头稍皱，脸色苍白，浑身上下散发着股冷意，看上去满是不耐烦。

他下了床，越过沈挽情，似乎是准备离开。

完了完了……谢无衍看上去就是一副想去杀人的样子。

沈挽情艰难地咽了下口水，然后决定铤而走险，于是一个翻身，非常刻意地压住了谢无衍的衣角。

谢无衍的动作停住，看了眼一旁的沈挽情，许久没动，然后弯下腰，抬起她的胳膊，抽出自己的衣角。

沈挽情立刻又一个翻身，压住他的胳膊。

谢无衍接着抽出胳膊，沈挽情接着转。

终于，在整整五个来回后，谢无衍不动了。

134

他在沈挽情旁边坐下，一句话也没说，撑着下巴，安安静静地盯着她的脸。

沈挽情紧紧闭着双眼，一动不动，但总觉得谢无衍的目光跟有温度似的，一寸寸地从自己脸上扫过，像是一把刀，紧紧贴着自己的脸颊摩擦过去。

被这么盯着，还怪难适应的，于是她偷偷地转了下脑袋。

而下一秒，她的脖颈就被一只冰凉的手扣住，手瞬间收紧，沈挽情一个鲤鱼打挺起了身，抱起枕头往后缩了两步。

谢无衍慢条斯理地收回手，眯起眼，眸光含笑："不装了？"

沈挽情心有余悸地摸了摸脖子，顺了会儿气。虽然谢无衍刚才似乎是有手掌收紧的意图，但其实克制着力度，并没有真的伤到她。

听见谢无衍这么问自己，她有些心虚，于是开始嘴硬狡辩："没、没有，我刚刚明明睡得很死，是你动手动脚我才醒的。"

"动手动脚？"

宛若听到什么笑话一般，谢无衍重复了一遍这四个字。

下一秒，他抬手搂住沈挽情的腰，另一只手捂上了她的唇，身子向下一压，将她压在了自己的身下。两人的衣袍交叠在一起，就连一旁的床帐都被牵扯着稍稍震动，挂在床边的玉石碰撞，叮当作响。

沈挽情甚至能从谢无衍那双噙着些笑意的眸中，清晰地看到自己的身影。

不得不说，曾子芸这么个纪飞臣的铁杆粉丝，转眼就喜欢上了谢无衍，还是有点道理的。虽然他这人看上去并不像纪飞臣那么光风霁月，浑身上下带着点妖气，但他温和地冲人笑时，那双狐狸眼里也全是招人的气息——非常标准的一个蓝颜祸水。

"明白了吗？"谢无衍松开捂住她嘴巴的手，声音低哑磁沉，"这才是动手动脚。"

沈挽情眸光微震，抿了下下唇，刚准备说话，就听见一道咋咋呼呼的声音由远及近传来——"殿下殿下，我遛弯回来了。玄天阁这后山破

135

破烂烂的,什么好东西都没有,全都是些低阶小妖,没有一只能够配得上我这尊贵的……"玄鸟扑扇着翅膀从窗户外飞进来,定睛一看……

三人面面相觑,空气在一瞬间安静得出奇。

玄鸟：慌。慌得很。

它惊慌失措地在原地扑腾了一下,然后又打了个转飞出去:"啊啊,我突然想起来左边那座山我还没遛完。放心放心殿下!我守口如瓶守口如瓶!"

沈挽情注视着玄鸟离开,然后转过头看着谢无衍,思忖许久,非常诚恳地说:"你放心,我会替你向它解释清楚的。"

谢无衍:"解释什么?"

"解释你没有在勾引我。"沈挽情边说着,边宽慰似的拍了拍谢无衍的肩膀,"安心安心,我不会毁了你的清誉的。"

谢无衍:你说谁勾引谁?谁毁了谁清誉?

世界上再没有比想要逗小姑娘、看她惊慌失措,结果发现对方比自己更像一个流氓头子更让人丧气的事情了。

谢无衍沉下脸,站起身,拂袖准备离开。

"哎哎!"沈挽情手疾眼快地牵住了他的衣袍,"你去哪儿?"

谢无衍转头看着她,眸中宛若一片看不到波澜的死水。他没说话,安静许久,突然蹲下身,与她视线持平,接着伸出手,轻轻扯开了自己的衣领,衣服下是一片如同蜘蛛网般的血痕,血痕以细微不可觉察的速度,在向上蔓延。

"知道这是什么吗?"谢无衍问。

沈挽情摇了摇头。

"这是能杀掉我的东西。"他说。

沈挽情稍怔,然后反应过来。

原著里有提到过,谢无衍在前期封印没有被彻底解除之前,一直饱受封印残留下来的咒术的折磨,所以实力一直被压制。

她突然记起来,这么多天下来,谢无衍晚上的体温总会比白日要低上很多，包括刚才触碰自己的时候，给人的感觉就像是冰块触及肌肤，让人头皮发麻。

看样子，这咒术总会在晚上发作。

至于会诱发出怎么样的痛苦，沈挽情一无所知，但这恐怕也是谢无衍每晚都不曾睡过好觉的原因。

"沈姑娘，我不知道是谁指使你做这些事，但我奉劝你，趁早收手，不要再来招惹我。"

谢无衍抬起手，捏住她的下巴，一字一句："你以为，我真的不会杀你吗？"

残留在他体内的封印咒，每一天都会像是一根根扎进身体里的刺，再从那根刺内蔓延出无数道尖锐的棱角，撕裂全身，连骨髓都在锐痛。

沈挽情看着他的眼睛，思索了许久，眨了眨眼："我明白了，那我给你念话本吧。"

谢无衍怔了下。

"难受睡不着的时候到处乱逛会更睡不着，"沈挽情伸出手够了够自己提前带来的话本，整整齐齐地摆在他面前，"但没准儿你一直听着人家说话，就会感觉到困了。"

谢无衍垂眼看她，没说"想"，也没说"不想"。

沈挽情不是第一次让他感到意外。

他完全不理解她在想些什么。明明自己是在威胁她，她却好像没半点害怕，反而将重点歪到怎么能让他好好休息这件事上。

谢无衍松开捏着沈挽情下巴的手，薄唇紧抿，似乎是想说什么，却又不知道说什么，许久后，才开口："你念吧。"

沈挽情挑好了一个有关妖魔的话本，清了清嗓子，开始念。

她的声音很轻，每个字都软绵绵的，节奏适中，让人感觉很舒服，甚至有时候会带点小感情，故意把语调拖得抑扬顿挫。

谢无衍坐在床沿，手搭在膝盖上，垂下眼帘。沈挽情坐在地铺上，背倚着床边，念得一板一眼。挺没意思的一些故事，但不知道为什么，让人感觉到无比安心。

沈挽情念的这些故事，并不能抵消掉疼痛的折磨，但让谢无衍没那么想杀人了。他转头，目光落在沈挽情身上，但是从这个角度只能看见她的头顶和披散在身后的长发。

她念着念着，就会打一个长长的哈欠，头一点一点的，然后猛地清醒，直起身接着念。

终于在沈挽情不懈的努力下，她把自己成功哄睡着了。

谢无衍唇角弯了一下，下了床，在她面前蹲下。

沈挽情头靠着床边，手上还保持着捏着话本的姿势，这么坐在地铺上就睡着了，眼睫稍稍颤抖，整个人乖巧得像只酣睡的小猫。

兴许是屋内有些冷，她的鼻子皱了皱，然后轻轻打了个喷嚏。

谢无衍看了眼一旁的被子，又看了看沈挽情，起身准备离开，但没走几步，又折了回来，弯腰拿起被子，盖在了她的身上。

感觉到了一点温暖后，沈挽情缩了缩脖子，将自己整个人和被子裹在一起，蜷缩了起来。

谢无衍俯身，看着她的脸，然后轻笑了声："傻不傻？"

沈挽情醒过来的时候，已经是日上三竿。

她一个激灵坐起身，看了看四周，发现谢无衍不在屋子里，只有桌上摆着一盘糕点，看上去是特地给自己留的。

系统没有提示曾子芸遇害，看来昨晚谢无衍并没有跑出去杀人。

想到这儿，沈挽情总算放下了心，心一放下，肚子就开始饿。

于是她简单地洗漱了一下，然后将地铺卷好收拾起来之后，就到桌子旁坐下，用筷子夹起一块杏仁酥，准备送到口中。就在这时，门"砰"的一下被推开，直挺挺地摔在了墙上——

"谢大哥！来尝尝我新做的栗仁糕！"

气氛顿时尴尬了起来。

曾子芸拎着糕点盒，原本一副眉开眼笑的样子，在看见沈挽情的时候，喜色瞬间凝固在脸上，然后垮下了脸。

沈挽情的杏仁酥还没吃进去，依旧保持着张嘴姿势，一时之间不知道自己该不该动。

左思右想，食物是无辜的，于是她将视线从曾子芸身上挪开，一口咬下了杏仁酥。

有什么事吃完再吵，吃完再吵。

"你怎么会在这儿？"曾子芸铁青着脸。

沈挽情随口扯谎："我是来找谢大哥练剑的。"

"练剑？"曾子芸冷笑一声，"谁让你进谢大哥房间的？一个姑娘家家，怎么能这么恬不知耻？还动谢大哥的东西，你难道不知道他最讨厌别人碰他的东西吗？"

沈挽情实话实说："实不相瞒，是谢无衍让我进来的。"

"你撒谎！"

曾子芸一跺脚，走进来拉住沈挽情的胳膊，将她往外拽："我来了这么多天，谢大哥都不让我进他的屋，怎么可能让你进去？我看你就是在死缠烂打，还这么不懂规矩！今天我一定要在纪大哥面前好好说道说道，让他来主持公道。"

就这样，沈挽情一口杏仁酥还没吃完，就被她一路拖到了玄天阁大厅。

结果刚一进门，她就发现大厅里坐满了人。

纪飞臣一行人都在，谢无衍坐在他的左侧，周围全是玄天阁的长老或者高阶弟子，就连伤势还未恢复的风谣情，都被侍女搀扶着坐在侧位之上——看样子，是在商讨什么大事。

两人冷不丁地闯进来，让所有的人目光都聚集在了她们身上。

纪飞臣一愣："挽情，你们这是……"

沈挽情身心俱惫。

她发现了，比起降妖除魔，这种小姑娘之间的破事更让人头疼。

关键是曾子芸身份特殊，她还不能使用蒙头敲晕这一招。

谢无衍见状，眉头稍皱，放下手中的茶杯，目光掠过曾子芸，望向沈挽情。

沈挽情刚睡醒，饭还没吃几口就被扯了过来，整个人恹恹的，顺带还慢悠悠地打了个哈欠。

"我刚才看见她在谢大哥房间里鬼鬼祟祟的。"曾子芸见自己阿爹也在这儿，顿时多了几分底气，声音清亮，"你说姑娘家家，怎么能擅自闯入别人的屋里，还碰人家的东西……"

曾子芸一句话还没说完，就被淡淡的声音打断。

谢无衍开口："我让她进去的。"

谢无衍抬眸，目光掠过沈挽情，然后在曾子芸脸上停下："我让她进去的，不行吗？"

空气顿时就安静了下来。

周围的人也顿时明白了是个什么情况，毕竟作为玄天阁长老的女儿，曾子芸这几天如此高调地追求谢无衍，也是尽人皆知。

曾子芸脸涨得通红，憋不出一句话。

长老咳嗽一声，连忙道："真是的，小孩子脾性，你们快找位子坐下吧。"

曾子芸兴许是觉得丢人，站着没动。

沈挽情左右瞄了瞄，在纪飞臣身边发现有一个空位，寻思了一下，现在这情况明显尴尬的也不是自己，所以与其这么审犯人似的站着，不如找个位子坐下，顺带吃点桌上的糕点，不然肚子怪饿的。

就在她迈开步子朝着纪飞臣的方向溜去时，猝不及防地被谢无衍拽住胳膊，还没反应过来，就被按在了他身边的椅子上。

沈挽情试图挣扎，却只听见他透着些冷意的声音："坐着。"

她立刻乖巧地坐直。

曾子芸见状，眼眶更红了。

"还在那儿戳着干吗？"长老兴许是觉得丢人，语气里也难得带了些斥责,"小芸,我平日是怎么教你规矩的?你胡乱冤枉别人,还闹到这里来,如此不识大体,难道是要我罚你抄书吗?"

风谣情试图解围:"算了算了,都是小孩子之间的玩闹,长老不必生气……"

沈挽情捧着杯茶,靠着椅子,顺便从谢无衍那里顺来几块茶点,开始安详看戏。

"我没有胡乱冤枉她!"曾子芸将牙一咬,抬手指向沈挽情,"她原本就十分可疑,我是担心她想谋害谢公子,才会将她带来这里的。"

这话一出口,看戏的沈挽情瞬间发觉不对。

她皱了下眉,扫了眼周围坐着的人。

或许是商讨有关如何除魔和重新封印魔尊一事,除了纪飞臣他们,周围还坐了大概五六个人。沈挽情将茶杯攥紧,眸色愈深。

"你还不知错!"长老猛地一拍桌子,一些茶水溅了出来。

"我说的都是实话,不信你问风姐姐和纪大哥!"曾子芸被气恼冲昏了头,索性也不管不顾,扯子嗓子喊道,"你问问他们,几天前我们降服画皮妖的时候,沈姑娘到底用了什么样的邪术?我亲眼看见她能燃烧自己的血来……"

"小芸!"

几道声音同时传来,纪飞臣拍案而起,就连风谣情也面色大变。

曾子芸觉得自尊心受辱,眼泪直往下掉,还不忘振振有词:"名门正派才没有这样的旁门左道,万一她是魔域那边的人,想要谋害风姐姐和谢公子该怎么办?"

"血……烧血。"长老瞳孔一震,手紧紧握成拳。

周围的人也是议论纷纷。

纪飞臣站起身,手握住剑,一副警惕的模样。

长老抬起眼,眉峰一寒,抬手道:"来人!"

顿时,在座所有玄天阁的高阶弟子在一瞬间全都起了身,气势汹汹地逼近了沈挽情的方向。纪飞臣想拦在沈挽情面前,却被一旁的弟子挡下。于是他攥紧拳头，咬牙看向主位上的玄天阁长老："我不知您这是何意。"

"烧血之术，我略有耳闻，拥有这种体质的人极少，并且都是一脉相承，向来都是归为天道宫门下。然而早在几十年前，会这一秘术的所有族人，就已经消亡。"

长老看着沈挽情，皱起眉："如果她真的会这种秘术，就算我们玄天阁放过她，天道宫也不会。"

"长老，即使她真的会烧血之术，但也是同飞臣自小一块儿长大，绝非恶人。"风谣情艰难地站起身，走到纪飞臣旁边，一同说情，"更何况那天，她是为了救我们，才会……"

"谣儿，你不懂。"长老叹了口气，摇摇头，"虽然我并没有接触过这种秘术，但也清楚这种秘术到底有多么强大。如果她真的拥有这种力量，就说明烧血之术还能继续传承下去。如果能用这种力量对抗魔域，这对天下苍生来说都是件好事。"

沈挽情坐在位子上，安静地喝茶，动都没动一下。

传承。

如果自己掌握的，真的是一脉相承的力量，该如何传承？

被豢养起来，指望着血脉的延续吗？

纪飞臣当然也能听懂，拔出剑，用力到手腕都在震动："可笑，什么时候玄天阁觉得用牺牲无辜人的方式来达到目的就是正义了？"

长老面色不惊，语气平缓："纪公子，侠义之人，从来不会害怕牺牲，您应该也知道这个道理。"

"不，这不一样。"风谣情握住纪飞臣的手，眸中一片清朗，"自己选择牺牲和牺牲别人，是完全不一样的两件事。"

"既然这样，那只能老夫来做这个恶人。"长老叹了口气，抬起手，"来人，拿下。"

"是！"一旁的高阶弟子抱拳，几人拦住纪飞臣，剩下几人朝着沈挽情的方向逼近。

然而就在他们的剑即将架在沈挽情脖颈上时，一旁的谢无衍行动了。他抬手，眼睛都没眨一下，直截了当地握住了那袭来的剑。高阶弟子的修为不浅，出剑迅速，剑气凛冽，谢无衍却毫发未伤，甚至都没被割出一道小口。他抬眼，眉峰一寒，剑刃硬生生地被捏碎，剑气伴随着巨大的灵力波动，震慑开来。

"谢公子，我们不想与你为敌。"长老站起身，"玄天阁内都是我们的人，如果要强搏，只会两败俱伤。"

"是吗？"谢无衍扫了他一眼，慢悠悠地说，"倒也可以试试。"

谢无衍在护着她，可能一开始他执意让她坐在这个位子，就是猜到了曾子芸这人恐怕会一时激动而口不择言。

不知道为什么，沈挽情觉得有些讽刺。

这些名门正派为了拯救天下苍生，一心想让她牺牲，成全大局，"恶贯满盈"的反派却只想让她活着。

沈挽情抬起眼帘，看了眼自己手中的茶杯。

"砰！"

一声清脆的碰撞声响起，这盏茶杯被硬生生地砸碎。

沈挽情眉头都没皱一下，抬手将瓷片抵住自己的脖颈，稍稍用力，就割开一道血痕。

"一脉相承是吗？"她笑了声，"长老，我不是玄天阁的人，什么时候需要您来替我做选择了？"

二十四

沈挽情说话的时候带着些笑意，眼眸明朗干净，但偏偏越是这样，就越能让人感受到她的决绝。周围的人每靠近一步，她手中的那块瓷片就会抵得越深一些。

血顺着手指淌下，滴落在地上。

长老皱了下眉，喊停了弟子们。"沈姑娘，现如今天下大乱，我们需要你的能力是为了拯救天下苍生，而并非为了一己私欲。难道你就忍心看着生灵涂炭吗？"他说。

沈挽情根本不吃这一套："忍心。全天下那么多人，如果每个人我都管，那我还睡不睡觉了？"

长老显然没想到沈挽情会是这个答复，怒火攻心，一拍桌子，抬手指着她："你！"

"长老。"纪飞臣上前两步，拦在了他面前，"挽情在我心中不异于亲妹妹，家父也是将她从小视如亲生。长老如今这般咄咄逼人，是逼着我们纪氏同玄天阁作对吗？"

"玄天阁素来教导我门弟子不伤及无辜。"风谣情站在他身旁，声音清冷，"如果您要拿无辜之人的牺牲来获得足以对抗魔域的力量，那么与那些吸食修士精血的妖怪又有什么区别？如果今天家父在这儿，也不会同意您的做法。"

"你！你们！"

长老胸腔剧烈起伏，背着手，踱步几圈，接着叹了口气："你们觉得这件事瞒得住一时，瞒得住一世吗？如若让天道宫知道……"

"瞒不住也要瞒。"纪飞臣每个字句都掷地有声，"我会查清挽情的身世，也能向诸位证明，即便不牺牲任何人，我也能够将魔尊重新封印。"

虽然场面很感人，但听到这句话，沈挽情还是忍不住在对峙的工夫悄悄瞄了一眼一旁的人，然后就看见魔尊本人谢无衍在一边打了个哈欠。

"糊涂！"长老一甩长袍，在原处转了几圈，却也拿他们没辙。

一个以纪氏相逼，一个是掌门之女，还有一个摸不清底的除妖师，就连看上去最好拿捏的沈挽情，也不是省油的灯。如果要来硬的，他们拿她根本就没辙。

"罢了，今日之事，所有人都把紧口风，我不希望再有人知道。"终于，长老拿这群人无可奈何，语气冷淡，"否则到时候，就不再是你们三言两语就能解决的问题。"说完，他拂袖离去。

曾子芸咬着下唇，一跺脚，转身追了上去。

无关紧要的人一走空，纪飞臣立刻转身，奔到沈挽情旁边，从她手上接下那块碎片，心疼道："没事吧？刚才他们有没有伤到你？"

风谣情也走了过来，语气里全是歉意："抱歉，是我没好好管束小芸，今天这件事，我也有责任。"

"没事。"沈挽情挺感动。

都是修仙之人，割破一个小口子其实也没多大影响。但纪飞臣不信，觉得肯定是她在故作坚强，是在强颜欢笑、掩盖受伤，于是厉声道："不要逞强，哪里受伤了就告诉我，我会替你讨回公道的。"

沈挽情持续感动："真的没事。"

刚才那把剑还没挨到自己的头发丝，就被谢无衍捏碎了。

"如果不舒服一定要说出来，"纪飞臣继续苦口婆心道，"别自己一个人强撑着。"

行吧，你一定要我不舒服，我就努力一下吧。

于是沈挽情绞尽脑汁，摸着肚子："其实的确有点不舒服，就是我有些……"

"我就知道。"

话还没说完，就被纪飞臣打断，他叹了口气，眼眶微微发红："都是我的错。"

风谣情立刻拍了拍他的后背，柔声去哄："不，我也有错。"

只留下沈挽情一头雾水。错什么错了？我不就是饿了吗？

夜幕降临。

玄天后山，云雾翻涌，许久之后，在一团浓雾中，亮出一道猩红的光，紧接着，一只罗刹鸟从其中飞出，绕了一圈后，停在枝头。

"殿下，"玄鸟在谢无衍肩头停下，"您找的东西来了。"

谢无衍抬眸，看了那只罗刹鸟一眼，然后伸出手。

罗刹鸟起身，停在他面前扇着翅膀。

一道红光划过，割破了谢无衍的指尖，鲜血滴得很慢，完全足够罗刹鸟将那滴猩红的血液一口吞掉。

"记得你要替我做什么。"谢无衍淡淡道，"三日之后就动手。"

他的语气平静得出奇，明明是这么令人毛骨悚然的话，但听上去就像是在同人闲聊一般。

罗刹鸟点头飞起，发出"嗜嗜"嘶鸣，似乎是朝着谢无衍的方向行了个礼，接着转身重新飞入那团浓雾之中。

顷刻间，那团雾气消散开来，空无一物。

谢无衍回到玄天阁，站在树枝上，一眼便望见沈挽情所住的地方，灯火通明。

虽然长老嘴上说算了，但其实还是派了不少人守在她附近，一副小心提防的样子。

"殿下，您要过去吗？"

玄鸟问了一句，没得到回答，于是偏头偷偷摸摸地朝着谢无衍的方向看了一眼，这一看，吓了一大跳。

原本只是蔓延到胸口处的咒术，不知什么时候已经一路爬到了谢无衍的脖颈，甚至隐隐约约有些发黑，蔓延的速度逐渐增快。单是旁人看上去，都能感觉到入骨的疼痛，谢无衍却没半点反应，甚至连眉头都没皱一下。

"殿下，您这是……"

"满月。"谢无衍说。

满月，对于谢无衍这种半人半妖来说，向来都是功力亏损最大的一天，在少了自己的大部分力量压制后，封印咒的力量很快就蔓延开来。

按照道理来说，这个时候谢无衍应该待在房间里，闭门不出，但是那股难以遏制的烦躁涌了上来——是封印咒产生的作用——一遍遍地刺激着他的神经。

所以他不能去找沈挽情。

他可能会失手杀了她。

然而，正当谢无衍准备转身离开的时候，余光瞥见沈挽情的屋子里传来些动静，下一秒，就看见她偷偷摸摸地打开了窗户，然后抱着枕头，小心翼翼地准备翻窗逃跑，结果因为落地声音太大，被守卫当场抓获，重新送了回去，顺带还多派了一个人盯紧窗户。

但沈挽情的毅力惊人，没过一刻钟，她从天窗探了个头，结果一低脑袋，又和门口的侍女四目相对。

她肉眼可见地沉默了一会儿，然后将头缩了回去。

这人怎么这么能折腾？

于是，在沈挽情考虑要不要现场挖一个地道时，冷不丁感觉身后空气温度陡然下降。

等等，这熟悉的气场，熟悉的人形空调。她一转头，毫不意外地看见那张脸——谢无衍欸！

沈挽情感动了，热泪盈眶："好久不见。"

谢无衍沉默了下："你就被关了两个时辰。"

其实原本沈挽情是觉得，虽然有人看着自己，但是从今天的情形也能看得出来，就算玄天阁长老真的有什么想法，一时半会儿也不会动自己。

所以在这种情况下，她觉得与其瞎操心，不如好好养养生，趁着这几天不能出门，早睡早起，健康饮食，调养一下身心。她躺在床上，还没闭眼，就听见破系统开始叨叨。

警告！警告！检测到反派将对曾子芸产生重大威胁！

沈挽情翻了个身——谁爱管谁管。

她比较记仇，更何况曾子芸今天这几句话差点儿让自己丢了命，而且谢无衍是个挺聪明的人，做事也不会留下把柄。

把柄……等等，沈挽情突然醍醐灌顶。现在几乎所有人都知道自己和曾子芸之间有矛盾，如果曾子芸在这个关口死了，保不准所有人都会怀疑到自己身上。

不行不行，不能现在杀曾子芸，要杀也得是他们离开玄天阁之后杀。

于是沈挽情一个鲤鱼打挺起来，开始自己的逃脱闯关，但屡屡受挫，最后险些被不耐烦的守卫打晕绑在床上。

所以在看到谢无衍的时候，她仿佛看到了希望。

一看到希望，沈挽情就变得殷勤了起来，先是扶着人家坐下，给他倒了杯凉茶，顺带捡了个枕头给他垫着后背，让他坐着舒服一些，接着从柜子里摸出一大摞话本，挨个摆在他面前让他挑选。

他没动，许久后抬起眼，看了下沈挽情喉间那道还能清晰看见的伤痕。

"烧血之术，你一无所知吗？"谢无衍突然开口。

"啊？"沈挽情有些蒙。

"这是一种对施术者很残忍的秘术，你身上的伤越严重，能够运用的力量就越强大。"谢无衍声音很平静，"简单来说，知道烧血之术真正力量的人，都会期盼使用者的死亡。"

这就是为什么这一族的人，会消亡得如此之快。

有许多人顾忌这样的力量，所以世人不允许超脱自己掌控的强者壮大，所以许多年前，他们联合屠戮了许多拥有这样血统的人，只剩下一小部分留在天道宫，作为给他们繁衍类似武器的工具。

从一出生开始，他们就是为了成为献祭品而活着。

沈挽情点了点头，仔细想了想，然后将眼一弯："嗯，那我听上去好厉害。"

谢无衍安静了会儿。

他原本以为她会难过，或者害怕，但这样让人意外的反应，反而最不让他意外。

而就在这时，桌上的烛火忽闪忽灭，一股阴冷的气流紧紧贴着地面，涌进了屋内，不是妖气，而是来自修士身上的力量，功法却与玄天阁修炼的有很大区别。

半夜造访，目标很明确，是"沈挽情"。

二十五

沈挽情也觉察出不对，皱了下眉，刚准备起身，忽然，桌上的烛火陡然灭了，整个屋子顿时陷入黑暗之中。

在幽暗封闭的环境下，其他感官会被无限放大，细碎的铃铛声不知从何处响起，忽远忽近，生出几分诡异和瘆人感。那股冷气从脚边一路向上蔓延，让人后背发寒。

"退后。"谢无衍将她往身后带了带。

他凝神，想要探查这股力量来源的方向，但刚刚蕴力，封印咒便猛地加深了颜色，迅速蔓延开来。

谢无衍闷哼一声，攥紧拳头，青筋暴起。

沈挽情觉察出不对，伸手一扶，才发现那封印咒已经蔓延至他的脖颈，甚至还在一路向上。

等等，为什么突然变得这么严重？

她猛地抬头看向窗外。今日是满月。

难道说……

那藏匿于黑暗中的人，似乎也发现了谢无衍的亏损，当即，那铃铛声越来越响，每一声都仿佛震着人的耳膜，让人感到头脑昏厥。

"铛——"铃铛碎了。

屋内的威压感一下子加强，无形之中产生一道巨大的屏障，横空震开，伴随这一道灵力汇聚而成的紫光，朝着谢无衍的方向袭去。

这一切发生在顷刻之间，然而谢无衍将眼一抬，侧身，拔剑，动作干脆凛冽，锋刃撞上了那道紫光，硬生生地将其劈开。就在这时，那道光却陡然散成了一片雾，十分迅速地将他包裹住。

铃铛声再一次响了起来,只是不是在屋内,而是在谢无衍的脑海中。

迷仙引,天道宫的秘术之一,掌握者寥寥无几。

它能潜入人的神府,在短暂的时间里让人产生幻象,控制人的认知,从而操控人做出错误的选择。

谢无衍再次睁眼时,周围是一片血海,冥魔嘶吼咆哮着,到处都是令人作呕的血腥味。

他低头,发现自己满手血污,剑锋还淌着鲜血,一滴一滴落在地上。

"谢无衍。"有人喊他。谢无衍抬起头,"沈挽情"就站在不远处,笑意潋滟地看着自己,穿着无比招摇的红色,站在一片荒芜之中,显得格外打眼。

谢无衍朝她走过去,在她面前停下步子。

"我知道你是谁。"她说。

下一秒,血液飞溅,匕首扎入了谢无衍的胸膛,在一瞬间染红了他的衣襟,就像许久之前,玄天后山上,沈挽情想要做的那样。

她还是会杀了他。谢无衍看着她。

"沈挽情"笑着说:"我一直知道你是谁。"

谢无衍没说话,只是垂眼无比安静地望着她的眸,许久后,扯了下唇角,缓缓吐出三个字,眼前的浓雾慢慢散开,周围的景象像是被吹散的烟一般,慢慢变浅,直至消失。

"谢无衍!"沈挽情略带些焦急的声音响起。她扑进那团浓雾之中,握住了谢无衍的手腕,"你没事……"

谢无衍眸光微动,手腕一振,抬起手,剑锋抵住她的脖颈。

沈挽情的动作一顿,声音戛然而止,气氛宛若在一瞬间被凝固。

那细碎的铃铛声再次响起,宛若一道催命符。

谢无衍的眸色冷得出奇,长剑生风,裹挟着凌厉的气流。然而却擦着沈挽情的脖子,径直没入黑暗之中。

周围充满压迫感的气压顿时一松,顷刻间便被瓦解。

"怎么可能……"黑暗中,传来青年错愕的声音。烛火陡然亮起,将方才神龙不见尾的那人给照得明明白白。

怎么可能?

他虽然没办法看见每个人在中迷仙引之后脑海里出现的画面,但幻象会根据施法人心中所想而产生变换。他想看谢无衍同沈挽情反目成仇,自己得以坐山观虎斗,坐收渔翁之利。

但为什么……谢无衍连眼都没眨一下?

并不是迷仙引对他毫无作用,满月之日,他无法动用自身妖力,所以那秘术是真真实实起了作用的。只是那幻象对他来说,根本就无所谓。

他不在乎沈挽情会不会杀死自己,永远不会在乎。

终于看清藏匿于黑暗中人的样貌,沈挽情皱了下眉。这人很眼熟,分明是今日在大厅内的一位玄天阁高阶弟子。可刚才他所用的功法以及秘术,看上去并不是玄天阁所传授的。

"你是天道宫的人。"谢无衍的剑抵得更深,眸中没半点波澜,"谁派你来的?"

青年嘴角渗出些鲜血,他没有回答谢无衍的问题,一张脸惨白惨白的,却还是扯起唇角,疯癫似的笑了起来。

"的确有点本事,但可惜啊可惜,如果今晚你不蹚这摊浑水,恐怕日后也有机会在江湖上有些名气。"青年抬起手,握住谢无衍的剑,"但既然你都看到了,那么今晚,就得死在这儿。"

"砰!"灵压碰撞,屋内陡然刮起一道强劲的风,如同旋涡一般,宛若要将整个屋子撑破。然而在院子外看,一切仿佛都寂静如常。

金光罩。这是天道宫的秘宝。动手之前为保万无一失,这位天道宫的眼线早就在附近布下了结界。

谢无衍无法运功，再加上刚才的消耗，封印咒现在已经逐渐爬至他的脸侧，显得妖冶而又病态。

他皱眉，似乎要强行突破封印咒的控制，咒印黑红闪烁，宛若要将他整个躯体给撑爆。他抬眸，眸中一片赤色，即便是就这么同他对视，都能感受到巨大的压力。

沈挽情觉得情况不对。

谢无衍再怎么强，在原著中，破解诅咒也花了大本书的工夫；现如今强行突破，无疑是在自找死路。

"好了。"沈挽情握住他的手腕，喊，"谢无衍，停下。"

强风和灵力碰撞之下，吹得两人衣袍上下翻飞，耳边全是"嗡嗡"的震动声。

谢无衍似乎什么都听不见。

而就在这时，他佩戴在指尖的骨戒闪烁了下。

似乎是感应到了什么，玄鸟扑腾着翅膀，突破而出。

"殿下，殿下！再这样下去，您会爆体而亡。"玄鸟护主，尖嘴不停地扯着谢无衍的衣袍。

沈挽情松开了握住谢无衍手腕的手，垂眼，思索了许久。

之前画皮妖袭击自己的时候，那段残存的属于"沈挽情"的记忆，反复提到过"献祭品"这三个字。

原著里也曾提及，"沈挽情"因爱生恨，将自己的躯体献祭给妖魔之后，妖魔的修为立刻进阶到一个登峰造极的程度。或许，这就和她特殊的体质有关。

她的身体，无论在人还是妖眼中，都是最好的肥料。谢无衍此刻的灵力如果不能及时压制下来，一定会像玄鸟说的那样，爆体而亡。

"看来这护着你的人，倒快把自己折腾死了。"那青年放肆大笑了起来，"沈姑娘，我知道你性情刚烈。我今天也不想闹出太大动静，如果你想让他活，就主动和我走吧。"

沈挽情没回应他，甚至连头都没转一下，而是抬眼，平静地看向谢无衍,许久后,才闭上眼,深吸一口气,再转过身:"你好奇吗?这种据说消亡已久的秘术,到底能有多么强大?"

青年皱了下眉:"你什么意思?"

沈挽情低头,取下腰间的匕首,抵住自己的肩膀,笑了声:"我很好奇。"

说完,她硬生生地对自己的身体扎了进去。

这一刀非常狠,她扎得很透,只觉得自己的肩膀仿佛要被硬生生掰碎。

她抬起头,咬了咬牙,将匕首抽出,血瞬间染红了鹅黄的衣衫。

同上次别无二致的感觉,宛若自己的伤口处是所有力量的根源,星星点点的火光汇聚,仿佛将其当作土壤,破土而出。

"砰!"力量一瞬间倾泻开来,漫天星火,裹挟着巨大的灵力波动,竟然硬生生地撞碎了金光罩的掩护。

玄天阁所有人顿时戒备,鸣钟示意,沈挽情深吸一口气,转身,在谢无衍面前蹲下,然后轻轻拥住他的肩膀,将头抵在他的肩窝处。

"好了,"她说,"停下吧。"

头痛欲裂,让她的视线逐渐模糊了起来,眼前出现一片白茫茫的光。

沈挽情像是掉入一片柔软的旋涡,分不清虚无还是现实,只能听见巨大的轰鸣声。

许久后,周围再次归于平静,四周的画面逐渐清晰了起来。

"放开我,求求你放开我!"

"让我离开吧,让我离开这里吧。"

周围全是哭喊和悲号之声,有人拼命地撞击着锁链和铁门,撞得头破血流。

沈挽情环顾周围。这应该,还是属于谢无衍的记忆。

"诸位,你们的牺牲不是没有意义的。"有长老模样的人站在宽阔的大厅中央,面色严肃,高谈阔论,"冥魔乱世,生灵涂炭,除了达成当年先人留下的传说,我们别无他法。"

"传说？沈挽情愣了一下。

然而很快,她就看到了这个所谓的传说。

因为它就被刻在地牢入口的石碑上。

上面的意思大概是,天生异体之人与魔诞下的孩子,力量能够驱散一切肮脏和污垢,血肉可以唤醒足够封印冥魔的降魔剑,也能成为毁灭人世的恶果。

她突然明白了。

谢无衍就是天道宫亲手造就的因果。

周边的环境在迅速崩塌、重组,沈挽情又看见了谢无衍。

还是之前那个女人,她牵着谢无衍的手,面无表情地走在长长的过道上,满脸麻木,连视线都没有偏斜。

"母亲大人,"谢无衍开口,声音还是稚嫩的孩童,"您希望我这么做吗？"

女人终于停下步子。

她转头,看着谢无衍,然后俯下身,撑着膝盖,伸出手替他拨开贴着脸颊的头发,笑了："希望啊。"

谢无衍没动。

然而女人的笑容只维持了不过一刹那,便瞬间变得疯癫而又痛苦,放声大笑,然后说："因为我恨你。"

宛若多年的积压终于找到一个宣泄口,她疯魔似的,喃喃重复着这三个字,越念越大声："我恨你,我恨你我恨你我恨你。"

谢无衍动也没有动,站在原地,就这么安静地看着自己的亲生母亲,然后,伸出手："母亲大人,我们继续走吧。"

沈挽情就这么看着,看着谢无衍被自己母亲牵着,走向锻剑炉,然后被她亲手推入火海。

所有人都期待着他的到来,却也从没有人真的期待他的到来。

"挽情！挽情！"

几道熟悉的声音响起，似乎有纪飞臣，还有风谣情。意识逐渐崩塌，沈挽情的思维被拉回体内。她艰难睁眼，只觉得眼睫沾上了血垢，视线一片模糊。

她发现自己根本动不了，就像一块炭，被丢进火炉中反复炙烤着，直到一点点地燃成灰烬。

"学会控制这些。"谢无衍的声音在脑海里响起，"别让它们聚集在你的体内，要将这些力量从身体里彻底地剥离开。"

沈挽情咬牙，尝试着按照谢无衍指引的去做，但是伤口太深，导致这股力量过度蛮横，她的身体像是一个熔炉，已经完全没办法承载住这些。

"那就交给我。"谢无衍说。

交给他？

谢无衍扣住她的后背，将她一把扯入怀中，然后低头吻上了她的唇。

二十六

明明是不带任何感情的一个吻，却在这漫天火光和触目惊心的血泊中，显得异常惨烈。两人的身体严丝合缝地贴在一起，浑身上下都在发烫，疯狂燃烧着的火焰宛若要将他们一同焚烧。

现在，谢无衍一定也会被烧血所影响，感受到她身上如同火灼般的痛苦，他却像没有痛觉似的，没有半点松动，反而逐渐收紧了扣在沈挽情后背的那只手。

沈挽情能嗅到唇齿间那股铁锈般的血腥味。她也能清晰地感觉到谢无衍凛冽的气息，仿佛一条被炙烤着的鱼接触了水，痛苦被逐渐分摊。

谢无衍的力量被输入她体内，宛若劈开了一条通道，将那团熊熊燃烧的火引了出来，引进他的躯体里。

多半的力量被分走之后，沈挽情不再那么难熬。

她开始逐渐找到窍门，让自己不被这股力量所操控，学会克制体内暴动的灵力，只分出自己所需要的一点，然后去支配血液里燃烧着的火焰。

那股暴动渐渐平息下来。

沈挽情睁开眼。

周围烈火满天，灼得人头晕目眩，她却可以无比精确地捕捉到，站在不远处破落的废墟上，苦苦支撑抵御着的，那位天道宫的间谍。

青年浑身上下都是伤口，喷出一口鲜血，然后艰难地抬手，指尖幻化出一枚纸鹤——血鹤。

在纸鹤上沾上自己的鲜血，再施加咒术，纸鹤就会按照自己的意念将消息传递出去。

他是要给天道宫报信吗？

沈挽情下意识地想要阻止他。

那团包围在青年身边的火焰仿佛有所感应一般，在她想法产生的一瞬间，"轰"的一声挤压过去。

"啊——"声嘶力竭的惨叫声，青年还没来得及施咒，便连魂魄都被烧得一干二净。

沈挽情愣了一下，低头看着自己的双手，感觉到自己身上暴动的灵力慢慢散去。原本是想留个活口给玄天阁一个交代，但没想到这股力量比自己想象中的还要蛮横。

然而就在这时，身后突然升起一道火光，沈挽情错愕转头，见谢无衍跪在地上，脊背却挺得笔直，低着头，墨色长发沾满血迹，遮住了他的面庞。他身上烧着火，血痕已经爬到了他的脸上，衣袍完完全全地被血浸湿。

沈挽情知道这是一种怎样的疼痛，他却一声不吭，如同一个死人一样，没有发出半点声音。

沈挽情快步上前，扶住他的胳膊，头一次，从他身上没有感觉到冰冷，仿佛直接碰上了一个火炉，烧得她掌心发烫。

"谢无衍。"她轻轻地喊。

他没说话，甚至连眼都没有抬一下，血顺着脖颈一路往下，一滴一滴地溅在地面上。

"谢无衍！"

沈挽情眉头紧皱，声音带着些轻颤。

终于，谢无衍抬头了。他睁开眼，眸色如血一般触目惊心，眼神艰难地聚焦在她的脸上，就这么平静地望着她，动了动唇角，却没能开口说任何一个字。

"砰！"蓦地，火光再一次燃起。

"挽情！"一旁的纪飞臣觉察到不对，"快离开那里！"

不行，得将谢无衍体内的力量引出来，不然他会被活活烧死的。

沈挽情没走，而就在这时，谢无衍抬手，搭在了她的肩上。

下一秒，她就被谢无衍一把推了出去，硬生生地撞在那一片废墟之上，被推离到足够安全的距离。

火光冲天，沈挽情瞳孔紧缩，还没来得及上前，就被飞奔而来的纪飞臣一把拽住。

"别去！"

玄天阁众弟子和长老一副戒备的模样，却没人敢靠近。

许久之后，火光终于熄灭，沈挽情挣脱开纪飞臣的手，跪坐在谢无衍旁边。她看着遍体鳞伤、浸泡在血水里的谢无衍，伸出手小心翼翼地试探了下他的鼻息……没有任何呼吸了。

不知道为什么，沈挽情突然感觉到眼眶发涩，鼻尖酸疼，眼瞧着要呛出眼泪。她看见刚才情急之下躲进骨戒里的玄鸟又蹿了出来。玄鸟停在谢无衍旁边，跟个丧夫的寡妇似的，扑在他的身上开始抽抽搭搭，翅膀一抖一抖的，看上去哭得悲痛欲绝。

沈挽情沉默了一下，差点儿因为感动和打击而呛出来的眼泪又憋

157

了回去。

她看了看玄鸟，又看了看躺在地上一脸死人样的谢无衍，直起身，拍了拍手掌："埋了吧，放心，我给你选块好地。"

玄鸟如遭雷劈，哭泣的动作停在原地，动也不动。

"倒真够狠心的。"

突然，谢无衍的声音慢悠悠地响起来。

他闷闷地笑了几声，才缓慢地抬起眼帘，眸中噙着些笑意，虽然看上去满身是伤，但眼神还是那样带着戏谑。

他看上去，好像并无大碍。

哪有装死来吓人的？

沈挽情一想到刚才自己真的差点儿要被折腾出眼泪，不由得有些生气。她抬手想拍一下谢无衍的胸膛泄愤，却怕碰到他的伤口，于是抬手的动作一顿，接着一掌拍在玄鸟的鸟头上。

玄鸟吓得一扑腾。

谢无衍躺在地上没动，眉眼带笑地看着她："怎么猜出来的？"

沈挽情："玄鸟戏多就算了，演得还特假。你寻思一下，之前捉画皮妖，你假装受伤的那天晚上，它是不是也是这样哭丧的？"

谢无衍幽幽地看了玄鸟一眼。

玄鸟一激灵，立刻躲回了骨戒里。

沈挽情朝他伸出手："我扶你站起来。"

"站不起来。"谢无衍轻飘飘地说，"五脏六腑都差点儿被你那团火窜得挪了位，看不出来，你还挺厉害。"

这么一句话，又把沈挽情该死的愧疚之心激了出来。

她又在谢无衍身边蹲下，耷拉下眼皮，许久后，才轻轻地说："谢谢你哦。"

"怎么谢？"

沈挽情绞尽脑汁："要不然，在我能做到的情况下，我答应你一个要求？"

"三个。"

"一个！"

"三个。"

"我们各退一步，两个。"

谢无衍上下扫视她一眼，想了想，然后点头："成交。"接着，从地上站了起来，和目瞪口呆的沈挽情擦肩而过，径直走过站在一旁给两人腾位置的纪飞臣和风谣情。

沈挽情满头问号。

谁刚才说五脏六腑挪了位来着？

其实谢无衍原本的确会死，他强行突破封印咒，动用自己的妖力作为诱饵引出沈挽情体内暴动的灵力。但沈挽情的体质太过特殊。

她的魂魄和血肉，都是人界魔界共同觊觎的宝物，再加上谢无衍恐怕是这个世界上除沈挽情以外唯一能够驾驭得住这股力量的人，所以那团火不仅没有对他产生影响，反而压制住了他体内的封印。

"长老！我们查过了，死的的确是天道宫的人，还有我们被派来看管沈姑娘的弟子全都被害了，但看身上的伤口，应该都是他一人所为。"

玄天阁弟子在检查完那具尸体之后，连忙汇报给长老："他用了易容之术，恐怕是不知道多久之前就谋害了忘清师弟……"

长老面色铁青，扫了眼四周的尸骸。其实在看见被击破的金光罩后，他心里就有了数。

这件宝器的确是天道宫所有。长老是个聪明人。

想也知道，天道宫安插进来的眼线今日突然铤而走险，明摆着是冲着烧血之术而来。

数百年以前，门派之间争斗不断，直到天道宫出现，以一己之力凌驾于各大门派之间。

自那以后，天道宫在各大门派都安插了眼线，时刻提防着能超越自己的强者出现，掐断所有的苗头。

"长老，这样一来，您确定要将挽情拘禁在玄天阁吗？"纪飞臣转身，冷声问道。

的确。

玄天阁现在虽然威名在外，但是在天道宫面前，不过是无名小卒。

眼下这种情况，哪个门派如果想将沈挽情留下，对于天道宫而言，就是发起了危险的信号。

玄天阁不能冒这个险。

长老沉默许久，然后叹了口气："虽然不知道这眼线有没有来得及放出消息，但天道宫如果发现无法感应到他，势必会派人来探查。"

风谣情凝神："既然这样，挽情不能在玄天阁多停留。"

纪飞臣明白了她的意思："我们两天后便动身。"

动身前，风谣情劝说沈挽情去看一看正在被关禁闭的曾子芸。

"毕竟你们二人曾经还是朋友。"风谣情苦口婆心，"虽然小芸的确冲动，但她本性应当还是好的，只是太过易怒，一时之间冲昏了头脑。"

沈挽情觉得风谣情说得对，但这和自己讨厌曾子芸并不矛盾。

于是沈挽情就真去了，主要是想找机会看看能不能不留痕迹地教训她一下。

结果一进封闭室，她发现周围站着七八个玄天阁弟子，身板笔直、神情严肃地注视着自己。

看来她是没机会了。

曾子芸这人也把脾气写在脸上，一进来就对她嗤之以鼻："你还没死？"

沈挽情这下甚至都懒得多进门一步了，索性靠在门边，耐心地听着她激烈发言。

果然，曾子芸的确很有激情："不知道你在风姐姐面前吹了什么风，让我向你道歉？我只是实话实说，你那些歪门邪道能瞒人一时，难道还能瞒得住一辈子？你知不知道谢大哥为了救你……"

"巧了，谢大哥又救了我一次哦。"沈挽情开始"茶言茶语"，故意端出软绵绵的声音，"他真的好温柔欸。"

"你！你不知廉耻！"曾子芸咬牙，"谢大哥也救过我，你就不要给自己脸上贴金了。"

然后，两人开始了激烈的斗嘴——

"那我还抱过他，你没抱过吧？"

"怎么可能！"

"抱过很多次哦。"

"你！"

"真的好苦恼呢，他一直黏着我。"

"你一派胡言！"

"不会吧？"沈挽情露出心疼她的表情，"难道真的还有人没有抱过自己爱慕的男人吗？真的好可怜哦。"

曾子芸抡起袖子险些冲过来掐她脖子，但是被一旁的守卫拦下了。

沈挽情心满意足，然而正当她美滋滋地走出门，一抬头，就看见了靠在门旁边的谢无衍。

谢无衍："黏着你？"

章肆

蚀梦

二十七

那是人生中最漫长的一段对视，也是**沈挽情**"绿茶"修炼生涯中最为尴尬的翻车现场，关键这位罪魁祸首谢无衍，还用那种标准的三分散漫、七分戏谑，并且带着些漫不经心的小说男主角专用眼神，这么直勾勾地盯着自己。

她很想反驳：你每天晚上来我房间里不是喝茶就是下飞行棋，我每次偷偷说你坏话都能准确被抓包，你可不是黏人吗？系统的警报声都没你来得快。

但是她不能说实话，因为打不过谢无衍。

这让**沈挽情**觉得很煎熬。

她寻思了一下，比起和谢无衍在这儿大眼瞪小眼，她宁愿回到房间里和曾子芸互扯头发。

于是**沈挽情**这么做了。

她礼貌地和谢无衍行了个礼，然后强装镇定地转过身重新拉开门，回到了曾子芸的房间里。

隔着门都能听见曾子芸的尖叫声："你又到这里来做什么？"

"调养身心。"

"你在说什么胡话？我告诉你，就算你……"

然而，曾子芸话还没说完，门便被再一次推开，她看清来人，眼睛一亮："谢公子，你是来……"

然而谢无衍根本没给她搭话的机会，面无表情地走了进来，扣住**沈挽情**的手腕，一把将她扯了出去，头也不回地提溜着她往前走。

沈挽情跟跟跄跄地追着他的步子："慢点慢点，胳膊疼。"

谢无衍冷冷地扫她一眼，她立刻噤声，乖巧地闭上嘴巴。

但不知道是有意无意，沈挽情感觉到他好像真的放慢了些步调。

沈挽情被谢无衍扯着一路往前走，虽然他好像刻意压慢了步子，但毕竟他身高高出自己一大截，所以就算是他普普通通迈出一步，她也得一溜小跑着去赶。

终于，沈挽情累了，索性将步子一停，赖在原地不动弹："我好累。"

谢无衍停下步子，转头用一种"你怎么这么弱"的表情上下扫了下她，沉默片刻后，轻飘飘地说了句："沈姑娘，我向来不喜欢得寸进尺的人。"

什么东西？我不就是偷懒不想和你快走竞速，怎么突然就接收到"死亡警告"了？

沈挽情瞬间就不累了，立刻站起身准备继续走，就听见谢无衍又道："所以她会生不如死。"

哦，不是说自己，是在说曾子芸。

沈挽情松了口气，又蹲了回去继续偷懒，但仔细想了想谢无衍刚才那句话，顿时发现不对，随即又一个激灵站起身："等等，你不能……"

"果然，"谢无衍似乎猜到她会反驳自己，"前几日你守着我，就是为了这件事，对吗？你不想让她死。"

谢无衍早就觉察出了端倪。

他本就应该知道，即使沈挽情给了自己再多意外，可从骨子里，她仍然是一个光明磊落的世家里教出来的大小姐，和自己完完全全是两种人。

"我当然不想让她死。"

沈挽情叉腰，义正词严："你想想看，整个玄天阁都知道我和你差点儿被曾子芸间接害死。如果她一死，凶手就只能在我们两个人之间二选一。我动机最大，没准儿到时候直接归票到我身上。"

谢无衍眉心一跳。

他万万没想到居然是因为这个。

"所以呢?"

"所以我们得离开之后再想办法动手。"沈挽情左右环顾了一下,在他耳边悄悄耳语,"你听说过什么叫作不在场证明吗?我们得制造不在场证明,这样才能保证万无一失。举个例子……"

谢无衍以前从来没想过,自己这么个令人谈之色变的妖怪,有朝一日居然被一个小姑娘教导。

降魔剑自千年前现世过一次之后,便不知所终。

这么多年,玄天阁和纪家四处搜集情报,但所获甚少。纪飞臣这支降妖除魔小分队,便是要根据这些信息去追寻降魔剑的下落。

至此,也正式开始了源源不断地搜集女配角之路。

因为沈挽情不宜在玄天阁久留,次日,降妖除魔小分队便正式决定动身。

经过那一番折腾,一行四人里伤的伤、残的残,还有一个谢无衍在装病,只剩下一个活蹦乱跳的纪飞臣。那么自然而然,驾车、买糕点、打听情报的重担全都落在了他的身上。

风谣情心疼纪飞臣,时不时地就会端水去喂给他喝,给他擦汗,然后甜蜜地依偎在他的肩头,或者拿着绿豆糕,小心翼翼地递到他嘴边:"啊——"

于是,沈挽情和谢无衍坐在雅座的位置,欣赏着这对道侣互相之间"啊"来"啊"去。

沈挽情不想干了,然后一转头,看见谢无衍耷拉着眼皮,懒散地靠着座椅,撑着下巴望着风谣情的方向,目光怏怏。

沈挽情心里咯噔一下。

他吃醋了他吃醋了。他嫉妒了他嫉妒了。

沈挽情寻思着,如果让谢无衍继续心情糟糕下去,保不准会给纪飞臣使绊子,然后在背地里偷偷搞事情。于是她看了眼放在旁边的绿豆糕，深吸一口气，拿了起来。

然而谢无衍根本不知道沈挽情这些脑补，只是单纯在嫌弃，觉得这两人腻得慌，而且这马车还没有车帘。他对这种结为道侣之后就失去手部功能、全靠人喂的情趣，表示嗤之以鼻。然后就在这时，一块绿豆糕被递到自己嘴边，他一转头，就看见沈挽情盯着自己的脸，用那副殷切和小心翼翼的表情，充满期待地张开嘴，说："来，啊——"

谢无衍缓缓露出一个疑惑的表情。

"没事，不用和我客气。"沈挽情还挺会找借口，语气情真意切，"我知道谢大哥身体不舒服，所以我照顾你是应该的。"

谢无衍上下扫了她一眼，然后目光下挪，落在那块绿豆糕上，沉默许久，然后问："你又在演什么戏？"

沈挽情：我在你心中的形象已经变得这么不单纯了吗？

终于，在这个动作维持了许久之后，沈挽情觉得胳膊有点酸。她揉了揉肩膀，耷拉着脑袋准备收回手。然而就在这时，手腕突地被人扣住。

谢无衍俯身，就着她的手，咬下那块绿豆糕，然后才松开她的手腕。

他抬起食指，擦掉粘在唇侧的碎末，咀嚼了下，兴许是觉得腻人，眉头也皱起："难吃。"

难吃你还吃？但通过这件事，沈挽情确信了。

果然，谢无衍是羡慕纪飞臣有人喂的，所以正因为如此，才会对温柔的风谣情产生好感。

于是，在几人停在驿站处用午膳时，风谣情夹了一筷子鱼肉，喂到纪飞臣嘴边："来，飞臣，你尝尝这鱼，一点都不腥。"

纪飞臣很自然地就着筷子咬下，然后笑了声："嗯，你多吃些。"

谢无衍抬了下眼。

我懂了我懂了。

沈挽情立刻心领神会，寻思了一下，觉得拿自己的筷子喂不卫生，于是伸手夺过谢无衍的筷子，夹了一块鱼肉递到他嘴边："谢大哥也多吃些。"

一行人顿时都沉默了。

纪飞臣和风谣情两双眼睛来回扫视着两人，许久之后，纪飞臣逗弄了句："挽情，你也会体贴人了。"

谢无衍看着沈挽情，安静了许久。

她今天很反常。

谢无衍扫了眼一旁依偎在一起的纪飞臣和风谣情，又看了眼满脸心虚，却还是笑眯眯地同纪飞臣说着话的沈挽情。

他眸色稍沉——原来如此，又是拿他做由头，为了引起那人的注意而已。

而就在这时，不远处传来一阵聒噪声——

"抓住她！可别让她跑了！"

"这婆娘倒是牙尖嘴利，都给我咬破了皮，等抓到，一定一顿好打。"

紧接着"乒乒乓乓"声响起，桌子和椅子也被撞倒了一堆。

沈挽情抬头，看见不远处三五个粗壮的汉子正在追着一位娇小的姑娘。那姑娘跌跌撞撞，朝着纪飞臣的方向跑了过来，衣衫破烂，身上全是瘀青和伤痕。

"怎么回事？"纪飞臣眉头一皱，站起身，"我去看看情况。"

沈挽情敏锐地觉察到了不对劲。

她怎么闻到了女配角的气息？

　　提示：发现重要女配角江淑君，请宿主注意，请宿主注意。

江淑君。

这人给沈挽情的印象不深，因为《反骨》这本书中间的剧情太过糟心，所以她都是跳着看的。但她隐约知道，这是个被母亲卖到青楼，想要逃脱时被纪飞臣救下的角色，属于标准的身世悲惨、楚楚可怜、惹人怜惜款女配角。

然而就在反应的工夫，江淑君已经靠近了纪飞臣的方向，并且标准的一个平地摔,趔趄着朝着他的胸膛处,精准无误地倒了过去。

就在这千钧一发之际,沈挽情站起身,想要抢在纪飞臣之前拦住江淑君,但没想到,自己的衣袍在坐着的时候被身旁的谢无衍压住,所以这么猛地一起身,整个人反倒是往前趔趄了一步,摔了出去。

谢无衍皱了下眉,手疾眼快地起身抬手,扣住了沈挽情的肩膀。

然而就在这么一个换位的工夫,江淑君稳稳当当地撞在了谢无衍的脊背上,跌坐在地上。

"你这臭娘儿们还不给老子站住……"

那群粗壮的男人拥了过来,嘴里骂着什么脏话。

谢无衍抬了下眼,不耐烦地扫了过去。

兴许是修士身上的气息太好认,再加上这些平民素来忌惮这些修仙之人,仅这么一眼,他们就停下步子,压住了声音。

沈挽情看了眼跌坐在地上的江淑君,伸手扶了她一把:"小心些。"

"多谢姑娘。"江淑君泪眼蒙眬地道谢,然后视线微偏,落在一旁的谢无衍身上,接着迅速低下头,脸颊微红,"多谢这位公子。"

沈挽情看着江淑君脸上那团诡异的红晕,一头问号。

等等,你这么快就芳心暗许了?你不就撞了他一下,怎么还带碰瓷儿的?而且怎么又是谢无衍?自己读原著是读了个寂寞,还是看错男主角名字了?

二十八

然后沈挽情就目睹了一场偶像剧直播:江淑君深情款款地望着谢无衍的侧脸,眸光微动,充满了少女思春般的憧憬和仰慕。谢无衍转身抬眸,朝她的方向望了过来,然后靠近,接着俯下身,伸出手。

气氛很唯美。

江淑君羞赧低头,然后羞羞答答地抬起了手。然而下一秒,谢无衍一把扯住了沈挽情的胳膊,将她从地上提了起来,一脸嫌弃道:

169

"你准备在地上坐多久?"

偶像剧戛然而止。

那几位前来抓人的大汉互相对视一眼,下定决心似的迈开步子,走到江淑君面前,伸手就将她一把抓起来。

"别以为躲在这儿就没事了,我可是给了钱的。"

"快和我们走,别磨磨蹭蹭的。"

江淑君一阵惊呼,拼命想往沈挽情身后躲,脸上写满了惊惧和胆怯。

"住手。"

纪飞臣皱了下眉,挡开了那几人:"既然这位姑娘不愿意同你们走,就劳烦各位不要再纠缠不休。"

"这位大侠,我们这些人也是拿钱办事。"那壮汉看上去似乎是觉得有些难办,"这女人的老爹将她卖给了我们主子,钱都已经付清了,怎么能说放走就放走?"

"我明白了。"

风谣情同纪飞臣对了个眼神,点了点头,走上前挡住了那群人:"诸位开个价吧,既然这件事我们遇上了,就不能置之不理。"

几人面面相觑,有些犹豫。

青楼的姑娘原本就是送进来容易带出去难,更何况这江淑君是楼主千叮万嘱要好好带回来的好苗子,半途如若弄丢了,可少不了他们一顿好果子吃。

但他们也不想得罪修仙之人。

"诸位大侠莫要再为难我们了。"大汉苦着一张脸,"这件事不是我们这等人做得了主的。"

"那就带我去见能做得了主的人。"风谣情不为所动。

"这……"

气氛一时之间僵持不下。

直到一个宽厚沉闷的声音传来:"怎么回事?让你们抓个人,怎么闹出这么大动静？"

走来的男子看上去像是这群人之中领头的，一身黑袍劲装，眼尾到唇角有道伤疤，看上去就不大好招惹。

那些大汉见状，立刻凑到他跟前，一阵耳语。

那人听完，皱起眉，上上下下仔细端详了下纪飞臣一行人，然后开口问道："你们都是除妖人？"

纪飞臣拱手抱拳："正是。"

那人沉吟许久，开口道："这姑娘的卖身契也不是不能给你们，不过，诸位需得替我满月楼做一件事情。"

"什么事情？"

"除妖。"

满月楼是安县最大的青楼，背后的势力相当复杂，甚至还有官府的人掺杂其中，自开张以来，夜夜笙歌，宾客更是络绎不绝。

然而就在最近半年里，却频频发生命案，几乎每隔一段时间，满月楼里就会有人离奇死亡，有时是寻花问柳的客人，有时是楼里的姑娘。据说这些人都是被吸干了魂魄，只留下一具空壳，一看便是妖物所为。

一时间人心惶惶，满月楼的生意也大不如从前，楼主几次请了道士来除妖，道士全都无功而返，甚至还死了几个。

从此之后，便再无除妖人揽这通烂活儿。

"如果诸位能替满月楼降服此妖，我们自然会让出这位姑娘的卖身契。"

"我明白了，"纪飞臣几乎没有多加思索，点头应允，"妖物祸世，我等怎么可能置之不理？只是到时，还望各位能够遵守承诺。"

他说这句话的时候，眸光坚定，声音清朗，颇有几分光风霁月的侠者风范，浑身上下散发着男主角光环。

在发觉江淑君对谢无衍有点小心思后，沈挽情又回归了"咸鱼"状态，坐在椅子上开始优哉游哉地享用午餐。

捉妖、打副本不是自己的活儿，轮不到她来操心。只要这些女配角不在纪飞臣面前晃悠，对她来说就是万事大吉。

想到这儿，沈挽情快乐了。

她放下心，美滋滋地夹了一筷子豆腐，下意识地用余光扫了眼一旁的江淑君，接着就傻眼了。

江淑君一脸憧憬地望着纪飞臣的背影，脸颊两侧再一次浮现了那异常的红晕，整个人散发着的怀春气息和刚才面对谢无衍时的状态完全没有任何区别。

然后，沈挽情就听见她声情并茂道："多谢。"

等等……你这人怎么一下就看上俩？

做人不能太贪心！

马车在满月楼前停下。

不得不说，这远近闻名的青楼，看上去的确奢华气派，楼前楼后被桃花拥簇着，屋檐上垂挂着红绸，空气中混杂着那奢靡的香气，颇有几分纸醉金迷的味道。

领头的人带着他们进去，走进满月楼，那股薰香的气味愈加浓烈了起来，熏得人头脑昏沉，周围皆是琴女弹奏着靡靡之音。那些醉醺醺的客人卧倒在女人堆里，时不时揩一把油，惹来一阵酥软的娇呼。

纪飞臣等人一进来，便不断有人将目光往他们身上放，还有女人小声哄笑着议论，开了几句荤腔。

风谣情生性清高，又是从小被大家培养出来的继承人，自然是受不了青楼里这股氛围。

她眉头紧锁，加快了步子，只觉得无所适从。

沈挽情就比她能适应得多。

特别是在她发现这里除了花枝招展的姑娘，居然还有样貌清秀的小倌之后，她就更加有精神了。

在她发现一个富婆旁边围着五个风格迥异的酷哥后，沈挽情酸出了眼泪。

富婆太幸福了。

直到谢无衍的声音冷不丁在耳旁响起:"好看吗?"

不知道为什么,沈挽情突然有种被老师抓包的错觉,瞬间支棱起脑袋,目不斜视:"不好看,太无聊了,成何体统,简直是世风日下、道德沦丧,我在这儿根本待不下去。"她边说着,边用余光偷偷瞄了眼最左边那个小奶狗款的小倌。

谢无衍沉默了一下,寻着她的目光朝着那人的方向轻扫一眼。

正在倒酒的小倌一个激灵……为什么突然有种自己活不过今晚的错觉?

没走几步,领头人突然停了。

"诸位稍等片刻。"

他转头望着不远处躺在酒池里一个喝得醉醺醺、不省人事的男人,皱了下眉,然后走上前说:"何方士,楼主说了,等您醒了就去见见她。"

方士?

那应该同为除妖人。

沈挽情转头看了眼酒池里那人。

一身的浑不懔气质,头发衣服乱糟糟的,浑身酒气,旁边还左拥右抱着几个脂粉气十足的姑娘,看上去不像个除妖人,而像是个花天酒地的来宾。那位何方士不耐烦地摆了摆手,然后晕乎乎地撑起身子,一步三倒,被旁边的领头搀着,朝着几人走来。

"这位是……"

"他是何方士,也是我们楼主请来捉妖的。"领头解释道。

风谣情眉头紧蹙,似乎是看不大惯何方士这不正经的模样,于是语气也有些冰冷:"我明白了,带我们去见楼主吧。"

领头将几人带至领主的房间,知会一声后,便毕恭毕敬地退下了。

沈挽情看了眼四周,比起刚才那奢靡的装饰,这间屋子倒颇有几分书香气，看上去颇为雅致。

稍坐片刻后，那檀木屏风被侍女推开，一位衣着华丽、体态丰盈的女人坐在上位，摇着一把扇子，看上去慵懒而又华贵。

"事情我都听说了，"女人语调缓慢，"不过我们满月楼已经经不起折腾了，原先那些信誓旦旦的道士，没有一个顶用的。既然诸位夸下海口，想必是一定不会让我失望。"

风谣情："楼主放心，区区一只妖罢了，我们必定不会再让它伤及无辜。"

"是吗？"楼主的反应颇为冷淡，似乎是并不抱有希望，"你们打算怎么捉？"

怎么捉？这句话让风谣情皱了下眉。

"放心，在捉到妖怪之前，我们会守在满月楼，寸步不离……"

"寸步不离？"

方才一直在旁边昏昏欲睡的何方士，听到这句话之后，突然大笑几声，晃晃悠悠地起了身，走到风谣情面前："你看看你们这副模样，一个个衣冠楚楚，满脸光风霁月，一看就是来捉妖的修士。那妖又不是傻子，见了你们这样的人，难不成还真傻乎乎地往你们手上送？"

虽然这何方士看上去犯浑，但话的确有几分道理。

风谣情一怔，深吸一口气："我可以扮成……扮成这里人的模样……"

"你？"何方士像是听到什么笑话一般，捧腹大笑起来，"这位姑娘连站在这儿都觉得脏，连人都糊弄不过，更何况是妖？"

这番话让风谣情面色微变，紧咬下唇。

纪飞臣心疼她，抬手覆在了她的手上："何方士，何必这么咄咄逼人？既然你这么了解满月楼，不如说说你的想法。"

"我的想法？"

何方士晃晃悠悠地走到沈挽情跟前，上下扫她一眼，然后抬起食指，朝她的方向一点："我看她就很合适这块地方。"

正在快乐地吃着桂花糕的沈挽情猝不及防地被点名,咀嚼的动作停住,差点儿一口呛在嗓子眼。

不对劲……这话听上去,怎么感觉好像被羞辱了一样。

但想了想,沈挽情觉得也没什么。作为工具人女配角,在这方面她经验丰富,而且这种副本对于主角团都是简单难度,自己纯当为爱与和平做贡献。

这么想着,她继续开始优哉游哉地啃桂花糕了。

纪飞臣皱起眉,思忖片刻,摇了摇头:"不行,挽情身体还未痊愈,我不能再让她一个人孤身犯险。"

何方士拿小拇指掏了掏耳朵:"那简单,你们再随便出一个人陪她不就行了,这有了姑娘,不是还得有客人吗?"

气氛凝固,沈挽情甚至都停住了咀嚼桂花糕。

许久之后,纪飞臣像是做出什么艰难决定一样,看了眼身边的风谣情,然后闭上眼,叹息一声:"我明白了,那就由我来……"

纪飞臣这句话一出来,风谣情的表情就变了。

风谣情的表情一变,系统就开始扯着嗓子瞎嚷嚷了。

警告!警告——

"大可不必大可不必。"沈挽情差点儿就跪下了,绞尽脑汁找理由试图推拒,"你看,纪大哥你闻名天下,保不准这妖怪见过你,穿帮了呢?"

纪飞臣沉吟片刻,似乎觉得这句话有道理:"话虽如此,但我不放心你一个人待在这里。"

"不要紧。"沈挽情想起了一位光荣的万能角色。

她转头,看向谢无衍,像看着希望一样,情真意切地喊道:"谢大哥。"

谢无衍:就知道你要对我这样。

二十九

每当有事求人的时候，谢无衍在她心中的形象就不再是冷酷无情的大反派，而是正道的光。于是，沈挽情用充满期望的眼神注视着这位"正道的光"，杏眸含水，顺带撒娇，试图用炽热的眼神打动他冰冷的内心。

谢无衍撑着下巴，同她对视一会儿，眼睛都没眨一下，跟没看见人似的平静地挪开视线。

打动失败。

"谢大哥。"沈挽情开始哄他，甚至发表了一通道德绑架言论，"你看，这妖伤及这么多人性命，你这么侠肝义胆、善良正义，肯定不忍心坐视不理对吧？"

但是道德绑架这个技能还是得看适用对象。

你绑架一个反派显然就不太靠谱。

所以谢无衍说："忍心。"

沈挽情："不，你不忍心，你可是心怀天下的侠客。"

谢无衍："那我变了。"

绝了。

这是头一次，向来能够舌战群儒的沈挽情卡了壳。她实在没想到就这么几个月的工夫，谢无衍居然学到了自己耍无赖的言论的精髓。

不过她转念一想，觉得也是，当着这么多人的面演一个嫖客的确挺尴尬。而且按照满月楼里姑娘的热情程度，估计得被人吃不少豆腐，万一日后传出去，非常有损他大魔王的业界形象。

于是沈挽情决定给他多一点选择机会："我明白了，谢大哥如果不想演客人的话，我可以和你换换角色。我看满月楼岗位还是很齐全的，所以我可以委屈自己来演客人。"

谢无衍听到这句话，缓慢转头，将眼一眯，露出一个"你是不是不想活了"的危险表情。

沈挽情一秒屈服，整个人缩了回去，萎靡不振地举手投降："我开玩笑的我开玩笑的。"

"谢兄身体抱恙，这么要求的确太过强人所难。"纪飞臣开口解了围，深思熟虑一番，然后叹口气，"既然这样，还是我……"

"如果姑娘不介意，在下倒是可以同你演这出戏。"

何方士突然开口打断，带着一身酒气在沈挽情旁边坐下，没骨头似的瘫坐在椅子上，打着哈欠："我天天混在这酒池肉林里，比起别人，我再合适不过。"

沈挽情觉得这是个好主意，既不用被谢无衍死亡威胁，也不会让风谣情胡思乱想。只在一瞬间，何方士在她眼中的形象不再是不靠谱的破烂道士，而变得光辉伟岸了起来。

她转身，感动到哽咽："太麻烦您了。"

"不麻烦不麻烦。"何方士放声大笑了起来，看了眼坐在主位上的楼主，然后慢悠悠地说，"不过楼主，你有同这些人说过，那些人到底是怎么死的吗？"

什么意思？这话一出口，所有人都疑惑地看着楼主。

楼主眉头微皱，似乎觉得太过难于启齿："也不是什么太重要的事，只是这些人的死状，都很……"

她想了半天，才缓缓吐出一个词："不雅。"

原来，不知道为什么，无论是嫖客还是侍奉的姑娘，几乎所有人都是在情浓正盛的时候猝然离世，没有半点征兆。

等手忙脚乱地叫来了人查看，才发现早已没有气息，尸身也以极快的速度腐烂。

楼主请了道士来看，才发现这些人是被吸走了魂魄，只剩下一具空壳。

风谣情一听，似乎是因为画面太过旖旎，脸颊稍红，咳嗽一声："岂有此理。"

何方士看向沈挽情，眸中含着笑："所以，这可不是好演的戏。"

沈挽情觉得有道理："既然这样，我们来对对剧本吧……"

一句话还没说完，她就感到后背落上了一道冰冷的视线，如同毒蛇舔舐着肌肤一般，让人汗毛倒立。沈挽情僵硬地转过头，对上了谢无衍那双带着些许寒意的眼眸。他浑身上下带着一股躁意，眉头微皱，虽然一个字都没说，但还是能很直观地让人感受到他的不耐烦。

这种感觉强烈到，沈挽情丝毫不怀疑他可能在下一秒拔刀砍人。

然后他就真的拔刀了，快到让人看不清他的动作，在眨眼之间，一道凌厉的气流紧贴着沈挽情的身旁穿了过去。她毫发无伤，旁边的何方士却被斩断了一截头发，连带着发冠上的带子也被整整齐齐地割下，连同匕首一起被钉在了背后的屏风上。

"谢兄！你这是？！"

纪飞臣等人顿时站起，一脸错愕。

何方士有片刻的呆滞，浑身冷汗。

谢无衍依旧保持着刚才那个姿势没动弹，甚至连眼帘都没抬一下。他慢条斯理地玩着手上的茶杯，语速很慢地说："就这么点本事，你能护得住谁？"

何方士还觉得有些后怕，酒也瞬间醒了大半，支支吾吾地不知道说什么，半天才憋出一句："说、说得也是……"

兴许换个人这样，这何方士早就拍桌子同他打一架了，但不知道为什么，只要看谢无衍一眼，就知道他不是个自己能得罪得起的人物。

听到这话，纪飞臣和风谣情对视一眼，不约而同地无声笑笑，似乎明白了什么。

然而沈挽情并不知道谢无衍突然又哪根筋不对，但寻思着，如果何方士被吓跑，自己就又得跑去和纪飞臣搭伙。于是她决定争取一下："毕竟都是为了捉妖，而且你不是也不同意嘛，人家何方士自告奋勇……"

"我什么时候说不同意了？"谢无衍打断。

"啊?"

沈挽情愣了一下,仔细一想,谢无衍好像的确没有说过"不同意"这三个字,只是非常单纯地戗了自己几句,顺带眼神恐吓而已。

但这不就是拒绝的意思吗?

沈挽情有点委屈,但又不敢顶嘴,不过转念一想,虽然不知道谢无衍闹什么别扭,但眼下好像是同意了和自己搭伙,有个安全系数比较高的搭戏对象也是件好事。

这么一想,沈挽情顿时不计较谢无衍这阴晴不定的破脾气了,甚至还有些感动,没想到这位殿下真的愿意屈尊就卑、自毁名誉来和自己演戏。于是她十分感动地开口征求他的意见:"我明白了,那你想演嫖客还是小倌?"

谢无衍微笑:"你说呢?"

捉妖计划明日开始执行。

满月楼楼主很大方,送了沈挽情好几套楼里花魁穿的裙子,不得不说,非常符合她现代人的审美,轻纱露背,将她凹凸有致的身材衬托得淋漓尽致。

沈挽情觉得演这戏的福利挺不错,关键是剧本也简单。按照计划,明天晚上她就跟着一溜姑娘到大厅里表演节目,具体安排是人家姑娘在前面跳舞,她就坐在旁边滥竽充数地鼓鼓掌就行。

然后这个时候谢无衍就会一掷千金,点下她,接着两人就到房间里坐一宿,玩玩飞行棋。

这剧情,沈挽情非常熟练。

"沈姑娘,你在房间吗?"

隔着一道门,江淑君的声音传了过来。

"进来。"

江淑君端着碗莲子羹走了进来,语气温温柔柔的,带着些羞赧:"沈姑娘,今日见你们操劳,我就问厨子借了厨房,炖了些莲子羹,您快趁热喝吧。"

原著里有提到过，江淑君是所有女配角中厨艺最好的一个。

莲子羹飘着热气，清香飘得满屋子都是。

沈挽情喝了一口——人间美味！

"啊，对了，我还准备给纪大哥送去，就先不打扰……"

"等等，不行！"

江淑君刚准备走，沈挽情连忙伸手扯住了她的胳膊，一口汤呛在了嗓子眼儿，连连咳嗽了起来。见状，江淑君折身回来，拍了拍她的后背："沈姑娘可是有事吩咐？"

沈挽情顺了口气，试图动之以情，晓之以理，将女配角对男主角的好感扼杀在萌芽里："纪大哥应该和风姐姐在一块儿，他们平时聚少离多的，还是让他们单独待一会儿吧。"

江淑君一怔，然后才幡然醒悟，低下头，声音有些低落："这样啊，所以他们二人是……"

"道侣！"沈挽情开始添油加醋，顺带编了一出感人肺腑的故事，"是从小娃娃亲，感情深厚，下个月就要拜堂成亲的那种道侣，但两人为了降妖除魔、维护正义、拯救苍生而四处奔波，多次险些生离死别。"

"我明白了。"江淑君点了点头，一副为了绝美爱情而感动的表情，"放心，我不会去打扰。"

沈挽情放下心，重新舀起一勺莲子羹。

看来这女配角还是很好糊弄的嘛。

"那谢大哥呢？"江淑君踌躇一会儿，突然发问，"谢大哥也有道侣吗？"

"噗。"

沈挽情第二次被呛到。

她顺了顺气，看了眼江淑君，沉默很久，然后发问："我有个问题，江姑娘好像对他们二人很感兴趣？"

"啊，这是因为，他们侠肝义胆、心地善良，而且……"江淑君低下头，脸颊微红，"而且丰神俊朗。"

沈挽情明白了——这是个颜控，和当代女青年一样，看见酷哥就可以"心动了"的颜控。

沈挽情表示理解，但寻思了一会儿，虽然有没有人爱慕谢无衍自己管不着，但曾子芸那件事给自己留下了太深的心理阴影，更何况谢无衍也不是好招惹的人，给江淑君留念想，可能最后会变成自找麻烦。

沈挽情觉得自己还是得掐一掐这爱情的火花。

她得找个借口，琢磨了半天，终于想到了一个比较合适的理由。

沈挽情正准备说出口，似乎突然想起什么，站起身，神神秘秘地走到门边，打开门，左右看了一眼——很好，没有人。

谢无衍不在附近。

"沈姑娘这是……"江淑君看着她这番动作，一脸不解。

在确定完毕谢无衍不在这儿后，沈挽情走回来，握住江淑君的手，真情实感地说："实不相瞒，谢大哥和我其实……有千丝万缕的关系。"

"什么关系？"

"他爱慕我。"沈挽情这么说道。

言外之意很明确：所以你可能没戏了。

江淑君："那你们是道侣吗？"

"不是。"沈挽情叹了口气，"有很多原因，你不懂，人在江湖，身不由己。"

江淑君一愣，然后一脸"我懂了"的模样："我明白了，你们一定是互相爱慕，但是奈何家中人反对才会互相爱慕但是不能言说？"

沈挽情停顿了下，决定放弃解释："你可以这么理解。"

"我知道了。"江淑君回握住沈挽情的手，为他们的爱情故事而动容，"我会支持你的。"

"谢谢……"

就这样，沈挽情望着江淑君离去的背影，松了口气。

这女配角挺好沟通的嘛。

在解决完一个重要配角之后，沈挽情心情瞬间愉悦了。她愉悦地哼着歌，愉悦地走到窗户前，愉悦地打开窗——然后和闻到莲子羹香味之后过来准备蹭吃的玄鸟大眼瞪小眼，来了个深情对视。

玄鸟在沉默半响后，扑腾着翅膀咋咋呼呼地往谢无衍房间里飞："殿下殿下！这个女人她出言不逊！"

三十

"等等等等！你给我站住！"沈挽情手疾眼快，一把揪住玄鸟屁股上的羽毛，给它拽了进来。

"休想让我屈服，我是不会背叛殿下的！"玄鸟也不甘示弱，扑腾着翅膀开始拍沈挽情的手，一人一鸟扭打成一团。它在好不容易挣脱开之后，一股脑儿地往窗外飞。沈挽情非常迅速地施法将窗户关上，玄鸟一头撞在了窗户上，倒在地上挺尸，不忘咬牙切齿："卑鄙！"

"谢谢夸奖。"沈挽情在玄鸟面前蹲下，杵着它的小脑袋，"今天这件事，你要是敢对谢无衍说一个字，我就把你的毛拔光做羽毛毽子。"

"什么事情不能和我说？"身后冷不丁地传来熟悉的男声，让沈挽情僵直后背，他的语调没有任何波澜，尾音拖长，让人感到不寒而栗。

她没有转头，企图逃避现实。

"转过来。"谢无衍不给她逃避的机会。

沈挽情艰难地转过身，揪着玄鸟，试图将它藏在身后，然后强装镇定道："好巧，你也是来喝莲子羹的吗？"

谢无衍扫她一眼："你觉得呢？"

沈挽情："我觉得是。"

"殿下！"玄鸟像看到救星一样，挣扎开来飞到谢无衍旁边，趴在他肩头就开始嘤嘤嘤，"呜呜呜，殿下，这女人好生恶毒，而且居然还敢编派您，简直胆大包天。"它边哭着边开始绘声绘色、添油加醋地讲起了沈挽情同江淑君的对话。

杀人诛心。

沈挽情不敢抬头看谢无衍的眼睛,一步一步地往门的方向蹭,试图偷溜。

"站住。"谢无衍开口。

沈挽情被残忍抓包,只能原地立定,低着头不看他。

谢无衍:"我爱慕你?"

太痛苦了……人生还有比这更令人煎熬的场面吗?沈挽情的羞耻心让她连眼皮都不敢抬,头低得差点儿就能给他鞠个躬。

谢无衍:"家中人反对?"

你还说你还说!姑娘家不要面子的吗?!

沈挽情觉得自己要窒息了,脑子里像水烧开一样嗡嗡作响,脸颊烧得通红。

谢无衍还在继续:"互相爱慕但无法言说?"

"嘤。"强烈的羞耻心让她再也站不住,于是索性蹲下身,将头埋在膝盖上选择逃避,"我睡着了。"

看着眼前跟仓鼠般蜷成一团的沈挽情,谢无衍无奈发笑,伸手拍开将头埋在自己肩上抽抽搭搭的玄鸟,走到她面前,蹲下身。

感觉到谢无衍在自己面前蹲下,沈挽情全身上下绷紧,将自己缩成了一个更加圆润的球。

"沈姑娘。"

谢无衍低笑一声,拈起她的一缕头发,缠在食指上绕着玩,轻飘飘地开口问:"你知道上一个这么编派我的人,是什么下场吗?"

沈挽情不是很想知道答案,而且这明显是个死亡提问,看上去是在问问题,实际上是在恐吓威胁人。于是她决定挣扎一下:"我不一样,我这不是编派你。"

"那是什么?"

沈挽情抬起头,眼泪汪汪地注视着谢无衍,做出一副情真意切的样子，哽咽道："谢大哥，你不明白，我这都是为了你。"

谢无衍看她一眼："是吗？"

"当然，我是知道你不喜欢被人纠缠，所以才这么说的。"沈挽情强词夺理、声泪俱下，"我这是为了给你当挡箭牌，甘愿牺牲自己的清誉。"

谢无衍笑了声："所以我是不是还得谢谢你？"

沈挽情坦然接受："不用谢。"

谢无衍低估她脸皮厚的程度了。

天色已晚。

谢无衍站起身，扫了眼一旁的玄鸟，玄鸟趁着两人刚才说话的工夫，偷偷喝完了那碗莲子羹，正瘫坐在桌子上摸着肚子打饱嗝。沈挽情偷偷看了眼谢无衍的脸色，小声提醒："谢大哥，现在天色很晚了。"

谢无衍看她："所以呢？"

所以？你还好意思问"所以"？所以你该带着你的破宠物回到自己房间，麻溜地盖好被子睡觉，而不是在我屋子里跟个门神似的站着唠嗑。

沈挽情深吸一口气，端出微笑："所以你应该去休息了。"

"说得也是。"谢无衍点了下头，然后走到桌边，将玄鸟收回骨戒里，接着，在沈挽情床边坐下，然后非常自然地躺了上去，顺带还不忘嘱咐了句，"记得熄灯。"

沈挽情瞳孔一震。

不是让你在这儿休息！

她三步并作两步走到谢无衍旁边，深吸一口气，试图拽他起来："请问这位公子，你自己没有床吗？"

谢无衍侧躺着，一只手撑着下巴，懒洋洋地看着她哼哧哼哧地扯着自己胳膊。兴许是觉得自己这个姿势不方便用力，于是沈挽情索性踢掉鞋子，跪坐在床边开始扯谢无衍。

拉扯了半天，他纹丝不动，沈挽情反而累得够呛，不但没拉起来谢无衍，反而被他反手一拽，整个人重心不稳，一个趔趄扑到了他的身上，头重重地撞在了他的胸膛处。

沈挽情捂着鼻子，眼眶疼得渗出点眼泪，委屈地在床边缩成一团。

谢无衍皱眉，似乎是没想到她摔得那么重，于是起身轻轻扣住她的后脑勺："抬头。"

沈挽情气呼呼地抬起脑袋，有些委屈："看，肿了。"鼻梁上稍稍有些发红。谢无衍伸手轻轻按在那处，指尖一股温热的气息弥漫开来，很快就缓解了那点疼痛。

"沈姑娘，我来给你送……"

就在这时，门再一次被推开，江淑君站在门口，目睹这一男一女两个人——一个躺着，一个跪坐着——在一张床上。

在她的眼里，画面完全是这样的：谢无衍亲昵地扣着沈挽情的后脑勺，眉目含情脉脉，全是温柔和隐忍。他望着她的眼睛，情不自禁地想要低头亲吻。而沈挽情眼眶微红，看上去也是被打动，所以才会动情至此。

绝美爱情。

江淑君立刻噤声，露出一个"我都明白"的表情，然后点头弯腰，退离了房间。

沈挽情：等等，你明白什么了？

沈挽情觉得大事不妙，还是有必要为自己那个姿势辩解一下，于是立刻从床上跳了下来，一溜小跑追上江淑君，然而还没开口说话，江淑君就先打断了她："你不用说了，我都懂，我会替你保守秘密的。"

沈挽情泪目："你懂什么了？"

"我明白的，"江淑君拍拍她的肩膀，"这就是情难自禁。"

什么叫情难自禁？

江淑君颇为触动地看着她："看来沈姑娘和谢公子的感情，已经亲密到这种地步了。"

沈挽情总算知道了什么叫搬起石头砸自己的脚，想要辩解，但话到嘴巴卡了个壳,只能无力点头:"行吧,那倒的确是很亲密。"

次日清晨,沈挽情一大早就被提溜进满月楼,开始梳妆打扮。

为了保证不穿帮,所以这次的计划除了他们,并没有再和旁人提起,所以就连管事的嬷嬷也不知道沈挽情的来历,只知道她是楼主亲自点来的姑娘。

不过既然是楼主亲自交代的人,嬷嬷们自然更是尽心尽力,于是短短半天的工夫,沈挽情就被按在房间里,被迫学习了一整本闺房秘术。她从一开始的羞涩和腼腆,到后来听得昏昏欲睡、心力交瘁,在不耐烦之下甚至开始抢答,直到这时她才发现谢无衍选择扮演嫖客是个十分明智的选择。如果让他来当小倌,估计闺房秘术还没翻开封皮,他就干脆利落地把这楼拆了。

"晚上的时候你就跟着队伍出去,什么都不会的话,坐在旁边描几笔字也行。"管事的人安慰她,"你放心,以你的样貌,就算不能歌舞,也是可以拍出个好价钱的。"

话虽这么说,但嬷嬷还是放心不下她这么个对这方面一无所知的雏儿,于是在一番捣鼓之后,嬷嬷递上来了个香囊,绑在了沈挽情的衣服上:"戴着这个。"

沈挽情随口一问:"这是什么?"

"办那事儿用的香囊,里面装的东西能催情。"嬷嬷说这话的时候看上去非常坦荡,像是在说一件再正常不过的事情,"你要时刻贴身带着,这样保准能哄得那些公子开心。"

催什么情???沈挽情吓得膝盖一软,差点儿跪下。

大可不必。

如果被谢无衍发现,恐怕直接让自己体验身首分离。于是,她偷摸地将香囊揪了出去,偷偷藏在枕头底下,还往里面推了推,确保不会被人发现。

很快就到了晚上,满月楼里歌舞升平。

牡丹花下死，做鬼也风流。

即使出了那档子事，一到晚上，来满月楼的人还是络绎不绝。

按照计划，她跟随众人一道从二楼下来，走到台子上。

领头的那几位姑娘抖开水袖，开始了自己的表演，时不时露个香肩、抛个媚眼，惹来一串惊呼和掌声。

这些姑娘自小就在这儿长大，光是走上几步都带着几分媚态，一片惹火。而沈挽情，则是撑着下巴躲在后面摸鱼偷懒，顺带将桌上的东西都吃了个七七八八。

她左右看了看，谢无衍好像还没进场，四处都没看到他的身影。

等着等着，沈挽情就有些困了。

昨晚没睡好觉，加上今天又听嬷嬷念叨了一天，她不自觉地就开始有些困意，困着困着，便撑不住，趴在了桌子上。她寻思着，这舞估计还要跳好一会儿，自己现在睡会儿觉，偷偷眯一下，问题应该不大。

所以沈挽情就非常心安理得地睡着了。

她这一睡，引起了某位富家少爷的注意。

他一扫四周，发现了这位与众不同，不把自己放在眼里，居然还在睡觉的沈挽情。

还挺聪明的，她居然用这种手段来吸引自己的注意？

很好，既然这样，你成功引起了我的注意。

这位不知名的富家少爷露出邪魅狷獗的笑容，随即抬了抬手，打断了这些人的表演："好了，五百两白银，今晚，我要那位姑娘来陪我。"

那位姑娘？众人寻着他指的方向望去，捕捉到了正在偷懒睡觉，顺便还伸了个懒腰、翻了个身的沈挽情。

三十一

被人摇醒的沈挽情打了个哈欠，抬头一看，发现四周的人都在全神贯注地望着这边，特别是在前面跳舞的花魁，瞪着眼睛恶狠狠地盯着她，像是她偷了谁家菜一样。

什么情况？原来在青楼里打瞌睡是这么严重的事情吗？

"你这丫头，怎么一点都不机灵？"最后还是老鸨笑着走上前，牵起沈挽情的手，领着她往前走，"那位官人可是花高价钱点了你去伺候，这可是天大的福分呢，怎么还傻坐在这儿？"

沈挽情明白了。

哦，那应该是谢无衍来了。

"喏，就在那儿，快去吧。"将人带到地方后，老鸨轻轻推了下沈挽情的背。

她抬头一看，没看见谢无衍的人影，只看见个衣冠不整，非常刻意地将衣襟扯松，装出一副风流霸道少爷模样的男人，浑身上下散发着一股"我很有钱"的气质。而且这位风流霸道小少爷窝在软榻上，手里端着杯酒，自以为很帅气地挑了挑眉，故意压着嗓子开口道："女人，到我这儿来。"

这是什么奇妙语气？

沈挽情觉得自己是在做梦。她深吸一口气，双手抱拳鞠了个躬："不好意思打扰了。"然后转身溜回自己刚才的位子坐下，只留下这位风流小少爷和老鸨面面相觑。

老鸨在职业生涯中头一次遭遇这种史诗级别的灾难，连连道歉，然后快步折回沈挽情旁边，拉着她往那位霸道小少爷面前拽："你这丫头，真是胆大包天，官人看得起你是你的福分，快点去。"

沈挽情扒着桌子不肯动弹，试图挣扎："要不然让他再选选，购物要谨慎，不能冲动消费。"

"六百两。"

那位霸道小少爷加了价，顺带将眼一抬，开口道："女人，现在你满意了吗？"

沈挽情头皮发麻，并且对"女人"这个词产生强烈的创后应激反应。

这到底是哪本小说的霸道少爷男主角？

她扫了扫四周，发现何方士不知道什么时候已经来到了这里，但显然他是完全指望不上的——手里捧着瓜子坐在女人堆里，边嗑边看戏。

沈挽情心如死灰，试图商量："要不然您再考虑一下？"

"七百两。"霸道小少爷一副不缺钱的模样，晃着手中那半杯酒，慢悠悠地说，"适可而止，欲擒故纵的伎俩，玩一次就够了。"

欲擒故纵……这些有钱人的脑回路都是怎么回事？

而就在这时，门口处传来一小阵嘈杂声，伴随着几声女子的轻呼，何方士看了一眼，立刻放下手中的瓜子，朝着门口的方向迎了过去。

沈挽情循声一看，顿时热泪盈眶。

是他！谢无衍！

正道之光谢无衍！

眼下，正道之光谢无衍臭着一张脸走了进来，一身不同于往常的打扮，全是金银玉石，锦袍上绣着浮夸的花纹。

演戏要敬业。

所以一大早纪飞臣和风谣情就架着谢无衍去挑选新衣，按照"纸醉金迷的花花少爷"人设，精心挑选了一套非常俗气的装扮。这身衣服如果穿在别人身上，那就是明显地让人感觉到土里土气，像是那种没品位的商人为了炫富一样，但穿在谢无衍身上，顿时就显得满身贵气。

但看得出来，谢无衍对这身十分挑战审美底线的打扮很不满意，浑身上下都带着些不耐烦。

何方士同他耳语几句，似乎是说了眼下的情况，谢无衍皱了下眉，抬眼，朝着她的方向望来。

沈挽情差点儿感动出了眼泪，朝着谢无衍递过去一个求救的目光。

两人"深情"对视。

于是，谢无衍就在她的注视下，转过身寻了处位子，开始喝茶。

就这？您难道不一掷千金，冲冠一怒为红颜吗？

还是说你没带够钱？

"别再折腾了,快去伺候这位官人。"老鸨将她从椅子上拉起,"如果得罪了人家,小心要掉脑袋。"

沈挽情转头又看了眼谢无衍。

他刚一坐下,身边就围了一圈莺莺燕燕,毕竟就凭他这张脸,就算是个乞丐,都有姑娘愿意贴上去示好,更何况还打扮得一副富家公子的模样。

谢无衍没抬眼,指尖摩挲着茶杯,眸中情绪无波无澜。

沈挽情也是有脾气的。

不就是演一演妖艳贱货吗?谁怕谁?而且一晚上还净赚七百两。如果这位霸道小少爷对自己动手动脚的话,自己还可以闷头一棒给人家打晕。

她指望大恶人是没有前途的。

男人都是大猪蹄子。

于是她气得将腰一叉,起了身,拍了拍自己的裙子,整理了一下头发,然后端出一个甜妹标配微笑,朝着那位霸道小少爷的方向走去。

那位霸道小少爷露出一副"果然如此"的表情,放下手中的酒杯,抬起手准备扣住沈挽情的腰,然而手只探了一半,就被道透着些冷意的声音打断。

"八百两。"谢无衍一双眼眸里全是压迫,望向沈挽情,开口道,"过来。"

虽然不知道是什么原因,但是看上去这位祖宗似乎不准备继续在旁边看戏了。沈挽情觉得很欣慰,刚想迈腿朝着他那边走,就听见自己身边这位霸道小少爷不服气似的加价:"九百两。"

霸道小少爷不仅加价,还非常嚣张地发表言论:"我奉劝诸位不要想从我手上抢东西,这城中上下,还没有我惹不起的人。"看得出来,这位小少爷的确是有些背景,此话一出,身旁就有人附和鼓掌。

完蛋。

沈挽情有些担忧,万一谢无衍真没带够这么多钱呢?

谢无衍:"一千两。"

"你!"霸道小少爷拍案而起,冷哼一声,然后道,"居然还真有人胆子这么大,既然这样,那我出……"

"砰!"

谢无衍将茶杯硬生生捏碎,其中一块碎片炸开,擦着那人的脸颊飞过,割开一道伤痕,渗出几滴血珠,大半碎片都直挺挺地嵌入四周的柱子上,没入一半。

周围人顿时噤声。

谢无衍站起身,朝着那人的方向走来,衣袍走动时拂过桌上的器具,叮叮咣啷一阵响动。

他没有笑,脸上一点表情都没有,甚至也没半句废话,仿佛多费一句口舌都嫌累。

谢无衍就这么在那位霸道小少爷面前停下步子,将沈挽情往自己身后一扯,然后抬手扣住他的脖颈,干脆利落地把他按在桌子上,桌上的东西全都被震落在地上。

"你!胆大包天胆大包天!你知不知道我爹是谁?!"霸道小少爷像王八似的扑腾挣扎了起来。

谢无衍抬手,空气在指尖汇聚成水汽,又凝聚成一根锋利的冰锥。下一秒,那冰锥几乎是蹭着这位霸道小少爷的眼睫,狠狠地钉入桌子。

"还出价吗?"谢无衍问。

霸道小少爷:"嘤,不出了。"

谢无衍松开手,然后看了眼沈挽情,转身离开:"跟上。"

你这竞争方式真的是简单粗暴呢。

何方士目瞪口呆,瓜子都没心情嗑了,琢磨了一下,委婉道:"我觉得二位这戏演得不太敬业。"

沈挽情觉得也是。

于是她小声地冲着谢无衍提了一下建议:"是哦是哦,一个专业的嫖客是不会出手这么干脆利落,法术高强,还能熟练威胁人的。"

这样子,妖怪恐怕看到谢无衍这张脸就溜,他们怎么可能还守株待兔等到它们来杀人?

谢无衍看她一眼:"的确,一个专业的花魁是不会在登台的时候浑水摸鱼打瞌睡的。"

沈挽情:"好的,这件事翻篇了,您真是一个专业的嫖客呢。"

谢无衍:"过奖,沈姑娘也是一位专业的花魁。"

你们真够专业的。

将人领回房间的时候,老鸨还神神秘秘地拉扯过沈挽情,塞给她一罐膏药,然后道:"做那事儿的时候先用上些这个,免得受伤。这官人一看就不好招惹,你可千万别像刚才那么冒失,万一惹恼了他,可就吃不了兜着走了。"说完,她便露出深藏功与名似的微笑,转身离开。

沈挽情看着那罐少儿不宜的膏药,觉得像是烫手山药一般。

为什么要和她说这些啊?

她沉默了一下,正准备找个地方偷偷将这玩意儿丢掉,就陡然听见谢无衍的声音从身后传来:"拿着什么?"

沈挽情吓得手上的东西一颤,差点儿甩出去。于是她手忙脚乱地将那玩意儿藏在身后,偷偷放进随身锦囊里,强装镇定:"润肤膏,保持肌肤水嫩,抗老养颜用的。"

谢无衍略带怀疑地看她一眼,却没多问:"不进来?"

沈挽情连忙溜了进去。

屋内被布置得非常暧昧,铺天盖地的轻纱和红色,整个屋子都是薰香的气味,挂在四周的风铃叮叮当当。而且不知道是情趣,还是隔音不好,甚至隐隐约约可以听见隔壁房间的欢笑和娇嗔……比想象中的尴尬。

谢无衍却跟没听见似的倚在床上,抬起胳膊枕在脑后,靠着床头没完全躺下，还拍了拍一旁的枕头，看她一眼："请？"

沈挽情："谢谢，我不困。"

然而就这么一拍，一个香囊从枕头底下滚了出来。

谢无衍停顿了一下，将东西拿了起来，仔细端详了一下。

那气味有些发冲。

沈挽情定睛一看，警铃大作，一溜小跑冲到谢无衍面前，伸手去抢："等等等等！这个不能拿！"

谢无衍将手一抬，沈挽情扑了个空，整个人横扑在了他的身上。

香囊在枕头底下塞了一天，就连床铺上也全是薰香味，闻得人鼻尖发涩。

谢无衍将那香囊放在手上一抛一抛的，胳膊搭在膝盖上，轻飘飘地问："为什么不能拿？"

沈挽情沉默了一下，直起身，深深地看了谢无衍一眼，然后退后两步，给他倒了杯茶："您先喝茶，我出门散散步。"然而她刚一转身，就被谢无衍长臂一伸，搂住腰给捞了回来。

沈挽情的脊背贴着他胸口，有些发烫。

"躲什么？"

谢无衍的笑声低低的，带着些磁沉："说说看，这里面装着什么药？"

沈挽情强装镇定："安眠药吧。"

三十二

"安眠药？"谢无衍重复一遍。

沈挽情睁着眼睛说瞎话："嗯嗯。"

"我明白了。"

谢无衍扣紧沈挽情的腰，把她跟抱枕似的紧搂在怀里，头搁在她的肩窝上，闭上眼："那睡吧。"

嗯嗯嗯？

按照现在这氛围,这句话在耳朵里被自动翻译成火车轰鸣声,她的脑子里自动循环起在现代时看的那些某英文组成的颜色画面,沈挽情心中顿时警铃大作,浑身上下写满了抗拒。毕竟演戏剧本上没有这一部分,而且她可是正经演员,不接这种级别的片子。

但谢无衍比她个子高大不少,将人这么一搂,沈挽情跟只猫似的就蜷进了他的怀里,腰还被他的手扣着,完全动弹不得。她挣扎了一下,就跟小猫挠痒痒似的。

谢无衍眉头稍皱,捏了一下她腰上的软肉,沈挽情立刻身板僵直,再也不敢动了。

她哽咽了一下,试图以理服人:"是这样的,我觉得男女授受不亲。"

"是吗?"谢无衍的下巴抵在她肩窝上,说话时让她感到耳膜都在轻震,"都是江湖人,不必那么拘束。"

沈挽情:总觉得这话很耳熟,好像听谁说过。

谢无衍:"你说的。"

被猜出内心想法,而且还成功得到回答的沈挽情险些泪流满面。没想到这祖宗除了记仇,记忆力还特别好,她想了想,虽然觉得很羞耻,但这种情况下还是要说真话,免得万一这位祖宗反应过来之后杀人灭口。

于是沈挽情扭了扭身体,试图和谢无衍分开一点。这身裙子原本后背就是空荡荡的,这么一动弹,反而同谢无衍的胸膛贴得更紧,挠得人酥酥麻麻的。

谢无衍眉头一皱,低头轻咬在了沈挽情的脖颈处,语气带着些不耐烦:"别乱动。"

沈挽情顿时不敢动了。

完蛋。

就凭这一下,她在脑子里已经走完了所有的流程……

一陷入绝望,她的思维就又开始发散。

不知道为什么,如果换了别人这么折腾自己,她肯定要扯着头发、掐着对方的脖子扭打成一团。谢无衍撸猫似的把自己扣在怀里的时候，沈挽情却没有很强的抵触。

对于自己这个反应，她甚至有些惊恐。难道是因为每天晚上一觉睡醒发现谢无衍在旁边，现在竟然逐渐开始习惯了吗？难道她也像虐文里的女主角一样患上了斯德哥尔摩综合征吗？

沈挽情不能接受。

想来想去，只有一个最合适的答案，因为换成别人，自己挣扎一下可能还打得过，或者玉石俱焚，而谢无衍她打不过，她还可能当场暴毙。

对，一定是这样，要不然根本没办法解释自己为什么这么适应谢无衍躺在自己旁边。

沈挽情想了想，如果她是妖艳、风情万种那一类型，可能还有点生还的希望，顺便俘获谢无衍的内心，从此之后成为他的掌上明珠小娇妻，没准儿还能顺带策反他。

但她不是。

而且她虽然嘴上骚话一堆，其实脑子里一片空白，所有这方面的知识储备只限于嘴上，甚至连今天早上被嬷嬷揪着教学的那堂生理课都忘得一干二净。

于是她整个人带着生无可恋的表情，在床上躺尸，脸上带着"你来吧，反正我已经没希望了"的死气。

谢无衍皱眉："你在干吗？"

沈挽情："在后悔为什么不好好听课。"

不知道这句话哪里戳中了谢无衍的笑点，他笑得将额头抵在了她的脖颈处，扣着她腰的手都在稍稍颤动。许久之后他才抬起头，语气里全是戏弄："行了，这种低劣的香料对我来说没有半点作用。"

这句话让沈挽情暗淡的瞳孔瞬间亮了起来，她激动地翻了个身，和谢无衍对视："真的吗？"

"不然呢？"谢无衍嗤之以鼻，"什么破烂玩意儿都能影响我的话，我早就死过不知道多少次了。"说着,他抽回搭在沈挽情腰上的手,枕在后脑,"睡吧,我懒得和你熬一晚上玩那破烂棋子。"

沈挽情觉得好感动。

大难不死的后劲上来,让她整个人都松懈了,于是她心安理得地窝在了床上,摸了摸腰,觉得有点冷,于是吭哧吭哧地从谢无衍那里扯了一半被子过来盖着,接着又将身体一翻,整个人卷成一个卷。

谢无衍看着自己旁边心安理得地就这么团成一团的沈挽情,陷入沉思。或许是因为她太淡定,反而搞得谢无衍很不淡定,沈挽情整个人裹成一个麻薯球一样,看上去就是个手感很好的抱枕。

谢无衍盯着她看了好一会儿,然后伸手将这"抱枕"捞进了怀里,在发现手感的确很不错之后,索性也懒得放开。

沈挽情整个人一激灵,睁开眼,反应过来之后全当谢无衍又被那封印咒疼得睡不着,于是也没喊,换了个姿势继续闭着眼。

闭了一会儿,她突然发觉不对。

头脑昏沉,隐约间有股燥热的气息,一开始浅浅的,后来一波一波涌上来,蔓延到脑海里。

等等……这香囊的确对谢无衍没用,可对她有用啊,她又不是大佬!

沈挽情想睁开眼,但是发现自己的眼帘跟灌了铅似的,根本就睁不开,但并不是因为疲倦和困意,更像是类似于鬼压床般的感觉——明明意识清醒,却动弹不得。

她逐渐意识到不对劲。

如果是因为香囊里的催情药,她不应该是这样的反应。

原本眼前应该是一片黑暗,但是像迷雾变化一般,很快就隐隐出现了别的景象,像是在梦境中一般,但沈挽情能很清晰地感觉到这不是梦。

那股燥热的气息还在,但不是在身体上,而是在脑子里不断盘踞。

沈挽情笃定了。

这不是因为香囊，而是因为妖术。

所以这满月楼里的妖怪杀人，都是同梦境有关吗？

眼前场景逐渐清晰：浴池、月影、红罗帐，以及只着一身单衣，浑身上下都带着能让人高呼"我可以"气质的……谢无衍？？？

沈挽情在心里骂了句脏话。

春梦。

而且她为什么做春梦的对象是这个玩意儿？

这妖怪也太不懂女孩子的心了，把这个祖宗摆到梦里，这不是噩梦吗？

沈挽情本能地想要溜走，身体却不听使唤似的朝着"谢无衍"走去。

她哽咽了，索性破罐子破摔。

反正做的梦谁也不知道，她不信谢无衍这么厉害一个祖宗，发现不了睡在他旁边的可爱花魁被妖术缠身，等他把妖除了，世界上就没人知道自己做过这么羞耻的梦了。

想到这儿，沈挽情顿时就不难过了，仔细打量了一下面前的"谢无衍"。

果然是梦境，梦里的"谢无衍"完全没有平时里那股戾气，兴许是被妖术操控的缘故，浑身上下都带着点特别的气质，特别是配上那格外出挑的一副面容，让沈挽情觉得自愧不如。

自己配不上花魁，他才应该来当花魁。

然后"谢无衍"就开口了："姑娘点了我，是想做些什么？"

什么东西？？？真就是妖媚小倌的剧本？

沈挽情觉得这妖还是可以不那么急着除的。

做梦真的好快乐。

她感动地坐在床边，觉得脑子里盘踞的那股燥热好像不太重要了，整个人全沉浸在"翻身农奴把歌唱"的快乐之中，于是快乐地说:"这样,你先跳个舞。"

谢无衍很快就发现了沈挽情的不对劲,怀中的人烫得不正常。

他睁开眼,皱起眉,发觉她面色潮红,额头上渗出大滴的汗,呼吸也变得沉重。不应该是因为那香囊。

在拿到手上的时候,谢无衍就想过这香料恐怕会影响她,所以刻意外放了气息庇护住她。

难道是蚀梦妖?

但不应该。

即便身上的封印咒会让谢无衍在夜晚时分力量大幅削弱,他也不应当毫无觉察,但眼下,不能让沈挽情继续在梦境里待下去。

他抬手,捏住她的后颈,迫使她抬起头,接着,将自己的额头贴了上去,闭紧双眼,进入了她的灵府。

谢无衍很少进入别人的灵府,因为那里会盛放人内心最阴暗的罪恶面,到处都是难闻的气味,很脏。

但进入沈挽情灵府的时候,他沉默了一下,周围全是甜腻腻的味道,甜到发齁。他试图理解了一下沈挽情平时里都在想什么,然后发现全是杏仁糕、桂花酥、蛋黄月饼、雪梨槐花饼……

怎么会有人脑子里全是这种东西?

谢无衍都替她觉得丢纪家这种名门的脸。

终于,在一大堆菜名和甜点里,谢无衍捕捉到了沈挽情的梦境。那里是所有燥热的根源,仿佛一个逐渐燃烧的熊熊火炉。

蚀梦妖织出来的梦境,如果被外人强行闯入,闯入者必定会遭到些许反噬,谢无衍却跟没事人一样,从那烈火中穿过。

烈火烧的不是身体,是魂魄。

终于,他看见了沈挽情,以及另一个……自己?

沈挽情跟大爷似的躺在床上嗑瓜子,看样子还挺舒坦,顺便指挥着面前那个盗版谢无衍跳舞。

谢无衍沉默了会儿，抱着胳膊看着这位在妖怪布下的陷阱里享清福的神奇怪物。

如果蚀梦妖知道这一切，估计挺挫败的。它的妖术就是织造一个梦境，让在梦境中的人沉溺于欲望，在交合和浓情的时候再吸取梦境主人的魂魄。那股如同中药一般的燥热气息则是双重保险，通过幻术控制精神，迫使你去做那种事情，以保万无一失。

但没想到，沈挽情的意志居然这么坚定，而且坚定的原因竟然是：谢无衍跳舞百年一见，就算难受死了也要看。

"这样，"沈挽情说，"你跳个芭蕾舞。"

三十三

盗版谢无衍有点为难。虽然是梦，但是蚀梦妖织出来的梦境还是由妖怪编造的，并不像天道宫的迷仙引那样，能够根据人自己的思维自动形成。

显而易见，这只妖怪并不知道芭蕾舞这个舞种。

它有些崩溃。

这可能是它妖生里最麻烦的一单生意，毕竟在此之前，它已经跳完水袖舞、广播体操，甚至唱了一首山歌。于是盗版谢无衍决定浑水摸鱼，抬个胳膊、踢踢腿，随便敷衍一下就完事，但手刚抬起来一半，整个胸腔就被一只手贯穿，然后被硬生生地撕裂出一个大洞。

"喂。"谢无衍的语气全是不耐烦，"别拿我的样子做出这种难看的动作。"说完，将手一握，顿时，那盗版的就露出狰狞而又痛苦的模样，紧接着瞬间软成一团，像水一样流在地上，无力地挣扎了几下后就不动弹了，四散开来，消失在眼前。

沈挽情一下就嗑不动瓜子了。

面前这位新谢无衍，从头到脚仿佛刻着正版的标签，特别是眼神中那种"你活不过今晚"的暴躁气质，让人在梦里都感觉到心惊胆战。

她心里咯噔一下。

按道理说,谢无衍是来救自己的。

所以她应该感恩。

但比起感恩,她现在只有一个困惑,那就是——为什么溜到梦里干坏事都会被谢无衍本人抓包啊?!!

沈挽情窒息了。

趁着谢无衍还没有提起刚才那档子事,她决定抢先一步扯开话题,于是立刻捂着胸口开始装柔弱:"我好难受。"

其实这也不完全是装的,之前蚀梦妖的幻术就让她浑身上下如同火烧一般燥热难忍,能够熬下来,全靠想要玩弄谢无衍的信念支撑,现在玩弄谢无衍的信念被捏碎了,那股躁人的感觉也变得更加明晰。

谢无衍皱了下眉。

蚀梦妖虽说被驱出她体内,那幻术却难解。

他蹲下身,抬手扣住她的后颈,迫使她抬眼看着自己。

现下谢无衍在沈挽情的灵府里,任何一点碰撞,感官都会被无限放大。不知道是不是错觉,沈挽情也能感觉到,在谢无衍碰到自己时,浑身上下那股战栗无比清晰。

嘤。非常少儿不宜的感觉。

"你得破解这幻术,"谢无衍说,"否则魂魄会一直被困在这儿。"

你说得对。

那么问题来了——

沈挽情:"怎么破解?"

谢无衍思索了一下,开始了教学:"首先,你先把身上妖术造成的幻觉想象成一个具体化的东西。"

这个简单。

沈挽情:"想好了,然后呢。"

谢无衍:"把它捏碎,然后睁开眼就行了。"

她不知道自己怎么就想不通要去问谢无衍。这就像老师讲课说这个题套个公式就行了，很简单的，最后发现自己连公式符号都没看懂是什么意思。

这通教学没让她醍醐灌顶，反而梦回高数课堂。

一想到高数课堂，那股难受的感觉更加强烈了，她整个人缩成一团，大汗淋漓，只能拼命咬住下唇，很是用力，甚至用力到有些磨损了自己的魂魄。

沈挽情意识有点模糊了。

她意识一模糊，就开始话多，跟倒豆子似的吧啦吧啦说了一大段："为了黎民百姓，我真的付出了太多，所以必须要求回报。你出去以后万一我还没醒，得让满月楼楼主给我在门口立块碑，最好是石像，腿稍微拉长点，对了，多给我雕点头发，鼻梁要细一点，眼睛记得有卧蚕……"

"闭嘴。"

谢无衍看着她的样子，眸色沉沉，然后朝她伸出手："过来，我带你出去。"

沈挽情没听懂他的意思，但还是下意识地搭上了他的手，下一秒，就感觉整个人被谢无衍的气息笼罩住，然后被他牵引着向某一个方向飘去。她感觉自己整个人好像散成了一团云，就这么无法控制地飘着，但那股难受的燥热感也被分散开来。

她能很清晰地感受到谢无衍的存在，非常难以言喻地清晰，仿佛能感受到他任何细微的动作，就像湖水上溅落一滴雨，晕开一片涟漪。

谢无衍的灵力很充沛，无孔不入地包裹住她分散的魂魄，一点点输出去那点难忍的痛苦。这个过程比想象中的要舒服很多，每当沈挽情无意间碰撞到谢无衍一点，就能感觉到自己魂魄的某一处轻颤了一下，然后痛苦便消减三分。

而且还有一股难以言喻的爽感，在短暂的战栗后，让人感到浑身酥软放松。在发现这点之后，沈挽情开始偷摸使些小伎俩。

她将自己的灵识分成许多块，开始往谢无衍身上贴，每贴一下，就会像是覆在冰块上，稍稍的刺激之后，热度也退散开来，裹挟着那股让人头脑一松的快感——超舒服！

沈挽情快乐地将整个神魂都往谢无衍身上贴，感觉自己像瘫软成了一摊水，然后从水里钻出一条鱼，非常愉悦地吐泡泡。

谢无衍停顿了一下，原本非常稳固的灵识似乎稍稍有些紊乱，不易觉察地轻颤了几下，但很快又凝聚了起来。

终于，在一片虚无之中，沈挽情看到一点光。

她寻着那点光找到了出口，然后睁开了眼，不知道为什么，并没有想象中那种闷热和难受，除了感觉到出了一身汗，反而还有些神清气爽的舒适。

大佬不愧是大佬！

沈挽情感动得热泪盈眶，一转头，却发现谢无衍眉头紧锁，手背上青筋暴起，薄唇紧抿，好像还没醒。

不好，难道说进入自己的灵府，对谢无衍来说有影响？

沈挽情有些担忧地俯下身，想用手背贴上他的额头，查看一下情况。

"啪！"还没来得及靠近，她的胳膊就猛地被握住。

谢无衍睁开眼，眸中的戾气似乎比以往更多了些，眼底还带着些血丝，看上去似乎在隐忍着什么痛苦。

沈挽情："你……"

她一句话还没说完，就被谢无衍扣住脖颈，控制住行动。

下一秒，他坐起身，将沈挽情压在床头，声音透着些没来由的愠怒："别碰我。"

等等……为什么他一觉醒来突然翻脸？

谢无衍却没再说一句话，松开手翻身下床。

满月楼每一个雅间都是连带着浴池的，据说是为了给客人多增添些情趣。水温恰到好处，上面还飘着红色花瓣。谢无衍连衣服都没脱就下了水，闭紧双眼，眉头一皱，咒印一瞬间爬了上来，以惊人的速度增长着。

其实原本带沈挽情离开并没有那么复杂，折损些自己的魂魄，让她能够稍微将感官同那妖术造成的幻觉剥离，接着领她出去就行。但神魂交融这件事情本身就很敏感，五感都会被无限放大，而且没有具体的意识。

要么，弱一点的很容易被强一些的吞噬；要么，擦枪走火。

显然沈挽情对这些一无所知，所以才胆子非常大地就这么往谢无衍神魂上贴。

但她贴得毫无技巧，而且每个位置都不太对。

通俗一点说，就像那种"我就蹭蹭"和"只顾自己爽"的渣女。

为了克制险些紊乱的神魂，谢无衍动用了不少妖力去压制，这才再一次把封印咒逼了出来。许久之后，他再一次睁开眼，将胳膊搭在额头处，一言不发。

闻声而来的沈挽情伸手触碰了一下水面，发现刚才还温热的水，此刻已经变得冰冷，甚至冷得有些刺骨。她皱了下眉，站起身，从一旁取了浴巾，然后走到谢无衍旁边，乖乖巧巧地蹲在一旁等他出来。

"别管我。"谢无衍没看她，声音很哑。

沈挽情："好哦。"然后蹲在旁边没动。

谢无衍："我不想重复第二遍。"

沈挽情："明白啦。"然后继续没动。

终于，谢无衍放下胳膊，撑起身，看着她："你怎么还在这儿？"

沈挽情："这我没办法和你解释，可能因为我是一个光说不做的小懒虫。"

两人就这么互相望着对方。

原本看上去挺尿的一个小姑娘，此刻眼神明朗，没半点退让。

她总是在很多没必要的事情上，出奇地倔。

谢无衍没说话，胳膊一撑，坐在池边。水顺着大臂淌下，原本宽松的衣袍此刻贴紧身子，衣襟松了大半，那张脸看上去却异常冰冷而寡漠。

沈挽情将手中的浴巾搭在他身上,然而没搭稳,浴巾啪嗒一下掉下来。

沈挽情又搭,浴巾又掉。

最后沈挽情忍无可忍,干脆横着给谢无衍裹上一圈,将他硬生生地缠成一个木乃伊。

谢无衍想:自己到底是怎么忍住没有掐死她的?

"以后,"谢无衍随她闹腾,声音低沉,"不要让人随意进入你的灵府。"

灵府这东西哪能说进就进,跟逛大街似的?

即使沈挽情再不懂,大概也知道灵府是个非常特殊的地方,即便两人修为悬殊,强的一方贸然进入对方的灵府,也很有可能遭受重创。除了谢无衍这种强到把别人家灵府当自己家菜园子的人,还真没有几个人敢随意进入别人的灵府。

但是老师说教,沈挽情当然不顶嘴,于是连连点头:"嗯嗯。"

谢无衍站起身,嫌弃似的抖开浴巾,却没扔下,就几步路的工夫,身上的衣服就迅速地蒸干,水珠还没来得及溅落在地上,便化成了水雾。

沈挽情觉得对于救命恩人,还是应当有足够的诚恳和耐心,于是跟屁虫似的跟在他身后,又倒了杯茶递上,非常殷勤地问道:"您还有什么吩咐吗?现在是要下飞行棋,还是要睡觉?我竭诚为您服务呢。"

谢无衍喝了口茶,放下茶杯,然后道:"行,跳个芭蕾舞吧。"

沈挽情的笑容凝固。

她怎么忘记这一茬了?

章伍　移魂

三十四

沈挽情沉思了一下,冷静分析。

这不仅是芭蕾舞的问题,还关乎这位祖宗的尊严与面子,他这态度明摆了就是在说:别以为你在做梦我就不秋后算账了。所以眼下这种情况,如果稍有差池,她很可能会被就地斩杀。

面对这种处境,沈挽情决定采用防御型战术,所以非常浮夸地打了个哈欠,开始演:"好困,我睡了,晚安。"然后颤颤巍巍地往床上一爬,试图用被子蒙住脑袋不去看面前的人。

只要不接茬,危险就追不上我。

但刚爬上床,她就被谢无衍一把扣住脚踝,还没来得及反应,他便倾身而下,双手撑在沈挽情的身侧,影子笼罩在她身上。

明明挺暧昧的一个动作,谢无衍的语气却很冷淡,让人感觉不到半点温情:"不是说随我吩咐?"

"我反悔了,"沈挽情非常流畅地声讨自己,"也没办法,因为我是一个没心没肺、不知感恩的小白眼儿狼。"

谢无衍低笑道:"不认账?"

沈挽情情真意切:"啊,对,没错,我好可恶。"

眼下她这么理直气壮,反而搞得谢无衍有点怀疑人生。

他本来以为自己已经逐渐习惯沈挽情这种不走寻常路的说话方式,却没想到世上居然有人自己骂自己还能骂得这么义正词严。

她自己完全没不好意思,反倒是让谢无衍觉得好像做了什么对不起她的事情一样。

谢无衍有点烦躁。

而且自己烦归烦，反而觉得她这么烦人还怪让人心软的，想就这么顺着她的话任由她蒙混过关。

谢无衍不知道这到底是个什么情绪。

以前都是他觉得别人脑子有病，现在头一次开始怀疑自己被关了几百年，关得脑子出了些问题；还是说封印咒有什么副作用？

沈挽情不知道谢无衍在想什么。

她就是觉得两人现在这姿势怪羞耻的，她毕竟是个小姑娘，老容易害羞了。

更何况谢无衍发间带点湿润，眉头稍皱，衣领低下去一截。特别是自己现在的这个角度很绝，是那种隐隐约约、仿佛可以看见腹肌的绝妙角度。

色令智昏？不知道是不是错觉，沈挽情觉得自己的心跳还挺快的。

她试图转过头，闭上眼，但脑海里就开始自动播放起了梦里盗版谢无衍那色气满满的画面。

她吓了一跳，立刻睁开眼。

一定是因为自己单身太久了。

一定。

沈挽情深吸一口气，酝酿好情绪："那个……我觉得这个姿势挺累的，要不然你换一下？"

谢无衍觉得有道理，然后就非常自然地躺在了她身边，顺带伸手一捞，将她搂到自己的身前。

沈挽情：不是让你这样换。

但她发现，她已经逐渐开始习惯被谢无衍抱着睡觉，毕竟形势所迫，自己也不可能把人家赶下去打地铺，而且人家还救了自己一命，委屈一下给他抱着睡也没什么。

207

但躺到一半,沈挽情突然觉察出不对:"等等,冒昧问一句,那蚀梦妖……"

"哦,已经死了。"谢无衍说。

沈挽情觉得不对,思索片刻,然后掀被而起。

妖怪早死了,那她在这儿演什么纯情花魁呢?

"这妖是死是活,到底是什么来头,都任凭各位一张嘴。"楼主慢悠悠地拿茶盖摩着茶杯,抿了一口,"谁知道你们是不是编瞎话来糊弄我?"

纪飞臣:"谢公子光明磊落,更何况此事人命关天,我们必定不会有所欺瞒。"

光明磊落的谢无衍在摸沈挽情的头发。

不知道为什么,她觉得从那晚上开始,这祖宗真的有点过分黏人。

"欺不欺瞒,你们说了不算。"楼主放下茶杯,"所以劳烦各位在这城里多留几日,等确认再不会出那档子事情了,我才能将江淑君姑娘的卖身契交予你们。"

"我明白了。"纪飞臣抬了下眼帘,扫了眼周围的人,"既然如此,我们会再待些时日,确保再无妖物作祟后再离开。"

其实几人暂时留在城中这件事,是一早就商量好的。

虽然妖物已除,却有很多值得人怀疑的地方,比如这蚀梦妖为什么能够在谢无衍的眼皮子底下进入沈挽情的梦境。

况且这并不是什么修为十分深厚的大妖,不应当具备这样的能力。

除非——有人配合。

这件事在小分队里通过气之后,纪飞臣决定暂且不同楼主说明。因为谁都不知道这打配合的人到底是谁,即便是满月楼楼主,也不值得信任。

"多谢诸位方士。"满月楼楼主抬手,同一旁的丫鬟耳语几声,然后道,"近日劳烦各位费心,小小心意,不足挂齿。"

沈挽情探头一看，见两位丫鬟端出两个红绸盘子，上面摆了一整排金子，她顿时快乐了——看来这次当诱饵也不算很亏。

然后纪飞臣就发话了："楼主不必多礼，我们降妖除魔绝不是为此身外之物，请您收回吧。"

什么就身外之物了？

接着，两人就像大姨和妈妈互相推红包一样，整整大战了三个回合，最后纪妈妈获得了胜利。

楼主很感动："也对，是我冒昧了，纪公子果然如传闻中一般光明磊落，名不虚传。"说完，招呼人将金子撤了下去。

风谣情也很感动，递过去一个肯定的眼神。

两人就这么对望着，眸中波涛汹涌，全是赞赏之意，仿佛下一秒就要升华一般。

沈挽情看着还没来得及碰一下就被端下去的金子，缓缓在脑袋里打出一个问号。

为什么不问问她？

谢无衍看她一眼，松开手上捏着的那点头发，似乎若有所思。

"对了，既然都不急着走，我这边倒有件棘手的事儿要请诸位帮帮忙。"

一直瘫坐在旁边当局外人旁听的何方士突然想起什么，巴掌一拍，从衣衫里掏出个信封递过去："我同城里太守平日有些来往，前段时间太守家里出了些邪祟作乱，看样子是有些棘手。听说城中来了些有本事的捉妖人后，便托我将这信给您，邀请您府上一叙。"

纪飞臣接过，简单地扫了一眼，眉头稍皱，然后将信纸递给风谣情。

风谣情看了看，露出相同的严肃表情，然后对着他点点头。

当天晚上这两人就前往太守府上，秘密商议了一整夜后，第二天传来口信，让沈挽情打包收拾一下，领着所有人去太守家暂住。

看得出来，太守的确很重视他们这一行人，派过来接人的马车就装饰得很华丽，整个一个高档雅间，上下都透着"我超级有钱"的气质。

自从那天之后，谢无衍的黏人指数直线上升，和天天来自己屋里蹭吃蹭喝的玄鸟有的一拼，而且已经把半夜三更的时候跑过来拿抱着沈挽情睡觉当作日常任务。

而江淑君，放在现代则是个职业 CP 粉，还是自己动手出产作品的那种。这么些天，她在客栈里天天刺绣画画，画他们两人的作品，顺带还绣了一对鸳鸯手帕往他们手里塞。

沈挽情很担心谢无衍会发疯。

但出人意料的是，这回谢无衍的耐心倒挺好，而且居然挺平静地收下了江淑君源源不断送来的礼物。

马车上，沈挽情和谢无衍坐在这头，江淑君坐在那头，全程专注地盯着两个人，有任何一点风吹草动都会睁大眼露出"哇哦"的表情。

沈挽情有些累，这比应付曾子芸还累。

她必须早点解决这个女配角。

很快就到达了目的地。

"诸位仙人稍等片刻，我这就去同太守知会一声。"

沈挽情坐不住，索性就跳下轿子准备四处晃悠一下，顺便活动一下四肢，顺带逃离江淑君的视线。

刚站稳，就听见隔着一道围墙传来喧哗声，紧接着，头顶方向的声音逐渐清晰。

"小少爷，万万不可啊，小少爷。"

"莫要再任性了，老爷要是知道了，可又得大发雷霆了。"

头上传来个带着些不耐烦的青年男声："我管他发不发脾气，多大点事就把我拘在府里，迟早有天得闷出病来。"说完，青年便从围墙上翻身而下，非常帅气地纵身一跳。

沈挽情琢磨了一下。

青年的起跳动作很潇洒，但看上去毫无技巧，肯定会摔。

果不其然，那小少爷刚开始还自信满满的表情，在一瞬间变得狰狞而又惊恐，然后发出长长一声惨叫："啊——"

沈挽情往旁边挪了挪步子，"啪叽"一下，那叛逆小少爷摔在了她脚边，非常响亮的一声。

沈挽情觉得这人有点眼熟。

"你！"那小少爷动了动，艰难地撑起身，一抬头就开始骂骂咧咧，"谁让你躲了？啊？"非常不讲道理的一个人，声音也很耳熟，像是不久之前才听过。

两人对视，沈挽情沉默了一下。这人不就是前天那位一掷千金的霸道小少爷吗？

那霸道小少爷也认出了她，稍愣一下，然后咳嗽一声，将身上的灰一拍，随即变了副面孔："怎么是你？"

沈挽情："是这样……"

"不用说了。"霸道小少爷抬手，自以为很帅地往后抓了一下自己的头发，然后压低声音，"现在知道后悔，已经太晚了。"

沈挽情无语，索性也懒得解释，抱起胳膊等他一次性脑补完。

"呵，当初如果不是你那么不识抬举，没准儿我还愿意赎你回来，让你做个小妾。"

"现在你求求我，我倒是可以看在曾经萍水相逢的情分上，让你做个丫鬟。"

"对了，那天那个不长眼的男人呢？"

终于，在这位霸道小少爷提到谢无衍的时候，沈挽情放下胳膊，试图打断。

毕竟这人看上去也像是太守的儿子，她还是不想闹出人命。

但这人别的不行，嘴挺快："呵，我就知道。那天我看他可怜，才留他几分颜面，不然我一声令下，早就让人取了他的首级，哪里还轮得到他来耀武扬威？"

"是吗？"

"是啊。"

这霸道小少爷顺嘴接完之后，才觉得不对劲。他将视线一挪，正好对上了马车内谢无衍寡漠的双眸。

霸道小少爷腿一软，差点儿跪下，但一想这里可是太守府，自己可是有爹撑腰的，就变得有底气多了，一有底气，就开始盲目自信，甚至想一雪前耻。

于是他一把扯过沈挽情，昂首挺胸："之前不算数，现在，我要让你知道谁才有资格拥有这个女人。"

沈挽情：奇了怪了，我就下马车活动下筋骨，怎么突然就被迫开启了奇怪的走向？

三十五

霸道小少爷发起宣战："想得到她的话，就拿出些本事来。"

谢无衍显然更无语，面露嫌弃地看了霸道小少爷一眼，然后再将同样的目光挪到沈挽情身上。然后他向后一靠，胳膊搭在窗上，声音轻飘飘的："你还挺讨人喜欢？"

沈挽情觉得委屈。

但她琢磨了一下，觉得这件事也没办法解释。这可能就是传说中的致命魅力吧。

想到这儿，她突然有点苦恼了起来。

这难道就是好看的人必须要承受的痛苦吗？想想还真让人觉得麻烦呢。

不知道为什么，谢无衍好像从沈挽情眼里看到些"自豪的烦恼"，沉默了下，声音拖长："你自己解决。"顿了顿，又补充一句，"在我发火之前。"

沈挽情现在已经能够熟练翻译出谢无衍的潜台词。

懂了，这就是死亡通牒，意思是如果你再不让这人闭嘴，我就会动手揍人。

万事和为贵，虽然这位小少爷年纪轻、中二了些，但是在别人家门口打起来实在不太雅观，更何况按照两人的武力等级，一定会转变为谢无衍单方面施暴。

沈挽情叹了口气，决定还是救人一命，于是迅速抽出被这位霸道小少爷握着的胳膊，和他拉开距离，准备自我介绍："这位公子，其实我是……"

"躲在女人身后，让一个女子来替你出头，还算什么男子汉大丈夫？！"

霸道小少爷非常有恃无恐，叉着腰，手指都要戳在天上了，说出的每个字都中气十足，还不忘冷"呵"一声："有本事下来单挑啊，我让你三招！你过来啊！——"

不至于吧，这位勇士。

谢无衍眯了下眼。

沈挽情沉默了，伸出手无力地捂了一把脸，颤颤巍巍地走到一旁的观众席坐下，转过头决定不看这场惨剧。

在场的，只剩下两人忠实的粉丝江淑君，她记录下了这惨烈的画面，并且在日后刊载在了《我与我救命恩人们的故事》这本江湖小传上，具体内容如下——

> 只听见风刹那间仿佛都凝固了，那原本在叫嚣的徐小少爷声音戛然而止，惊恐地瞪大眼睛，却只能发出"唔唔"的声音。
>
> 电光石火间，谢方士明明只是稍抬了下指尖，徐小少爷就被重重地摔在墙上。
>
> 徐小少爷爬起来，闻讯赶来的下人们连忙来搀扶，只见他见了鬼似的一溜烟儿朝着府内蹿去，冲进门后不忘记又探出个脑袋："唔唔唔唔唔！唔！"

213

据我猜,他应该是在说:你给我等着,我去告诉我爹爹,哼。

终于,在赶走这么个不和谐的人物后,谢方士才收敛起那股冰冷的神情,望向一旁的沈姑娘。他下了马车,患得患失地一把抓住她的手,低声呢喃着什么,沈姑娘却挣开了他的手,转身走进府内。

谢方士望着她的身影,眼神里充满了落寞。

这或许就是,不可言说的爱吧。

但实际情况是——

谢无衍走到沈挽情旁边,扣住她的腰,将她从观众席带起来,淡声道:"还挺能惹事?"那低沉的嗓音在自己耳畔一扫,加上稍微有些阴冷的语气,让沈挽情心中顿时警铃大作。她瞬间捂着自己的腰退进安全距离,语气有些委屈:"你们男人之间的比赛可不带迁怒的。"

正好侍从在门口招呼了一句,于是沈挽情立刻找借口开溜,进了府内。

以上,就是江淑君胡编乱造的故事里原本的场景。

"各位仙长,到地方了。"侍从将人领到大堂门口,毕恭毕敬地做了个"请"的姿势,"老爷已经在里头恭候诸位多时了。"

沈挽情道了声谢,迈步进去。

其实这太守的名声一直不错,据说为人刚正而且从不摆架子,这么多年过去,也只娶进门一位正妻,并无妾侍,夫妻恩爱和睦。因此民间也编派出不少有关的故事,但其中的真假就没人说得清楚。

按照道理说,太守应该是个清廉儒雅的大叔形象,然而还没走到门口,就听见洪亮的咆哮:"成何体统!孽子!你这个孽子!居然这么对待几位仙长,还说出那种不知羞耻的话。你你你你!你给我站住,不许跑!来人,给我抓住这个孽子!"

接着,众人就看见那位霸道小少爷从屋子里蹿了出来,抱着脑袋开始绕着假山跑圈。

身后的太守头发虽然白了一半,身子骨看上去却仍旧硬朗,就这么举着棍子,追在他后面撵。

两人绕着假山跑了两圈,就连停下来喘气的频率都异常一致。

身后一大群丫鬟奴仆跟在他们身后开始劝:"老爷,老爷可别跑坏了身子。"

那霸道小少爷的锁声咒已经被解开了,此刻边跑边喊:"是啊,爹,别跑坏身子。"

"你停下我就不跑了。"

"那您先答应我,绝对不打我。"

"我打。"

"那我不停。"

沈挽情和谢无衍脸上露出同样无语的表情。

他们现在算是知道这位小少爷的脾气是怎么养出来的了。

直到闻声出来的纪飞臣咳嗽一声,这对父子才停下了猫和老鼠行为,两人喘着粗气,扶着腰,一抬头,就看见了站在面前的沈挽情一行人。

小少爷有点心虚,全然没了刚才那股霸道劲儿,往后悄悄退了几步,似乎是准备偷溜,但被身旁的太守一棒子打在屁股上,整个人弹了一下,立正站好。

"快些和二位仙长道歉。"太守气得吹胡子瞪眼睛。

小少爷立刻向前几步,老老实实地抱拳弯腰、行礼道歉,浑身上下都是蔫的:"刚才是我冒昧了,望各位仙长能够谅解。"

这位小少爷叫徐子殷,太守府上下就这么一根独苗,加上太守本人又是那种不太拘于礼法、比较开明的父亲,于是,教育出了这么一个品行一言难尽、心思却不算坏的儿子。

太守本人对这件事也很懊恼,于是府中日常可以看见这一大一小

215

追着揍，后面跟着一群丫鬟、奴仆劝架。

太守看上去的确是个脾气不错的人，明明自家儿子挨了一顿揍，却没有半点责备谢无衍的意思，反而用父亲般慈爱的眼神看着他，顺带偷偷拉过他胳膊问了句："这位仙人，你说你们用的那让人说不出话的仙术，我们这些寻常人学不学得会？"

看得出来这位太守也的确很烦自己儿子。

沈挽情走到纪飞臣身旁，悄声问了句："这太守府，是发生了什么怪事？"

她还记得纪飞臣和风谣情在看到信上内容时，那严肃的表情，甚至当晚就赶往了这里查看情况。

那么一定是非同小可的事情。

纪飞臣皱眉，摇了摇头："你一会儿就知道了。"

其实看得出来，这府中上下无论是下人还是主子，关系都挺不错，整个氛围倒算是其乐融融。小少爷虽然经常惹事，但也算是个好人，待久了就会发现其实挺好相处的。

若说唯一不太好相处的，恐怕只有那位太守夫人。

而最近太守府这些邪祟的事儿，也同这位夫人有关。

听说这位夫人是商贾之女，家财万贯，富可敌国，父母又是老来得女，自然把她当掌上明珠一般捧着，也养出了一身刁蛮任性的脾气。只可惜几年前，夫人的父母双双离世，家产也被兄长们分了个干净，夫人至此落下心病，脾气也越发暴躁起来。

直到几个月前，夫人每每总会在梦中惊醒，又说总能在窗外看见一个鹅黄的身影。

可是太守请了好些道士来看，都看不出什么毛病，侍奉在她身旁的婢女和小厮也都没发现任何异样。

太守也只以为是她心病更严重了，于是四处寻大夫前来看诊，夫人的情况却仍然没有半点好转，半月之前甚至开始变得有些疯魔了，像妖怪附身似的，揪着少爷一个劲儿地说："是你，是你要杀了我，对不对?"

等到下人们将人扯开,才发现少爷胳膊上都被夫人掐出了血痕。

后来大夫多跑了几趟,开了些安神的药方,加上贴上道士给的静心符咒,才让夫人的情况好上了许多。

谁知三日之前,夫人的情况再次恶化了,而这次,同以往都不一样。

一行人来到太守夫人的房门前。

沈挽情抬头看了一眼,窗户全部都被封死,门上和墙上都贴满了符纸,院内还燃着几根香,她却没感觉到有任何妖气。

小厮走到门口,却不敢推门,纪飞臣看出了他的胆怯,于是上前一步:"没事,我来。"

"吱呀——"门被推开,屋内一片漆黑,半点光都不透。

"吱吱。"突然一道诡异的声音响起,像是老鼠的叫声,但并不像老鼠叫得那么尖细,反倒像是一个女人刻意模仿出来的叫声。

这么一听,更让人毛骨悚然。

谢无衍隔空点燃了烛火,几人朝着床铺的方向望去。

一个衣冠不整的女人蜷缩在床头,姿势非常奇怪,手腕向内屈着,像只老鼠一样趴在床上。她不断地发出"吱吱"的怪叫声,不断用脸蹭着手背,听到开门声,迅速一抖,然后朝着床内滑稽地爬了过去。

看上去,这人应当是太守夫人。

似乎是怕她离开,她脚上还绑着锁链,一动就会发出"咔嚓咔嚓"的响声。

她抬起头,惊恐地看着来人。

太守夫人看上去已经不像个人了,而像是一只活生生的老鼠。

"这是……"沈挽情皱了皱眉,"这是被鼠妖附身了吗?"

"不。"风谣情眸色凝重地说,"我们昨晚就已经检查过了,并不是妖怪附身。"

"那是?"

"她的魂魄被人从这躯体里抽走了。"风谣情说，"然后，又被塞进了一只老鼠的灵魂。"

"移魂术。"

谢无衍突然开口："这种法术只有在天道宫的藏书阁里才有详细的记载。"

三十六

此间都是由前人们留下来的，除了基础的那几套广为流传，还有许多是从不公布于世的秘术。

天道宫能成为几大门派之首，其中一个原因就为，它们的藏书阁珍藏天下许多罕为人知的法术。而且为了垄断势力，这些法术只会传授给天道宫的弟子。

移魂术，便是其中一种。

沈挽情总算知道为何风谣情等人看到信上内容会是这等反应，恐怕是猜到这件事可能会与天道宫有关。但奇怪的是，天道宫虽然这些年在背地里做了许多手脚，但是明面上还是做着降妖除魔、造福苍生的好事，怎么可能会让一个关门弟子去这么对付一位太守夫人？

沈挽情觉得，这多半是私仇。

"虽然不知道这位天道宫的弟子有什么计划，但既然有他们的人在这儿，你平日里可要再谨慎一些。"纪飞臣压低声音提醒道，"千万不要再用那烧血之术，以免惹人生疑。"

沈挽情明白这个道理。

她看了眼不远处床上的太守夫人，陷入沉思："既然这副躯壳里装的是老鼠的魂魄，那夫人的魂魄应该是……"

"在老鼠身上。"风谣情若有所思，"看得出来，施下这法术的人，应该很憎恶太守夫人。"

憎恶……

沈挽情想起来曾听人说过，太守夫人前些日子发疯的时候，揪着府中那位徐子殷少爷的胳膊，一口咬定是他想要杀害自己。再加上自家出了这么大的事儿，这位小少爷还能跟没事人一样四处寻花问柳，一看就很奇怪。

于是在江淑君日常来给自己送消暑绿豆汤的时候，沈挽情顺嘴问了句："你在这儿块待得久，有听说过太守府的少爷和夫人不和的传闻吗？"

江淑君："实话实说，江湖小刊上就没有这两人关系和睦的传闻。"

原来，这徐子殷并不是大夫人的亲儿子，只是养在她膝下的。

太守原来只是个穷书生，和老家十里村外一家猎户的女儿拜堂成亲后生下了一个儿子，然后就进京赶考。进京后不久，这个穷书生就被当时富甲天下的郑家看上。郑家觉得这人才华横溢，于是便花钱培养他，助他考取功名。

果然，穷书生很有出息，一下子就得了皇帝的青睐。

所以郑家就想将自己家女儿嫁给他。

太守拒绝了郑家的好意，说自己其实已经老婆孩子热炕头了，娶他家女儿不合适，但恩会报的，不过报恩方式也不一定是娶他家女儿当老婆吧。

郑家一听就说没事，他们很开放，太守可以让原配当妾，他家也是不介意的。

太守一听让原配当妾，觉得岂有此理，说出去会坏他名声的，于是头很铁地拒绝了郑家的好意，接着派人回到老家准备接自己的老婆和孩子来京城里住。结果刚赶回家，才发现自己的原配不知道为什么就下落不明了，只留下一个孩子在隔壁哇哇哭。

于是太守把孩子抱了回去，隔了几年后，又在各方压力之下娶了郑家的女儿当夫人，然后把孩子养在郑氏膝下。

郑家心里想：没事，反正等我女儿生了儿子，就把这孩子丢出去自生自灭。

结果没想到太守夫人身体虚，生不出孩子，于是只能将徐子殷当自己亲儿子养，但越养心里越生气，于是两个人天天在府里扯着头发掐架。

太守夫人脾气暴，说话不饶人；徐子殷一个独苗苗，恃宠而骄，脾气更暴，而且说话还带脏字。只有太守心里苦，因为就他一个人比较腼腆，不会大声骂人，真的很吃亏。所以他每天上朝都是第一个到，退朝最后一个走，有事没事还拉着皇上去御书房聊会儿天，搞得皇上很烦。

皇上觉得：就是因为你家庭不和，搞得我每天起得比鸡早，退朝还要被你留堂。我给你发俸禄，还送你大房子住，凭什么受这委屈？

然后皇上就大手一挥，让他回自己老家那边当太守，只要不来上朝，什么都好说。

于是一家人从京城开始扯头发，一路扯到了容城。

但街坊觉得，在这种情况下太守还没有纳妾，一定对夫人是真爱，于是编了无数个绝美故事来歌颂爱情。

其实太守是每天劝架劝秃头了，一想到如果有小妾进来，就会从双人架变成三人混吵，就觉得头疼，所以就一直没有再纳小老婆。

听完这混乱的家庭关系，沈挽情觉得脑仁有点疼，简单地总结了下情报，写了封秘信传给纪飞臣，让他们去烦心这件事。

作为一条"咸鱼"，只要和主线任务没关系，她只需要负责在房间里瘫坐着吃绿豆糕就行了。

结果当天下午，沈挽情就发现自己的"咸鱼"生活被毁了。

天还没黑下来的时候，她就听到门口传来一阵敲门声，以为是谢无衍。

她边寻思着这谢无衍最近怎么这么早就来找她睡觉，边走到门口打开门。

结果一开门，她就看见徐子殷以一个非常骚包的姿势靠在门口，一只手撑着头，双腿交叉着，左脚搁在右脚上面——就是非常霸总耍酷，嘴里还叼着朵玫瑰花那种油腻姿势。

沈挽情有点窒息："徐公子，您有什么事吗？"

"沈姑娘，前些天，是我冒犯了。"徐子殷咳嗽一声，抬头四十五度望月，做出一副情场贵公子的感觉，"虽然现在你的身份不同了，但在我眼中，还是一如初见。"

"砰！"

还没反应过来，徐子殷就伸出手撑在了沈挽情旁边的门板上，抬起眼眸，一副大情圣的模样，还故意将声音压成气泡音："你愿意给我一个靠近你的机会吗？"

沈挽情："不了吧。"

"没关系。"徐子殷含情脉脉，"我愿意等，也愿意让你看到我的诚意。"

说完，他将手一拍，身后立刻蹿出来两排仆人，手里端着一盘盘金银珠宝，看上去就很晃眼。

"只要你愿意给我一个机会，这些全是你的。"徐子殷这么说道。

沈挽情看见这么多珠宝，觉得很心动。

于是她很心动地将徐子殷给推了出去。

但徐子殷还是很坚持不懈的，才一个下午到晚上的工夫，就已经来回跑了好几趟。

他坚持地认为自己被拒绝的原因，一定是送的礼物不够优秀。

在他连续端着首饰、胭脂、衣服等站在门口大声嚷嚷后，沈挽情深吸一口气，决定给徐子殷下个锁声咒和昏睡咒。

最后一次，徐子殷却发起了美食攻击："沈姑娘，快到晚上了，我让厨房做了些小兔包和酸梅汤，用来消暑。"

沈挽情难得起身打开门："好的，可以进来了。"

徐子殷听到这句话，立刻乐颠颠地朝着屋内走，然后又被沈挽情抵着肩膀推了出去。

221

"等等，我的意思是，小兔包和酸梅汤可以进来了。"沈挽情说完，毫不留情地关上了门。

食物是没有错的。

沈挽情进屋，非常恭敬地拿起一个小兔包，然后准备"嗷呜"一口咬下去，但还没来得及咬，又听见一阵敲门声。

她这暴脾气。

沈挽情被烦到，她气呼呼地站起身，气势汹汹："这位公子，我再说最后一遍，我平生最烦的就是一个大男人三番五次往女孩子房间里跑，所以如果再有下次……"

一打开门，她发现是谢无衍，他用那副要笑不笑的表情看着自己，缓缓抬了下眉，似乎是等着她继续往下说。

沈挽情的话顿时就变得烫嘴了。

她哆嗦了一下，非常灵敏地拐了个弯，然后开始撒娇："如果有下次，就不用敲门直接进来嘛，都是江湖人，客气什么？我最喜欢爱到别人房间做客的哥哥了。对了，谢大哥要不要吃小兔包，特地给你留的哦。"

谢无衍面无表情地看了她一眼，却没说话，直接擦身走进了沈挽情的屋内，扫了眼小兔包，颇为嫌弃地拈起一个。

沈挽情继续当软妹："你尝尝，很好吃的哦。"

谢无衍咬了一口。

那豆沙馅有些腻人，齁得他眉头都皱了起来。

"难吃。"他说。

沈挽情不信："我尝尝。"

但小兔包刚被拿起来，还没被放到嘴边，她的下巴就被谢无衍一捏，稍稍抬高，他的另一只手将那小点心拿了回来，又放回到盘子里。

"难吃。"谢无衍还是这两个字。

为什么你觉得难吃就不让别人吃？

沈挽情觉得谢无衍变得越来越霸道不讲道理了，然而就在这个时候,敲门声再一次响起。

沈挽情感到深深的疲倦,咬着牙撑起身,走到门口,第无数次拉开了门——还是徐子殷。

他脸色微微发红,带点异样的娇羞:"沈姑娘,我受高人点拨,终于明白了你需要什么。"

沈挽情:"我需要什么?"

徐子殷用手捧住胸口:"一颗真心。"

"为此,我写了一首诗。"他继续说。

沈挽情头皮发麻:"不必了吧。"

"我倒想听听有多真心,"谢无衍走了过来,抬手搭住沈挽情的肩,往自己跟前一扯,"念念?"

徐子殷:"还是算了吧,我突然感觉我好像没有心了。"

三十七

于是,迫于谢无衍的淫威,徐子殷声情并茂地朗诵了他的著作。

> 前日才相逢,今日就相爱。
> 女人真难懂,总把心思猜。
> 无论风雨中,等你心房开。
> 若你也心动,让我进门来。

沈挽情很感动,觉得如果徐子殷活在《还珠格格》里,就凭这首诗,小燕子肯定会很乐意和他拜把子成为生死之交。特别是徐子殷自我感觉还很良好,强词夺理说,自己这是用最简单的词汇抒发最真挚的感情。

沈挽情觉得他说得很对,但还是关上门,隔着门还能听见徐子殷非常坚定的声音:"我明白了,我一定会写出最好的诗来送给你当作礼物的。"

沈挽情想连夜逃跑。

转过头，沈挽情发现谢无衍笑得很开心，他坐在椅子上撑着额头，肩膀都在稍稍颤动，看上去难得地心情愉悦。

但她很痛苦。

她怀疑徐子殷不是爱慕她，而是想谋杀她，让她因为尴尬而无地自容，产生巨大的心理阴影从而产生厌世情绪。

她还没来得及悲伤，就听见丫鬟敲门说："太守设宴宴请各位仙人前去一聚。"然后丫鬟就把正在悲痛欲绝的沈挽情和笑得非常愉快的谢无衍，全都叫到了前厅里去坐着。

一进门，她发现徐子殷也在。

他好像发现了江淑君是个写手，所以非常耐心地向她请教诗词歌赋方面的学问，并且拿出诗来向她请教，结果江淑君笑成了第二个谢无衍。

沈挽情突然理解了谢无衍动不动想要掐死人的情绪。

她平复下情绪，挑了个离徐子殷比较远的位子坐下，然后才发现何方士也被邀请来了这里。他明显是刚被人从满月楼喊过来的，浑身酒味，看上去有些微醺，正拿一只手支棱着脑袋，昏昏欲睡。

沈挽情向江淑君打听过，这何方士在容城里待了许久，倒是有几分本事，这些年也经常帮人捉妖驱魔看看风水，而且要价也不高，多半就是蹭一顿饭就完事。所以虽说他平日里没个正形，总是把自己喝得七荤八素跑到满月楼里寻欢作乐，但其实风评倒是不错。

而且这人还有点自恋，不久之前还自费出了本《何方士人物小传》。

出于好奇，沈挽情买了一本，结果翻开第一页就写着——

> 这么多年过去，人们对于何向生这位鼎鼎有名的人物，评价总是非常片面，往往只用"风流倜傥"和"品行高洁"

这两个词简单地概括他。

　　这本书，就是为了告诉世人，除了这两个庸俗的词，何方士还具有怎样令人感动的良好品质……

　　沈挽情看完这一页后陷入沉思，总算明白为什么这本人物小传被书铺老板用来垫桌脚。

　　风谣情："何方士，你在容城待得久，能否告诉我们这满月楼最近遇害的，具体都是些什么人？"

　　"这么多人，我哪儿记得清？况且不是说那蚀梦妖都已经被除掉了吗，那还提起这茬做什么？"何方士夹了粒花生米，嘎嘣嘎嘣地嚼着，抬头扫了眼两人，"还是说，两位仙人是觉得太守夫人这事儿，和满月楼有关？"

　　纪飞臣没有正面回答他的话，只是恭敬地问道："倒也不是，只是好奇罢了，不知何方士是否愿意替我们解惑？"

　　沈挽情大概能理解他们的想法。

　　暂且不说时间上凑巧，蚀梦妖虽然已除，但还是没找到在背后协助这妖物的那个人到底是谁。更何况，归根结底，这两件事用的都是夺取人魂魄的招数，所以很容易让人产生联想。

　　"成，那我也不多问了。"何方士放下筷子，拍了拍肚子，往椅子上一摊，"不过说起这满月楼，倒的确和太守夫人有些关系。"

　　说着，他抬眉看了眼一旁的徐子殷，笑了："徐少爷，你说是不是？"

　　这一番话，让所有的目光都聚集在徐子殷身上。

　　徐子殷正在拿着那张写诗的纸皱着眉头仔细钻研，突然被这么一盯，差点儿没反应过来。

　　他尴尬地放下笔说："我记得好像的确是有那么点关系，但那也是早些年的事儿了。"

　　原来，满月楼以前是太守夫人娘家的，但自从太守调任过来，兴许是考虑到和青楼有关系,传出去名声不太好,再加上也赚不到几个钱,于是盘给了现任楼主。

不过那些都是十几年前的事情了,仔细盘算起来,倒也算不上有多大的关系。

"这样嘛……"风谣情垂眼,若有所思。

终于,在几人都快聊完一轮的时候,太守总算姗姗而来。

他抖了抖衣袍,拂袖坐下,然后端起酒杯,说了几句表达感谢的场面话,接着一饮而尽:"来,大家不必拘束,动筷子吧。"

然后他一转头,发现自家儿子正在捧着一张纸若有所思。

于是太守顺嘴问了句:"你这拿的是什么东西?"

徐子殷:"我写的诗。"

太守一愣,随即一副欣慰的样子:"我儿居然还会作诗,快念来听听。"

沈挽情捏筷子的手一紧,差点儿将筷子折断。

但关键徐子殷本人并不知道这一切,甚至可能还觉得自己为爱发声很值得骄傲,于是他站起身,捧着纸,开始念——

满月楼里靡靡音,回眸见她动我情。
千金散尽都不行,何时才能住她心?

徐子殷字正腔圆,感情丰富,声音朗朗。

周围人不约而同地陷入沉默。

几位知情者,譬如何方士以及江淑君等人,都忍不住拿视线去瞥一旁的沈挽情。

沈挽情想杀人。

她发誓,如果谁现在来故意调侃自己,自己一定会当晚将这个人谋杀在床,以此泄愤。

于是谢无衍说话了，撑着下巴，笑得非常放肆："开心吗？"

欺软怕硬的沈挽情决定放他一马。

太守估计也不知道自己儿子的文化水平这么低，低到他有些忍无可忍，于是气得深吸一口气，抬手一巴掌就拍在了他后脑勺上："以后你再写诗，我就打折你的腿。"

坐在一旁的江淑君没忍住，"扑哧"一声笑了出来。

徐子殷立刻递过去一个充满怨恨的目光，做了个抹脖子的警告动作，以示威胁。但是脖子还没抹完，太守一巴掌又拍了下来："还威胁人家姑娘，成何体统！当你老子我眼睛瞎吗？！道歉！"

徐子殷："对不起。"

江淑君："没事，徐少爷继续努力，其实您还是很有才气的。"

徐子殷：总觉得被讽刺了。

风谣情笑着附和了几句，然后突然想起什么，顺嘴问道："对了，冒昧问一下，太守是怎么想到请纪大哥来的？"

"啊，这得多谢何方士，如果不是他前日告诉我们容城内来了几个修为深厚的仙人，我们恐怕到今日还不知道该如何是好呢。"

太守笑了声，举起酒杯："喏，这一杯，敬给何方士，多谢您处处为我们太守府留心。"

何方士立刻站起身回敬，打趣几句。氛围很融洽。

唯一不融洽的就是沈挽情。

她只想趁着徐子殷没有写出新的著作之前，将他处理掉。

一顿饭吃完，沈挽情回到屋内。

她这顿饭吃得很辛苦，甚至考虑了一下把徐子殷的手打折，让他的诗人生涯就此终结。

不过在回来的路上，她听到几个嘴碎的丫鬟蹲在墙角聊天——

"你说这夫人出事之后，我们府内反而过得比之前舒坦了很多。"

"虽然这事儿挺吓人的，但夫人一直这么下去倒也不错，我们这些下人总算能喘口气了。"

"哎,你们说,这事儿会不会真的是少爷做的?之前不是有传闻,说少爷的生母就是被夫人……"

"嘘!这话可不能乱说,小心挨板子。"

虽然只是几个小丫鬟嚼舌根,但沈挽情还是将这件事告诉了风谣情他们。

无论动手的人是不是天道宫的,如果真的想杀人,还是抽取魂魄,有数不清的简单方式可以选择。这种移魂术,如果不是必须,那多半就是为了折磨人而用的。

私仇的可能性远远大于其他。

沈挽情躺在床上,伸出手一下下地捏着眉骨。

其实自从来到容城,发生的许多事情并不太合逻辑。比如说一开始的诱饵计划,说起来就很不靠谱,毕竟守株待兔也得看运气,而且谁也不知道蚀梦妖下一个选中的会是谁。但是才第一个晚上,自己就被蚀梦妖找上了门,有些让人不可思议。

更何况谢无衍还当着许多人的面闹出了如此之大的动静,按道理说,一个吸食如此多人魂魄的妖怪,不可能没有这点警戒心。

所以不如说像是被人特意安排好了一样。

沈挽情觉得脑袋疼,线索太杂乱,完全没办法组成一条完整的线。一般在这种需要动脑子去思考的情况下,她通常会先睡一觉来放松一下情绪。

于是,她真的睡了。

然而眼睛刚一闭上,她就听见外头一阵喧哗,人声鼎沸,好像许多人都朝着一个方向拥去——

"快来人啊!夫人不见了!"

"夫人变成妖怪了,夫人变成妖怪了!"

窗外在一瞬间亮起火光,人头攒动,几乎所有的下人都在提着灯四处找人。随着一阵"乓乓乓乓",以及剑破虚空的声响,想也知道纪飞臣和风谣情应当也赶了过去询问情况。

说起来,今日饭局上,纪飞臣提到过,如果太守夫人躯壳里一直都是老鼠的魂魄,时间一长就会发生排斥效果,具体表现在,情绪会变得特别癫狂,身体也会发生改变,朝着魂魄进行靠拢。如果不能在半月之内将魂魄换回来,那就会因为身体不能适应而死亡。

但现在距离太守夫人变成这副样子,也不过短短三日,加上有纪飞臣的符咒镇压,不应该这么快就失控。而且她还逃离了束缚,莫名失踪。

这非常奇怪。

沈挽情认命地撑起身子,披了一件外衣,准备去看看动静。

然而刚将手放到门上,她就听见身后传来"吱吱"的声音,一如白天听到的那样,带着让人毛骨悚然的诡异。

等等,难道说……屋中顿时弥漫着一股冷气,让人心里发慌。

沈挽情转过头,并没有看见太守夫人。

她心里有种预感,于是揉了揉突突跳动的太阳穴,缓缓将目光朝上挪,终于,在不远处的墙壁上发现了一团黑影。只是黑影藏在黑暗中,看不清具体的样子,然后那道黑影像爬虫一样,缓慢地向下蠕动着,终于,一点点地暴露在光线里。

太守夫人现在的模样,几乎不能被称作人——牙尖嘴利,眼眶几乎装不下眼球,整个人的四肢以一种诡异的形状扭曲着,一点点朝她爬了过来。

沈挽情和她四目相对了许久。

虽然这样说话很伤人,但太守夫人这副样子的确有点不好看,而且还丑得稍稍有些吓人。

不知道是不是她在心里说坏话又被人家发现,太守夫人突然弓起后背,肩胛骨凸得有些骇人,口中的"吱吱"声也变得逐渐尖锐了起来,满是宣战的意味。

沈挽情的情绪有些复杂。

其实以她现在的能力，倒是能制服这个太守夫人，只是不知道应该用怎样的姿势。毕竟现在自己吃太守的、住太守的，万一没搞好分寸，把人家老婆哪儿给打折了，怪不好意思的。

但是她讲道理，老鼠牌太守夫人不讲道理。

下一秒，老鼠牌夫人就尖叫着，从地上腾起，张牙舞爪地朝着沈挽情的身上扑了过去。

沈挽情叹了口气，实在无计可施，只好准备折她一双腿就算了。

然而老鼠牌夫人刚飞了一半，突然浑身僵直，一动不动，连叫声都戛然而止。她脸上依旧是那副狰狞的表情，显得格外恐怖。

"你还真是招人喜欢。"谢无衍的声音传入耳中。

沈挽情怪不好意思的："这倒也是。"

不知道从哪儿出来的谢无衍，就这么满脸嫌弃地上下打量着这个被自己施法悬在半空中的老鼠牌夫人，然后又转头看了眼沈挽情，表情更嫌弃了："新客人？"

沈挽情解释："这是太守夫人。变丑了些，所以可能你没认出来，大概是憋坏了，逃出去，然后到我这儿来串门。"

谢无衍懒得听她解释，走上前，定身术一松，老鼠夫人就"啪叽"一下摔在了地上。但是即使是摔在了地上，她也不停地扭着胳膊关节，发出"吱吱"的怪叫声，看上去还是攻击性十足。

谢无衍："你把她弄出去。"

沈挽情尝试了一下，没有找到合适的角度："她总在瞎动弹，可能很难搬。"

谢无衍露出"怎么这么麻烦"的表情，非常果断地用法术折断了老鼠夫人几根骨头，然后看着她瘫软在地上动弹不得的样子，总算满意了："好了，弄出去。"

沈挽情：您解决问题的方式真够简单粗暴呢。

但是身体里住了只老鼠的太守夫人比较倔，即便被折断了骨头，也要声嘶力竭地发出最后的吼叫。然而谢无衍比她更不讲道理，所以准备拔掉她的舌头。

沈挽情连忙拦住他，将太守夫人拖到了门外，然后说："既然这样，我们是不是应该告诉风姐姐他们，让他们来……"

谢无衍看她一眼："行了，睡觉吧。"

沈挽情："但是太守夫人她……"

谢无衍："难道她自己不会爬吗？"

沈挽情：你看看你说的是不是人话？

三十八

虽然话这么说，但外头的太守夫人还在孜孜不倦地挠着门。

谢无衍很烦，开了门，像丢垃圾似的，将太守夫人提溜着甩了出去，然后就听见一声"吱——"的惨叫声划破了夜空。

沈挽情觉得这太守夫人恐怕凶多吉少了。

做完这些，谢无衍非常自然地关上门，然后找了个舒服的姿势，躺在了她的床上。

沈挽情："我觉得吧，这种情况下我们还是得走个形式，去找找纪大哥他们。"

不知道是这句话里哪个字让谢无衍感到不快，他情绪很明显地开始不悦，语气也变得冷淡："累。"

沈挽情：好吧，你说什么就是什么。

不过说起来，兴许是天道宫也掺和进来的缘故，就连沈挽情都稍微有点好奇这事情的真相；谢无衍却没半点好奇心，甚至连敷衍都懒得敷衍。他一直是个对任何多余的事情都提不起劲儿的人，除了每天晚上跑过来折腾人，好像对什么事情都没有兴趣。

这么一想，他之前能够愿意帮忙除掉画皮妖，然后陪自己演那出花魁的戏码，属实是个奇迹。

但其实沈挽情也懒得去给纪飞臣他们当苦力，更何况刚正不阿的主角坚决不取分文，搞得她连外快都赚不到。于是她非常自然地重新躺回了床上，以一个"咸鱼"的姿态缩在了谢无衍的旁边，打着哈欠，顺嘴提了句："不过那天，你在满月楼都险些杀了徐子殷，那蚀梦妖还敢来，倒真是胆子大。"

谢无衍："是吗？还有更有意思的。"

"什么更有意思的？"

"其实那只蚀梦妖修为并不高，甚至连前些时日那只画皮妖的十分之一都比不上。"

没来由的一句话，让沈挽情突然愣了下："怎么会？满月楼楼主说过，这只妖已经神不知鬼不觉地谋害了十多个人的性命……"

当日谢无衍重伤画皮妖只用了一击，轻而易举到连封印咒都没有排斥，更何况画皮妖对于主角团而言，都不过是新手村的小头目，连它的十分之一都比不上的蚀梦妖，怎么能胆子大到这种地步？

且不提其他，单是在这么短时间内吸取了十几个人类的精血和魂魄，就不该修为如此低下。

"会不会有可能，蚀梦妖并没有吃掉那些魂魄？"沈挽情突然萌生出一个想法，"而是将这些魂魄，转交给了背后操控它的那个人？"

"或许吧。"谢无衍撑着脑袋，语气听上去对这个猜测没有太大意外，只是低头看了眼瘫坐在自己身旁的沈挽情。她漆黑的长发一半搭在了他的手背上，冰凉凉的。

沈挽情听着他这语气，就知道恐怕他早就猜得八九不离十了。

她似乎想到什么，撑起身，和谢无衍面对面坐着："既然这样，蚀梦妖并不是随机抽人来杀害，而很有可能是它幕后的那人指使的。"

谢无衍不置可否："所以呢？"

"所以他的目标很明确。"沈挽情说，"即便知道你不好对付，还冒着风险要在当晚行动,为的是想要杀掉我,对吗?"

谢无衍总算笑了声,抬起手枕在后脑,懒洋洋地往后一躺:"你还不算太笨。"

不仅如此,沈挽情甚至怀疑,太守夫人在今日突然暴动,很有可能是那位幕后主使想要将纪飞臣他们支开,然后创造对自己下手的机会。

但为什么呢?

沈挽情觉得,虽然和天道宫有关,但这位幕后主使并不是为了烧血之术。因为满月楼的命案已经持续了很久,那人不会未卜先知,知道自己会来到容城,策划如此之久,所以多半是临时起意。

"所以——"

沈挽情似乎突然想到了什么,抬手向前一撑,仰起笑脸看着谢无衍的眼睛,开玩笑似的嘻嘻道:"这几天你天天来我这儿,该不会是怕我出什么意外,所以特地来守着我吧?"

这句话,让方才还带着些笑意的谢无衍,在一瞬间收敛了笑容。

他没说话,眸色也一点点沉了下来。许久后,才将视线挪到沈挽情身上,目光像刀子似的,一寸寸剐过她的脸,看得人没来由地一阵发寒。

什么情况?这人开不起玩笑吗?

沈挽情立刻抱着枕头退后几步,然后从床上翻了下来,一路退到椅子上坐着,同他大眼瞪小眼,委屈巴巴:"你这人,我开个玩笑,你怎么这么凶?"

谢无衍:"知道为什么这么多妖或者魔都想要杀掉你吗?"

"为什么?"

"你体质偏阴,加上烧血之术的缘故,每一块血肉对于妖魔乃至于修仙之士来说,都是难得的宝物。"

谢无衍在说这些的时候,声音没一点波澜,却让人从骨子里感到瘆人:"所以人人都想让你死。到那个时候,你的魂魄会成为别人的献祭品,你身上的每一滴血、每一块肉,都会被扔进锻剑炉中,骨头会被人削成法器和配饰。除了一把灰，你什么都留不下。"

"是吗？"原本以为沈挽情会被这番话吓到，没想到她只是小鸡啄米似的点点头，甚至脸上还有点小失落，"好失望，我还以为是因为我长得好看呢。"

谢无衍看她一眼，面无表情地转过头。

他早就习惯了沈挽情这神奇的脑回路，甚至都懒得摆出无语的表情，只是开口解释："所以，我不是为了守着你。"

"那是为了什么？"

谢无衍："为了提防有其他人捷足先登。"

沈挽情："那真是辛苦你了。"

不知道为什么，在她眼里，总觉得谢无衍像是一个因为一句玩笑耿耿于怀，然后开始理论分析、逻辑论证，非要吵架吵赢的幼稚鬼。

警告！检测到女主角发生危险，遭受意外袭击，可能会危及生命，请宿主警惕。

直到这一刻，沈挽情才发现，这系统不是没有金手指，也不是没有屁用，而是所有的用处都是给纪飞臣和风谣情的。

以往叫它帮个忙，它就装死，现在风谣情要出事了，居然还有了个引路功能，一路上就看见一个黄灿灿的箭头非常尽职尽责地指引着风谣情所在的方向，沈挽情觉得自己像是在玩儿劣质网页修仙游戏。

临走时，她还向谢无衍发出了组队邀请，但是被无情拒绝。"是吗？死了就死了，同我有什么关系？"他说。

沈挽情总觉得谢无衍还在生刚才那句玩笑的气。

男人都这么有脾气的吗？无语。

从系统那里大概了解了情况，原来是风谣情和纪飞臣兵分两路去寻太守夫人，所以两人都是孤身一人，但风谣情运气比较"好"，半路就和太守夫人偶遇，结果发现对方加了狂暴buff①，打起来又凶又猛，完全是奔着要人命去的。

但是风谣情很有顾虑，不忍心杀害被妖物操控的太守夫人，所以完全没有出杀招，一直在防御，试图用镇压咒压下太守夫人狂暴的情绪，结果就被打得节节败退，一不留神还被割伤了腹部。

沈挽情赶到的时候，风谣情被重击冲倒在地上，好不容易才捂着小腹撑着身子爬起来，鲜血顺着指缝直往外淌。

太守夫人明明刚才才被谢无衍拧断了骨头，此刻却跟没事人一样，骨头全部接了回来，只是整个人像被拧了一圈一样，骨节全都错位，姿势狰狞。她的指甲变得长而尖锐，上面还沾着些血迹，看上去都是风谣情的。

看来，是有人施了些邪术，才让她变成了这副样子。

风谣情咳嗽一声，呛出一口鲜血。

"风姐姐！"沈挽情准备去扶她。

"别过来！"风谣情一看见沈挽情，扯着嗓子喊了句，让她不要靠近，"你去找纪飞臣，别靠近了。离得近了会伤到你。放心，我还能应付。"

沈挽情看了眼风谣情煞白的脸色，看出她在说谎。

"丁零——"

不知道是不是错觉，沈挽情似乎听到了一阵若有若无的铃铛声。

然后在下一秒，太守夫人的眼睛变得血红，眼白都消失不见，她一撑地，腾身而起，伸出利爪朝着风谣情的喉咙袭去。

风谣情果断翻身，念起剑诀，用剑背挡住了这一击。

两人僵持着，瞬间炸开一道白光。

风谣情嘴角不断渗出血迹，却还是不肯念任何攻击的咒术，只是

---

① 英文词汇，在网络、游戏用语中，使该词词意引申为名词用法，意为增益。此处可理解为"增强的效果"。

235

反复地念着镇压咒。

太守夫人身上那几道黄符疯狂地振动着，伴随着她痛苦的尖叫声，似乎在和她体内那股邪术疯狂地产生排斥。

"丁零。"依旧是铃铛声。

明显，风谣情的修为落了下风，她咳出一口鲜血，就连剑也稍微颤抖了一下，似乎快要抵御不住了。

沈挽情皱眉。

她抖了抖衣袍，两道黄符贴着风画出一道弧度，落在了太守夫人身上。

她闭眼念咒，手腕轻振，顿时，那符咒就燃起火。

这是在玄天阁时，她缠着纪飞臣教自己的，非常容易学会，而且贴合她自身对火属性的吸引力，是一个极其简单的攻击类咒术。

"等等，不要！挽情，别念！"

风谣情一怔，将牙一咬，震开了那两道黄符："挽情，如果太守夫人的躯体受到重创，那就再也救不回来了。"

沈挽情头疼，按照风谣情的性格，即便是她自己死，也不会容许无辜的人丧命。

话音刚落，太守夫人又一次猛击，硬生生地将风谣情的身体撞了出去，紧接着便蓄力前冲，凌厉地朝她心口掏去。

警告！检测到女主角发生危险，危及生命，请宿主警惕！

"扑哧！"

鲜血顺着那锋利的指甲尖，一滴滴地淌了下来，溅落在地。

风谣情瞳孔微缩："挽情！"

沈挽情皱了下眉，痛得几乎说不出来话。那尖锐的指甲穿透了她的肩膀，扎得并不算特别深，只是仿佛有一股冷流在她骨缝之间窜动，格外阴冷。

太守夫人一边"吱吱"地发出怪声，一边加大了手上的力度，利爪似乎往里更加深了。旁人看着变化不大，沈挽情却能格外清晰地感觉到陡然加大的疼痛。

她双膝一软，跪在地上。

风谣情眼睛一闭，立刻念起咒术。

但不知为什么，太守夫人身上的力量涌动，俨然突破了一个层次。她双目在一瞬间变得更为赤红，似乎要作势将沈挽情的整个身体撕碎。

就在这时，周围陡然一道劲风，裹挟着风沙而来。

沈挽情还没反应过来，就看见一道漆黑的影子凌厉地从天而降，带着阴冷的气流，几乎是在他落地的一瞬间，血光漫天。

太守夫人的右臂硬生生地被那道蛮横的力量震碎，带着浓重的血腥味。这绝对是让人看一眼就会做噩梦的画面。

谢无衍甚至没有给出让人反应的时间，就这么将一整条胳膊震得连块完整的骨头都找不到。

没了这股力支撑，沈挽情整个身体往后一倒，却被谢无衍捞了起来。

"疼吗？"谢无衍问。

"疼。"

"活该。"

谢无衍语气很差，抬眼扫了下旁边倒在地上反复翻滚的太守夫人，将眼稍眯了下。

"等等，谢公子……"风谣情撑起身，"留她一命吧，不然……"

"风姑娘，"谢无衍说，"你得庆幸今天没人因为你那善良丢了性命。"

风谣情闻言，眸光稍动，垂下眼，神情中全是自责："抱歉，我不知道事情会变成这样……"

她按住小腹的伤口，艰难地站起身，似乎是准备过来查看沈挽情的伤势。

这时，纪飞臣几人也终于赶了过来。

一群人提着灯闹哄哄地围了过来，见到眼前这血腥的场景，有不少人吓得往后退了几步，发出干呕声。

"阿谣！"纪飞臣连忙收了剑赶过去，一把握住风谣情的胳膊，将她往自己身前一拉，"抱歉，我来晚了，让我看看你的伤。"

风谣情将身稍转，摇了摇头："去看看挽情吧，她比我伤得重。"

纪飞臣转头，这才看见沈挽情，松开风谣情的手，赶忙靠了过去："挽情！怎么回事？怎么伤成这样？"

谢无衍眼眸中的冷意清晰可见。

风谣情望着面前的人群，眼眶微微发红，却偏过头，一句话也没说。

系统提示：女主角对宿主的防备指数成功清零，请再接再厉。但额外提示，男女主角亲密度减5，现阶段亲密度76！请宿主注意！

疼得快昏过去的沈挽情气得差点儿骂人。

她算是明白了，这个系统根本没有心！

兴许是看出沈挽情是真的很疼，谢无衍非常干脆的一记昏睡咒，让她睡了过去。

"夫人！夫人怎么变成这副样子了？"终于有胆大的下人靠近，却始终不敢伸手去扶。

"我来。"

纪飞臣的修为更高，镇压咒效果明显更好，但还是隐隐约约产生了几分排斥。

何方士连忙赶了过来，帮忙让发狂的太守夫人安静了下来，他皱了皱眉："这到底是……"

谢无衍突然开口打断，抬眼，目光慢悠悠地掠过每个人的脸：

"纪公子，你说这活人收集人的魂魄，多半是为了什么？"

纪飞臣一愣："的确有通过吸收、炼化别人的魂魄来提升自己修为的邪术，不过这种邪术往往会反噬修炼者自身。除了这个用途，还可以……"

"复生。"风谣情同他几乎不约而同地开口。

这句话瞬间点醒了在场的所有人："谢兄，你的意思是……"

"我的意思是，这件事无聊得很，我原本不大想管。"谢无衍垂眼轻轻扫了眼怀里的沈挽情，突然笑了，将声音微微拖长，"但没想到，有人逼着我管。"

三十九

谢方士眸色阴郁，双手不断地颤抖，眼眶通红，目眦欲裂，整个人如同修罗一般散发着可怕的气场。他压低声音，让周围的人都不寒而栗："放心，我会让伤害你的人偿命。"

他站起身接着说："我一定要找到这位幕后黑手，生扒了他的皮……"

"好了好了。"沈挽情连银耳汤都没心情喝了，放下手中的碗，打断了江淑君声情并茂的朗诵。

原本只是随口问了句："那天晚上我昏过去之后发生了什么？"没想到江淑君现场给她安排了一段言情小说，她甚至怀疑自己之前看过的《迷情绝情谷》是江淑君开小号写的话本。

江淑君笑眯眯地说："虽然有一点点夸张成分，但是谢公子看上去，真的很喜欢你呢。"

沈挽情被一口银耳汤呛在嗓子眼，咳得眼泪都快出来了。

谢无衍喜欢她？

连开个小玩笑都要气上一晚上的人会喜欢她？

但自己撒的谎,含泪都要承认,于是沈挽情艰难点头:"那确实。"

"我听说纪大哥是你的兄长,"江淑君若有所思,"所以,难道就是他不允许你们在一起?"

等等,这是什么奇怪的逻辑?

江淑君边说着,边义愤填膺道:"没想到纪公子居然是这么狭隘的人,连妹妹的亲事都要管。"

沈挽情试图解释,但发现自己根本拦不住一个小说创造者的发散性思维,于是整个人生无可恋地瘫坐在床上放弃挣扎。

她是彻底喝不下银耳汤了,只能心情复杂地放下碗,但立刻又想起什么,问道:"对了,除了最近这件事,之前这满月楼有没有和人结下梁子?"

"之前?"江淑君想了想,"其实吧,自从满月楼不在太守夫人娘家名下之后,就没再出过什么大事了。据说新楼主是个挺漂亮的女人,又会做生意,又左右逢源,基本不同人结梁子。"

"听你这话,新楼主没来之前,应该是出了不少事?"

"那确实。"江淑君说,"之前满月楼没这么有名,就是个普通的青楼,太守夫人家又不怎么管这块地方。当时的满月楼对楼里姑娘也不大好,毕竟是被爹娘或者人贩子卖到这里来的……"

话说到这里,她顿了顿,眼神有片刻的落寞。

江淑君也是被父母卖到青楼的人,难免有些共情。

沈挽情没说话,只是轻轻地拍了拍她的手。

江淑君强颜欢笑般地摇摇头,继续说:"除了这些,大多都是些孤儿什么的,平日里不是被打就是被骂,随便客人折腾。我听人说啊,当时有不少姑娘都被那些客人活生生折腾死了。"

"死了?"沈挽情一怔,"有哪些个?"

"太多了,一年下来,这样的事情得发生好多次。"江淑君叹了口气,"那些姑娘也命苦,多半是草席一裹就往荒郊野岭一丢,反正也没依没靠,谁死了也不会被在意。"

240

"我明白了。"沈挽情若有所思。

江淑君："好了，我也不打扰你了，这些天你就按照凤姐姐的吩咐好好休息便是。"

说完，她拂了拂裙子，准备离开，结果一拉开门，就听见"咣啷"一声。

"徐公子？"江淑君惊讶道，"您怎么在这儿？"

在门口偷听的徐子殷被抓了个正着，但还是伸长脖子往里瞅，嘴上说着："啊，我是来探望……"

"沈姑娘睡了。"

"可我刚刚还听到她的声音！"

"那是在说梦话。"

"你骗人！"

就这样，两人拉拉扯扯地离开。

徐子殷在发现江淑君有写东西的才华后，便天天缠着她教自己写情诗，但是他在这方面实在没有天分，太守看了几篇之后，连夜派人收走了徐子殷房里的所有笔墨纸砚，非常诚恳地建议他不要再搞创作了，就待在家里啃老。但这并不能打消徐子殷的创作激情。所以他开始每天偷溜到江淑君的房间，两个人关上门和窗，偷偷摸摸地学习写诗。

在知道她的遭遇之后，徐子殷便大手一挥，留她在府上并拜为师。

沈挽情觉得江淑君有点暗恋徐子殷，毕竟他长得有点帅不说，还非常捧场，每天都夸她小说写得好看，甚至都忽略了自己在里面是个恶毒男配角。

但是江淑君不但不承认，还气得从此以后再也不给沈挽情送糕点吃，并且大手一挥，在《我和我的救命恩人》这本小说里删减掉了她大量的戏份儿。

沈挽情合理怀疑江淑君是在害羞。

但是她还是很感谢江淑君删减掉自己的戏份儿。

挺少有人记得太守原配的真名，大多都是喊她"绣娘"。听说绣娘人长得很漂亮，绣活儿也做得精致，所以大家就这么"绣娘绣娘"地喊她。

绣娘和自己那个当猎户的爹相依为命，后来同还是穷书生的太守拜堂成亲，没有要一分钱的彩礼，做刺绣还熬坏了一只眼睛，攒了钱来给太守，送他去考试。

后来一个雪夜，绣娘的爹为了给刚生完孩子的闺女补补身体，一把老骨头了还上山去打猎，结果一脚踩空，从山坡上滑了下去，当场就没了命。

绣娘等不回来自己的爹，家里也没个人帮衬，只能自己提着灯笼上山去找，找了一晚上，只找到已经盖在雪下完全冰冷的尸体。她坐在尸体旁边哭了很久，然后站起身，一点点地将爹的遗体搬回去安葬。但她身子虚，一个人背了许久，走走歇歇，然后，在半山腰，发现了个还剩一口气的道士。

如果任由他在那里躺着，随时可能丧命。

绣娘想了很久，最终还是不能眼睁睁地看着活人就这么死在自己面前，于是冲着自己爹的遗体磕了头，将道士先带回了家，等折回去找的时候，才发现父亲的遗体已经不见了，兴许是被狼叼走了，又或者是被暴风吹下了山。

谁也没见过这道士，听说病一养好，人就走了。

村里人嘴碎，骂绣娘傻，自己爹的遗骨都不管，救了个陌生人，还讨不到半点好。

绣娘只是笑。

后来一天早上，绣娘将儿子托给邻居家的婶子照顾，自己上集市去卖绣品，结果一去就没回来。没人知道她去了哪儿，有人说是跟男人跑了，享福去了，也有人说可能是一脚踩空跌进了湖。

后来太守带着人回到了村子，将容城上上下下找遍了，都没找到绣娘，于是只能带着儿子回到京城。

这些，就是纪飞臣一行人赶往太守原配夫人所在的村子后，打听出来的消息。

风谣情琢磨了下这个故事，皱着眉道："你说，这绣娘救的那个道士，会不会是何方士？但既然是他的话，为什么要向太守举荐我们？"

"或许因为，我们这群人里，有他感兴趣的人。蚀梦妖一除，不过几日我们就会离开这里，所以他得制造出些动静，找理由把我们都留下。"纪飞臣说，"或许，他是为了挽情。"

远在太守府、坐在床上啃桃酥的沈挽情打了个喷嚏。
她总觉得闻到了工具人的味道。

夜里风大，茅屋原本就破烂，被风这么一刮，屋顶上的稻草整整齐齐地被掀开了一块。

屋子里充斥着浓郁的死气，隐约闪烁着微弱的火光。蜡烛被整整齐齐地摆成一个阵的形状，阵的中心放着一枚玉佩，通体透亮，隐约可以感到灵力涌动。

何方士就坐在那儿，带着一身的酒味，头靠在椅背上呼呼大睡，看上去吊儿郎当的，压根儿没个正形。

风从窗户缝里蹿了进来，吹得烛火晃动了几下。

何方士睁开眼："我很久没用过血鹤了，但早知道您今晚会来，所以特地做了两手准备。如果我一死，这血鹤就会飞出去，到时候天道宫和全天下的人，包括跟在您身边那几个修士，都会知道您在这里。"

谢无衍手搭在膝盖，坐在窗台上，手里有一搭没一搭地抛着一粒石子。"是吗？"他语气听上去无所谓，反而自嘲般地笑了声，"然后呢？"

天道宫的修士有自己的一套学术。

旁人看不出，谢无衍却能很明确地分辨出天道宫的人施法时同其他门派弟子的区别。

243

"昨晚那句话，我听出来谢公子是在警告我。"何方士笑了声，坐直身子，"但巧的是，虽然我没见过您，但我知道封印咒是什么样的。锁心咒和封印咒的形态看上去的确一致，但纹路走向完全不一样。"

谢无衍抬眼。

"昨晚您救那小姑娘，太心急了，所以我一眼就认出您身上的封印咒。"

何方士走到他面前，揉了揉自己那乱糟糟的头发："谢公子其实本不用来这儿一趟，我听说那对道侣已经去了张家村，不用多久，也猜得出端倪。"

"但他们没有证据，所以他们八成会用沈姑娘引我露出马脚。"何方士眯着眼睛笑了，"谢公子，您说对不对？"

谢无衍看上去依旧兴味索然，礼貌性地听着何方士发表完一大通思想感情，然后敷衍地点了点头，接着将手一抬，干脆利落地掐住他的后颈。

的确，按照正常逻辑，纪飞臣他们很有可能这么做。

但谢无衍不喜欢拿沈挽情当诱饵，就算对她不会死这一事心知肚明。

明明可以直接解决的事情，他不喜欢太费周折。

何方士双脚离地，脸涨得通红。

他当然知道以自己的力量，拿谢无衍完全是无可奈何，但还是咬着牙，一字一句道："我、我知道，怎么找到孤光剑。"

孤光剑。

——曾经将谢无衍封印的那把剑。

四十

何方士的额角暴起青筋，气息微弱，但还是一字一句地艰难说道："天道宫……寻、寻了孤光剑数百年，派出无数弟子去打探线索。

你……知道的,如果让他们先找到,你会重新回到那个地方,一千年……一万年都不得超生。"

"的确是值得让人考虑的提议。"谢无衍看上去似乎是考虑了一下,但下一秒,扣住何方士脖颈的手骤然收紧,"所以呢?"

几近窒息的压迫感,让何方士再也发不出一个声音。他抬起手抠着谢无衍的手,几乎是用尽所有的力气,才模模糊糊地说出一句话:"到那个时候,沈挽情她也会死。"

"砰!"

谢无衍松开了手,何方士摔在地上,胸口剧烈起伏,大口大口地喘着粗气。他抬起头,死死地盯着谢无衍的眼睛,声音沙哑:"您比我还清楚,天道宫是绝对不会放过沈姑娘这样特殊的体质的。"

"如若他们拿到孤光剑,那天下就再也没有人阻碍他们做自己想做的事情。"何方士问,"我一死,血鹤就会回到天道宫,到时候他们一定很想见见沈姑娘,您说对吗?"

谢无衍蹲下身,伸出手扯住何方士的头发,拽起他的脑袋,看着他的眼睛:"你在威胁我?"

"是,"何方士扯起唇角,笑了声,"我在拿她威胁您。"

一句很没有道理,但出乎意料有底气的话。

这不是谢无衍第一次感到这么烦躁。

以前的他,从来都懒得听人说这么一通长篇大论的废话。

他连自己的死活都不在乎,又怎么会在乎别人的要挟?

然而此刻,他就这么盯着何方士看了许久,然后松开手,站起身,声音冷到极致:"你想要什么?"

"我需要足够强大的力量,需要足够合适的魂魄来祭祀,还需要一个体质合适的躯体,来容纳绣娘的魂魄。"何方士深吸一口气,"诚然,沈姑娘是最合适的。但谢公子,想必你也清楚,同行的那群人中,体质合适的不止她一个。"

从蚀梦妖被谢无衍除掉的那一刻起,何方士就已经放弃了沈挽情。他故意诱导所有人以为他是为了沈挽情而来，转移纪飞臣他们的注意力。然而他真正想要的，是体质同样合适的风谣情。

打从一开始，何方士就知道自己会暴露，但他不在乎这些，目的很明确，只要能得到自己想要的东西，拿什么来换都可以。

"然后……"何方士唇角浮起笑意，撑起身子，靠着墙，目光望向那烛火摆出的阵，轻轻开口道，"我要一个已经死掉的人活着。"

像个正常人一样活着。

何向生被绣娘捡到的那天，是个雪夜。

他原本没想过活着。

天道宫他回不去了，一身修为也废了大半，身上没半点值钱的东西，就连家人也早在几十年前被妖怪报复，全都死了。原本想着眼睛一闭见阎王，下辈子再过。但没想到，一睁眼，自己没死成，旁边还坐着个女人，点着一盏灯，眼眶通红地绣着帕子，一针扎下去，见了血，却没哼一声。

这是何向生看见绣娘的第一眼，同最后一眼一样，她是一个写满了温柔的女人。

"你说这绣娘真是傻，自家爹的尸骨都不管，捡回来个没半点关系的道士。这孤男寡女的成天待在一个屋子里，传出去，名声多不好听。"

"你们还没听说啊？她那丈夫在京城可是混得风生水起，那富甲天下的郑家还要招他做女婿呢，八成不会回来了。"

街坊邻居往往嘴碎，最喜欢三五个凑成一堆。村子不大，就这么几件事，被翻来覆去来回说。

绣娘好像从不在意。

何向生问过："那天你选择带我走，现在后悔了吗？"

那时，绣娘正坐在儿子床边，笑眯眯地拿拨浪鼓逗着他玩，漆黑的长发被随手盘了一个发髻，柔顺地搭在肩上，眉眼都是柔和干净的。

她头也没抬，语气温温柔柔的："我爹说过，人哪，做了一件事情就不要总去想后不后悔，值不值得，"说到这儿，她转头看着何向生，然后笑了，"而要想自己得到了什么。"

何向生愣了一下。

"至少我救了一个人，他还活着，"绣娘轻声道，"我是开心的。"

屋子隔音不好。

何向生每个晚上都能听见绣娘哼着歌哄孩子睡觉，让他想起自己在天道宫时总喜欢去的山泉底，水声流过，四周依稀听见飞鸟离枝和布谷低鸣声。

没有那么多的阴谋和猜忌，所有的东西都是简单的。

绣娘总会提起她的丈夫，提他冒着大雨去为嘴馋的自己买宽窄巷的桂花糕，揣在胸口一路跑回来，身上被淋了个透，但桂花糕还是热的。

"万一他真的同那郑家的女儿在一起了呢？"

"我当然会埋怨他。"绣娘垂下眼，绣着帕子，停顿了许久，然后摇着头笑了，抬起眼看着前方，突然开口道，"可是我真的好喜欢他，一想到或许不久之后就能见到他，就突然觉得这些都不算什么了。"

说到这儿，她转头看着何向生。

她明明笑着，眼梢眉尾却让人感到那么难过。

何向生："这不公平。"

"嗯，有时候喜欢上一个人，总会心甘情愿地为他做一些不公平的事儿，想想的确很难过。"

绣娘说："但我还是很想见他。"

后来，何向生离开了。

绣娘身上担子太重，他身无分文，总不能一直看着她操劳，再把原本就不太好的眼睛熬瞎。

但他走了以后，绣娘总会好心地留一盏灯，说兴许他哪天路过想进来喝一杯热茶。

后来何向生身体恢复大半,捉了些妖,赚了点钱,再回来时,却听人说起绣娘不知所终。她那衣锦还乡的相公拒绝了郑家的婚事,将容城上下都翻遍,也没找到她的人,最后在皇上几番催促下,才带着儿子回了京城。

何向生找得到。

他用了些法术,找到了已经彻底没了气的绣娘。

从满月楼丢出来的姑娘都会在这儿。

她看上去同其他人也没什么区别。

但原本那么干净的一个人,就这样被一卷草席卷着,这么赤条条、随随便便地被丢在了荒野,身体被野兽啃噬,身旁围绕着臭虫。

何向生将绣娘放进了锁魂玉,然后开始寻找那能让死人复生的秘术,后来从一邪道那儿得知,想要人死而复生,得拿无数生人的魂魄去养这一个死魂,一直得等到一个合适的躯体——能够承载这个魂魄的躯体。

他在天道宫门前跪拜,被收入正清师尊门下时,曾许诺过的证道誓言再不存在。

他会为了不重要的人去心甘情愿地做一些不公平的事情。

他总算拥有了同样的心情。

沈挽情在前往何方士住宅的路上,一直觉得右眼皮突突直跳。

小分队出动之前,纪飞臣没有找到谢无衍,于是只能留下口信,让人转达给他。

其实风谣情他们并没有开口让自己当这个卧底,人心都是肉长的,再加上沈挽情不久前才受过伤,两人自然不愿意让她再入险境。

风谣情想到的是,自己用易容术变成沈挽情的模样,然后去何方士的住处同他交谈,引他出手。

沈挽情原本是欣然接受的,但是系统不接受。

沈挽情觉得要和它讲道理："不带这样的，就算现代社会都还有工伤假期呢，奖金我都没和你算，你这怎么还让带伤上班？"

这不重要。

沈挽情算是明白了，这个系统压根儿不是什么女配角的金手指，而是完完全全为主角服务的。

如果她死了，系统会抽取下一位来完成任务。它们的目标只有达成最终的结局，至于过程和会付出怎么样的牺牲，全都不在乎。

沈挽情骂归骂，但还是得老老实实上班。

于是她从床上翻下来，非常真诚地捧着风谣情的手，用连自己都嫌弃的语气说："不，让我来吧，这样才能确保万无一失，我也想为那些枉死的人出一份力。而且我相信，风姐姐和纪大哥一定会保护好我的。"

演"白莲花"真的是世界上最困难的事情。

风谣情看着沈挽情的眼睛，似乎被她触动了。

"我明白了。"风谣情一字一句，非常坚定地说，"放心，这次，我不会让你再受到任何伤害。"

于是，工具人沈挽情被迫上岗。

按照计划，纪飞臣和风谣情在她身上搁了传声符和转移符，风谣情把自己保命用的千金锁交给了她。沈挽情看了眼面前破破烂烂的茅草屋，不禁感叹当今捉妖人的收入真的是让人泪目，然后才抬手叩了叩门。还没听到回应，门便"吱呀"一声打开，里头一片昏暗，虽然地上摆着烛火阵，但光线很弱，只照亮了一个角。

沈挽情走了进去，很冷，四周都弥漫着一股很深的阴气，让人不寒而栗。

虽然是在一片昏暗之中，但她还是能隐约看见一个漆黑的影子。

下一秒，那个影子瞬间逼近，扣住自己的脖颈，她整个人被一股巨大的冲击力往后一推，身体腾空而起，整个人就要撞在墙上。

沈挽情一阵惊叹。

何方士那个垃圾道士什么时候变得这么强了？！

而且现在的反派都这么高级吗，居然不发表一番获奖感言再动手？

这不是个合格的反派！

但是，意料之中的疼痛并没有袭来，在即将撞上墙的那一刻，沈挽情的后背被一只大掌扣住，随即她整个身子往前一贴，撞入袭击自己的那人怀中。

天旋地转，自己整个人好像被调了一个方向。

那人的后背撞在墙上，发出挺重一声响，就连扣在自己脖颈上的那只手也完全没有用力，转而护住自己的后脑勺。

透过一点薄薄的月光，她抬眼看去。

"谢、谢无衍？"

谢无衍："嗯。"

"你为什么……"

"别待在这儿，"他说，"这里会伤到你。"

下一秒，屋内的烛火在一瞬间燃起蓝光，中心的玉佩抖了抖，紧接着在一瞬间弥漫开一道道黑色的迷雾，十分有攻击性地向着一个方向袭去。

那好像是——

风谣情他们所在的方向？

四十一

那瘴气来势汹汹，瞬间撕裂成无数道利爪的形状，将风谣情死死地包裹住。纪飞臣撑着飞灵剑几进几出，抽身挡在了她面前。剑气汇聚成一道金灿灿的光，硬生生地劈开了这黑色的浓雾。

然而这股力量像是斩不断的触手一样，以极快的速度生长着，目标明确地朝着风谣情的方向袭击去。

"阿谣！"

纪飞臣皱眉，转身将风谣情紧紧地护在身前，那几道瘴气穿过他的身躯，他瞬间喷出一口鲜血，以剑拄地，撑开一道屏障。

"丁零零——"随着一道铃声，那些瘴气逐渐汇聚成人形。

"这是……生魂？"风谣情怔住，"那些在满月楼死去的人被抽取的魂魄，怎么都在这里？"

她仔细一看，发现这些魂魄每个都连着一根红色的线，所有的线汇聚在一起，一直蔓延到那黑雾的中心。

黑雾散开。

何方士站在那头，手里提着一串铃铛，稍微发出些声响，那些魂魄便如同恶鬼一般嘶吼起来。

红线的中点，聚集在他腰间的玉佩上。

"锁魂玉。"纪飞臣艰难地撑起身，认出那玉佩，"所以，你一直将这些魂魄困在锁魂玉中吗？"

"还差一个。"

何方士还是那副衣冠不整的样子，但看上去再没半点吊儿郎当的痞气。他盯着风谣情，向前一步，晃起手中的铃铛。

那些魂魄瞬间扭曲成一团。

何方士："风谣情姑娘，抱歉了。"

霎时间，那些魂魄如同疯了一样喊叫了起来，一个个露出狰狞的模样，将身体当作大网般织开，朝风谣情的方向冲了过去。而就在这时，从远处飞来几道符咒，燃着火朝着那几道魂魄的方向贴去，凭空烧出一道界限，将那些魂魄逼退了几分。

"纪大哥！凤姐姐！"

沈挽情在风谣情身边落下，因为伤口撕裂，皱了下眉，险些没站稳。

谢无衍捞了她一把，稳稳地扶住她的胳膊。

"这是……"

"他是冲着我来的。"风谣情语气平静，看了眼沈挽情，轻声问，"你没受伤吧？"

沈挽情摇了下头。

她看了眼不远处的何方士，又掂量了下刚才自己那道燃烧符的作用，心里有了些判断："他看上去有些亏损，这些魂魄虽然多，但如果打碎那块玉……"

"不能打碎。"风谣情说。

何方士笑了声，说："风姑娘，也不是不能打碎，但这样一来，这些魂魄将会永远没有转生的机会，彻彻底底地魂飞魄散。玄天阁掌门之女，会这样做吗？"

风谣情捂住小腹，死死地盯着何方士的方向。

她前段时间被太守夫人伤及腹部，伤口没有完全恢复，此刻彻底被撕开，血直往外冒。

纪飞臣的确有能力碎掉那块玉，却迟迟没有出手，只是一味防御和退让。他退后几步，对谢无衍说："谢兄，带她们二人离开。"

"想走？"

何方士低低地笑了起来，一掌拍在自己的胸口，咳出一口血，喷在那玉佩上，殷红的血液渗透进那玉佩中。

那些魂魄在一瞬间变得更加失控，力量也陡然变得蛮横。

"他将他的命同锁魂玉连接了因果线。"纪飞臣皱眉道，"如果他死了，锁魂玉中的生魂也会消失。"

"还有一个办法。"

风谣情开口，声音清冷，脸上没有任何表情，甚至没有给任何人反应的机会，挥剑割开了他撑出来的屏障。

那团黑雾攻击目标明确，一瞬间涌了进来，如同缎子一般将风谣情紧紧锁住。她闭眼，用内功逼着自己咳出一口鲜血，喷在那漆黑的雾气上。

血顿时顺着那黑雾蔓延开来，如同经脉一般一直汇聚到玉佩中。

"阿谣！你在做什么？！"

纪飞臣见状，立刻举剑去斩那黑雾，却硬生生地被撞开。

警告！警告！危险警告！

沈挽情一怔，随即立刻伸出手，握住风谣情的胳膊，试图将她拽出来。

"退后，挽情。"风谣情说，"既然何方士想要我的魂魄来做引，那正好，让我进去这锁魂玉中，斩断他同内部的连接因果线。飞臣，你乘机杀掉他。"

"不行！"纪飞臣打断，"你当这锁魂玉里是想出就出……"

"总得试试。"

风谣情："毕竟，我是为了救人才来到这儿的，而不是为了杀人。"

沈挽情看着她。

是了，这就是一梦浮华给予这些主角的设定——无论对任何人、任何事，无论是十恶不赦的恶人，还是已经死去的亡魂，只要能救就要牺牲自己去救的善良——无条件的善良。

所以他们会放过玄天山下的村民，会对理所应当的恩惠不予接受，会宁可自己死也要让那些亡魂得到转生的机会。

这是属于书中主角的设定，作为推动整本书的角色，正常人都会拥有的任何私心都不能拥有。

沈挽情突然在想，原著中两人悲剧的原因，到底是因为那些永远牵扯不清楚的女配角，还是因为男女主角从一开始，就是为了牺牲而设定出的角色。

她想不通。

她没放开风谣情的手。

253

风谣情转头看着她,轻声喊:"挽情。"

"风姐姐,我不劝你不要做任何事情,但我想劝你,"沈挽情看着她的眼睛,每个字都说得很平静,"好歹也……也稍微考虑一下怎么为了自己而活着啊。"

风谣情愣了一下。

沈挽情松开手,深吸一口气。

说教是说教,但她不能让风谣情死。

她指尖聚起一小簇火花,轻轻抵住自己的胳膊,下一秒,似乎就要划破,而就在这时,她的后背突然被拍打了一下,随即,她便无法动弹——定身符。

"我是不是和你说过,不要用烧血之术?"

风谣情看着她,然后将眼一弯,轻轻地笑了:"也不能总让你冲在我前头,我可是向你承诺过的。"

"不过,我好像突然能够明白,为什么飞臣这么疼你了。"随即,她抬眸看向谢无衍,"谢公子,劳烦你看好她了。"

说完,风谣情转过头,垂下眼帘,似乎轻轻说了句:"下次再考虑吧。"

紧接着,那股巨大的力量牵扯着,仿佛将要一点点把她的魂魄扯出体内。

纪飞臣阴沉着一张脸,就连握剑的手都在颤抖。他抬眸,眼神头一次这么冰冷,直直地望向何方士的方向,然后将牙一咬,提起剑朝着那边走去。

系统的警报声在沈挽情的脑袋里反反复复,尖锐而又刺耳。

沈挽情无法动弹,只有指尖可以勉强活动。她攥紧拳头,内力在五脏六腑以及经脉、指尖涌动,双眼紧闭,眼睫都在轻颤,似乎想要冲破定身符的束缚,但始终能感觉到一道屏障,她用力想要撞破,就会感受到全身上下有一股仿佛要被撕裂般的疼痛,痛得让人不由自主地往回退缩,收敛起那股灵力。

"这么想要救她？"谢无衍的声音。

但沈挽情无心应答。

她闷咳一声，唇角渗出鲜血。

谢无衍："我明白了。"

沈挽情感觉到身边的气压陡然发生变化。

等等……她睁开眼。

谢无衍身上的封印咒稍稍蔓延，这是……如果谢无衍在风谣情乃至天道宫弟子面前暴露，他们一定会想办法趁着他没有完全恢复的时候，想尽办法杀死谢无衍。

不行。

沈挽情想要阻止，身体却无法动弹，灵力在体内横冲直撞。

她一咬牙，索性不在乎那些痛苦，将那道屏障彻底冲破。

疼，仿佛整个身体都要被撑开的疼，定身符被撞开，落在地上。

甚至来不及痛喊一声，沈挽情伸出手，握住了谢无衍的胳膊，声音颤抖："不要。"

谢无衍转头，露出错愕的表情："你……"

下一秒，沈挽情身子一软，整个人朝前一倒。

谢无衍伸手接住她，将她揽到怀中。

沈挽情将头搁在他的肩上，声音有些发虚："你这人怎么这么不聪明啊，总用这自寻死路的方法？"

谢无衍扣紧她的脊背，眸色沉沉："你做什么？"

"我先声明，虽然你这人平时里总是有床不睡，跑到我房间来占位置，脾气也不好，动不动就威胁人，还念我的珍藏版话本，害得我都不好意思继续看，并且吃我的小兔包还嫌难吃，嫌难吃就算了，还不让我吃。"

沈挽情缓了口气，然后支棱起脑袋开始了今日份说教："除这些以外，你人还不错，所以我也不是很想让你被抓走，所以你能不能稍微照顾一下自己，不然会很容易暴露的欸。这样很不专业，我一个纪家人都比你会鬼鬼祟祟。"

在叭叭叭地叨叨一堆意见之后,沈挽情又没气似的耷拉下脑袋躺了回去,继续一副元气大伤的样子,顺便发表了一下病患感言:"啊,好疼。"

谢无衍的眸色沉不下去了,在一瞬间变成了无奈。

他只有一个疑问,沈挽情为什么长了张嘴?

不过沈挽情没忘记正事。

风谣情的魂魄几近离体,纪飞臣在同何方士缠斗,谢无衍在抱着她撸猫似的顺毛。

毁掉玉佩,那些生魂都会魂飞魄散;不毁掉玉佩,风谣情会死——的确是很难的抉择。

沈挽情思考了整整半秒,艰难地做出选择,决定毁掉玉佩。

她现在的修为,不需要找到利刃,就能聚集起周围的空气形成锋利的气流,仅仅是在一瞬间,她就划破了自己的胳膊。

谢无衍眸色一寒,喊了她的名字:"沈挽情!"

"没事。"沈挽情额头上渗出些冷汗,她闭上眼,"我知道怎么控制。"

她的领悟能力一直不差,特别是在玄天阁的那个晚上,谢无衍曾经教过她怎么去引导这部分力量。

要学会支配,而不是被支配。把这股力量想象成不断延伸的藤蔓,所有的分支和走向,甚至连藤蔓上开出的血色花,都是自己能够控制的。那不该是凌驾于自己之上的能力,而是属于自己身体中的一部分。

沈挽情找到了窍门,这次的确没有像前两次那样失控。

但是,还是疼,呜呜呜……

谢无衍似乎看出了她的痛苦。

他垂眼,伸出手按住她的胳膊,不动声色地输入了些许自己的灵力,顺着她的脉络去引导那股力量。血液溅开,撕扯成一道血光,径直袭向佩戴在何方士腰上的玉佩,几乎是在一瞬间,来不及让任何人反应。

何方士瞳孔一缩:"这是……烧血之术?"

他飞快地往后退让,却避闪不及:"不,不!"

"砰!"

红光碰撞,灵力剧烈波动,硬生生地将风谣情的魂魄撞回躯体里。

在那一击即将要了何方士的命时,玉佩陡然生出一道强光,颤动两下,然后在一瞬间,从里面飘出一个青色的身影,硬生生地挡开了这一击。

锁魂玉通体发着白光,闪烁着飘浮在空中。

那青色的虚影逐渐清晰,漆黑的长发随着衣袍上下翻飞。

是一个女人,同徐子般有几分相似的女人,将温柔写在脸上。即使是在这样的场合,她也只是安安静静地看着沈挽情的方向,目光镇定而有力量。

那团汇聚在一起的黑雾顿时散开成一道道魂魄,脚底下的红线闪了又闪。

沈挽情睁开眼,突然停下了自己的动作,血光也逐渐消失,归为平静。

玉佩并没有碎,何方士也没有死。

"绣娘!"何方士难以置信地喊出这个名字,声音有点哑。

从绣娘的魂魄进入锁魂玉以来,这是第一次,她活生生地出现在他面前。

绣娘没有说话,只是低下头,抬起了手。

她手中攥着一团红色的因果线。

风谣情撑起身,纪飞臣连忙赶来扶起她,将她一把揽入怀中。

"等等,"何方士眼眶通红,挣扎着想去抓那些线,"不要!不要松开……"

绣娘冲着沈挽情笑了,然后将手一松,那些线立刻四散开来,从手中脱落,随即像灰一般,被吹散在空中。

沈挽情站直身，同绣娘对视。

绣娘张了张嘴，似乎说了些什么，旁人却听不到任何声音。

下一秒，她毕恭毕敬地向沈挽情行了个礼，接着轮廓逐渐变得虚幻不清。

她转头，看着何方士，然后将眼一弯，像许多年前第一次见到他时那样，温柔地笑了起来，接着，彻底散开。

何方士捧着那锁魂玉，一个七尺男儿哭得无比狼狈。

"她自己选的。"沈挽情说，"在我的血碰到锁魂玉时，我听到了她的声音。"

何方士抬起头，一双眼里全是血丝，就这么盯着沈挽情，等着她接下来的话。

"她说：让我走吧。"沈挽情说道，"她愿意亲手斩断那些因果线，给亡魂一个可以转世重生的机会……"

何方士："你骗我。"

"我还没说完。"沈挽情看他一眼，淡淡道，"还有，给你一个能够活下去的机会。"

这句话，仿佛彻底戳中了何方士的软肋，他在原地呆滞了半响，随即跪在地上，头叩着地崩溃地大哭。

沈挽情稍顿了下，却还是继续说道："何向生，你想让她活，但你没有问过她愿不愿意这样活。"

何方士动了动，艰难地抬起头，看着她，但是这回，他比沈挽情先开了口，声音低哑："那是烧血之术，对吗？"

这句话一出，谢无衍眸光一愣，将沈挽情往身后一拉。

纪飞臣立刻起身，飞灵剑出鞘，抵在了何方士的喉间："你想做什么？"

何方士没有任何起伏，从锦囊中取出一只血鹤，下一秒，却瞬间让它化作了灰烬。

何方士说："放心，我早就不是天道宫的人了。只是没想到，原来你就是当年天道宫倾巢而出想要找到的漏网之鱼。"

沈挽情一怔:"漏网之鱼?"

"嗯,这就是十多年前那个雪夜,我半死不活地出现在那座山上的原因。"何方士看着沈挽情,缓缓道,"沈姑娘,因为你的母亲。"

这一句话,让所有人不约而同怔住。

纪飞臣:"你说什么?挽情的母亲?那她……"

"死了。"

何方士像在讲述一段完全同自己无关的故事:"被活生生逼死的,她刺穿了自己的心脏作为引子,将自己里里外外烧成了灰,什么都没留下。那是我所见到过的,最为强大的一次烧血之术。"

四十二

何向生在拜入天道宫门下的时候,曾经问过师父这样一个问题:"听闻百年以前,这天下风声鹤唳,各大世家门派明争暗斗,江湖上一片血雨腥风;现在一派祥和,天道宫功不可没。可是,究竟是如何做到这一切的?"

师尊说:"天下一同。"

不是"统",而是"同"。

将所有的强大力量和隐秘法术集中在天道宫手中,控制住其他门派和势力的发展。

没有希望,也就没有奢求。同样,就不会存在斗争。

"总要有人背负恶人的名号。"师尊说,"向生,你可知道千百年前人界是什么模样?冥魔乱世,而那些修士还为了自己的蝇头小利争得你死我活,那些寻常百姓又何其无辜?"

"然后呢?"

"天道宫的先辈们以身铸剑,以魂做火,这才有了孤光剑,才有了如今的天道宫。"师尊看着他,"你说,这天下人,同那几十、几百的牺牲者比起来，该如何取舍？"

"弟子……不知。"

"不是不知，而是没有人愿意做出选择，所以天道宫来选。"

这就是，他们亲手造就了谢无衍然后又毁灭了谢无衍的原因，也同样是他们将能够以血燃火一族的人拘禁在天道宫的原因。

"这些是天道宫，乃至于天下所有门派都无法控制的力量。"

天道宫不在乎拥有这些力量的人有没有想要搅弄风云的野心，只在乎是否有人拥有能够做到这些的能力。

他们不允许有任何能够动荡人界的力量存在。

只有天下一同，才能控制住所有的野心与争斗。

何向生在天道宫修炼了许久。

他看着无数通晓烧血之术的人被当作能够驱逐冥魔的武器，被一点点榨干身上最后一滴血液，最后再在后山留下一个坟头，立上一块写满功名的墓碑。

原本就稀少的族人，以惊人的速度消亡着，只留下一小部分被养在地牢里，作为血脉的传承者。

但没有人愿意这样活着。

生活在伸手不见五指的地方，胳膊、大腿上束缚着锁链，眼睁睁地看着自己的至爱亲朋一个又一个离去，每一块血肉都被当作煤块一般燃烧干净最后一点价值，除了脑海里那些回忆，什么都留不下。

死去的人没有好好活过，而活着的人，也会变成传承的工具，在留下可以延续的血脉之后，便会去重复自己逝去的族人们所重复的那些事情。

这样的生活过久了，活着都会变成一件痛苦的事。

族人们一个接一个死了：有的是心思郁结，旧病难医，无力回天；有的是不想屈辱地继续活着，选择了自我了断。

隐忍到极致必定会引起爆发。

终于有一日，幸存的人想要逃脱，冲破枷锁，发动了抵抗，火光在天道宫的上空盘旋了整整三日，一时之间死伤无数，场面惨烈。

沈挽情的母亲逃了出去，成了唯一的，从那场战斗中活着离开的人。

但这世上从来没有天道宫找不到的人。

当年，何向生就在抓捕沈挽情母亲一行人当中。直到今日，他还能十分清晰地记得那天的场景。

在绝情谷之中，那个向来看上去瘦弱而又安静的女人，不卑不亢地走到了长老们的面前，浑身鲜血，脊背却挺得笔直。

她说他们注定无功而返。

长老说："天道宫和你们的先辈们，都能放下个人小利，选择自我牺牲换取天下太平。你们这些后辈，难道要让他们史册蒙羞？"

女人突然笑了起来。明明是笑着的，神情却看上去那么难过。

长老说，她是死是活已经不重要，有异心的人，天道宫不会再留。天道宫要留下的，是她的女儿，那个从出生开始，便被赋予众望，很可能能够和百年前那屠戮人界的魔头相抗衡的女儿。

她说："你们带不走任何人。"

长老："这世上，没有天道宫带不走的人。"

她看着那乌泱泱的人群，眸中没有半点波澜，许久后扯起一个微笑，语气平和而又镇定："是吗？"

下一秒，她用灵力凝成一把巨大的剑，没有丝毫犹豫地贯穿了自己的心脏，那双琥珀色的眼眸没有半点闪躲。

她从来不怕死，而是怕自己的孩子往后一辈子都要像自己一样，为了死而活。

"那是我见过最为强大的烧血之术。"

何向生说到这儿，目光直勾勾地盯着沈挽情："那是你的母亲，用命和烧尽魂魄无法转世超生换的玉石俱焚。除我以外，活下来的只有三人。后来天道宫的增援到了，他们寻了几天几夜，没有发现其余

261

的生迹，于是笃定，你也死于那场烧血之术。"

"拥有烧血秘术一族的人覆灭后，天道宫不能承担导致烧血之术断绝的罪名，于是想要封住所有幸存者的口舌，但没有人比死人更能保守秘密。我逃了出来，剩一口气，在那座山上，被绣娘捡了回去。"

何向生的语气很平静，在场的人却仍然能感受到十多年前那段令人绝望的画面。

纪飞臣没有说话，只是抬手，轻轻搭在了沈挽情的肩膀上，无声地挡在她身前："放心，哥哥在。"

沈挽情的确一直疑惑自己这具身体到底拥有怎样的身世，突然知道了这一切，却不知该做何反应。

她不是"沈挽情"。按道理说，前尘往事，都应该和自己无关，但是不知道是不是之前总是能够看见当年画面的缘故，她并没有能够像自己想象中那样置身事外，而是胸口一阵阵发闷。

在安静许久后，她突然问了个连自己都摸不着头脑的问题："我的母亲……叫什么名字？"

"我从没听人提起过她的名字，"何向生顿了顿，"但她的族人，喊她'阿昭'。"

昭，那应该是光亮的意思。

不知道为什么，沈挽情觉得很难过，比自己想象中的还要难过。

谢无衍转头看着她，一双古井无波的眼神中，全是让人读不懂的情绪。他伸出手似乎想碰她，在半截却又收了回来。

风谣情忧心忡忡地看了眼沈挽情，似乎是怕她难受，伸出手握住她的手，然后转头看向何向生："所以，何方士，您是要告诉天道宫这个消息吗？"

"不，"何向生说，"我早已不是天道宫的弟子，告诉沈姑娘这些，只不过是有一个请求。"

"什么请求？"

何向生的表情在刹那间变得卑微起来,他用恳求的语气,声音沙哑地说:"我知道烧血之术能同魂魄进行感应,听到和看到旁人没办法知道的事情,所以我想知道……绣娘她,有没有什么话留给我?"

"话?"

沈挽情抬起眼帘,似乎是在回忆。

在触及绣娘魂魄的时候,画面像走马灯一样涌入大脑,乱糟糟地堆成一团,让人很难准确地捕捉到什么内容,有一个声音却逐渐清晰,一点点剥离开那些模糊的画面和嘈杂的声响。

"我有话要告诉他。"

绣娘的声音,温柔得像是山涧中的溪流,十分有穿透力。

"他应该离开这里,去更远的地方,自由自在的,不要再活在痛苦的回忆里,为了救我而活着。"

最后一个字说完的时候,何向生已经泣不成声。

他哭了许久,头发贴在脸上,浑身上下乱糟糟的,再没有半点修仙者该有的清朗样子。

许久后,他直起身,闭上眼,身子稍稍后仰。

"等等,他这是……"

何向生的灵魂仿佛和躯体逐渐分开,灵力在体内翻滚,魂魄以肉眼可见的速度消散开来。

"绣娘的魂魄在锁魂玉里待了太久,她又放弃了任何生魂的滋补,三魂七魄少了一魄,很难转生。"纪飞臣皱眉道,"他这是在拿自己的魂魄,去填补绣娘那少掉的一魄。"

在魂魄彻底离体的时候,何向生睁开眼,目光越过人群,径直看向谢无衍。

谢无衍也看着他。

何向生轻声笑了,一卷竹筒从他身上滚落,一路滑到了纪飞臣的脚下。

"这是……"

"孤光剑的下落。"何向生闭上眼,安静许久,突然开口,"但天道宫的先辈曾说过,只有一种力量,能够杀掉那位大人。"

"什么力量?"

何向生睁眼,看向沈挽情,安静许久。虽然他一个字没说,但周围的人都能领悟他的意思。

片刻之后,他的魂魄彻底散开,化作几道零星的亮点,逐渐被黑夜所吞噬。

"挽情。"纪飞臣转过身,在沈挽情面前俯下身,搭上她的肩膀,郑重其事道,"你放心,我绝不会将你交予天道宫的。"

沈挽情有些感动,但还没来得及发表一下自己的感恩言论,就被下一句话吓得险些灵魂出窍。

"我们会尽快找到孤光剑,然后将那魔头铲除,让天道宫打消拿你作为祭品的念头。"

然后纪飞臣还非常胆大包天地抬起头,和谢无衍进行互动:"谢兄,你说呢?"

谢无衍一副"我都行,你随意"的样子。

沈挽情瞬间从悲伤的情绪中清醒,一把扯过纪飞臣的胳膊,打断他的互动:"风姐姐看上去伤得很重,纪大哥,你还是尽早带她回太守府疗伤吧。"

纪飞臣觉得有道理。

考虑到他身上也有伤,一行人决定两两分组,纪飞臣带着风谣情走,谢无衍带着沈挽情走。

在看着神仙眷侣相拥着从自己面前飞走后,沈挽情转头,同身旁的谢无衍进行了一次"漫长的对视"。

她觉得很心虚,毕竟谢无衍前脚才帮了自己,紧接着何向生马上就指着她说"看哪,谢无衍,这就是以后可能杀掉你的人"。

她怀疑何向生就是想让她死。

她仔细回想，原著里谢无衍的结局也不过是被再次封印，没有被杀死，所以看来何向生这句话好像还有点可信度。

等等，难道系统选择"沈挽情"的原因，是因为知道"沈挽情"真的拥有能够杀掉谢无衍的力量吗？

沈挽情突然心情复杂了起来。

她并没有为自己这个强大技能感到开心。

她并不想杀掉谢无衍，完全不想。

谢无衍轻飘飘地开口："你……"

"我没有！"草木皆兵的沈挽情还没等谢无衍说完，就开始举手打断，"你放心，我这人胆子小，从不杀生，而且我已经把烧血之术戒了，太伤身体，谁用谁是小傻瓜。"

谢无衍看她一眼，然后无奈地抱起胳膊，歪着头用"你是不是烧坏脑子了"的眼神看着她："不杀生？"

"这不重要。"沈挽情非常理直气壮，"重要的是我端正的态度。"

"还挺会强词夺理。"谢无衍轻笑一声，转过身，没有念剑诀，腰间的剑却突然脱鞘而出，浮在了半空。

沈挽情立刻往后一跳，捂住脖子。

等等，这么果断地就要杀掉自己以除后患吗？

她决定再挣扎一下："我其实觉得我还有点用途的……"

谢无衍看她一眼："什么用途？"

沈挽情绞尽脑汁，发现自己好像真没什么用途，于是开始一顿念叨："比如，可以当抱枕，而且我肚子上最近长了块肉，手感应该更好了，要不然您再考虑考虑？"

该怂的时候就得怂。

沈挽情怂起来就跟只仓鼠似的，想方设法地将自己藏起来，然后装死不动弹。

谢无衍看她许久，倏地开口，声音清冷："过来。"

沈挽情深吸一口气，视死如归地磨磨蹭蹭走到他面前，耷拉着小脑袋,一副"你动手吧,我想开了"的悲壮表情。

谢无衍薄唇紧抿,面无表情地伸出手,然后轻轻地拿食指弹了一下她的脑门:"蠢不蠢?"

沈挽情捂着脑袋,抬起头,一双水眸盯着他的眼睛:"咦?"

"他说什么你就信什么?这么好骗?"谢无衍笑了声,然后转过身,停顿片刻,淡淡地说,"而且你想杀我是你的事情,和我有什么关系?"

沈挽情感觉有些不对,但好像是很正确的奇怪逻辑。

谢无衍却懒得再提这件事:"我数三声,再不过来,你就自己走回太守府。三——"

"等等等等,我来啦。"

一个音节还没说完,沈挽情就很有出息地蹿到了谢无衍面前,然后低头上下打量一下,牵出他的两条胳膊,接着就把自己放在了他的胳膊上面,以一个公主抱的姿势窝在他身上,非常安逸地将头靠在他的胸膛上:"好了,我们走吧。"

谢无衍沉默了。

他一低头,正好就对上沈挽情那双望着自己,还眨巴眨巴的大眼睛,看上去非常无辜,甚至仿佛读出了"师傅怎么还不发车"的疑惑。

到底是谁有问题?

谢无衍声音带着些隐忍:"下来。"

沈挽情哽咽了,抱紧他的肩膀赖着不动:"你不能耍赖皮,不是说好数三下……"

"看到那把剑了吗?"

"看到了,我懂的我懂的,这是用来警醒我的对吧?"

"这是让你用来站上去御剑飞行的。"谢无衍咬着牙,"沈挽情,我没有准备抱你。"

这就很尴尬了。

番外　平行

第一世界

沈挽情在看一本霸道总裁小说，书名叫作"纯情秘书你别逃"。

在这本书中，单纯可爱的职场新人王小花刚进公司就成为大总裁张小刚的秘书，然后凭借善良活泼而又冒失的性格，成功引起总裁的注意，然后被霸道总裁强迫签下 VIP 情人的契约，从此开始了浪漫的爱情故事。

书中这样写道——

　　小花一不小心将咖啡泼在了总裁身上，她吓了一大跳，红着眼眶慌慌张张地拿起纸巾给总裁擦衣服。
　　总裁一把握住她的手，眉头稍皱，看着她的眼睛。那双如同小鹿般的双眼，一下子撞入了总裁的内心。

沈挽情："哇哦。"
学会了。
她非常认真地把这一行字摘抄在自己的笔记本上，顺带还做了个批注——

　　如何成为一个合格的霸总秘书——
　　1. 要会红着眼眶。
　　2. 学会冲咖啡。
　　3. 咖啡不能拿稳。
　　4. 甜妹小鹿眼妆。

做完笔记的沈挽情自信满满地合上书。

为什么沈挽情要做这个笔记呢？一切就要从她刚回国的那天说起。前几年，纪氏为了争抢家产斗来斗去，纪飞臣不想让自己妹妹掺和这些事情，于是送她到国外去读大学。

沈挽情大学毕业后，家里差不多也斗不动了，纪飞臣荣获家族商战大赛争斗总冠军，成为小说中标配的年轻有为、杀伐果断、英俊高冷的董事长。

这位董事长站稳脚跟的第一件事，就是把自己的宝贝妹妹沈挽情从国外接了回来。

回国第二天，纪飞臣拉着她去别人家里吃了顿饭，这家人姓谢，有钱有势，和纪氏一样在商界叱咤风云。沈挽情进了家门之后，发现谢家老爷子窝在沙发上看电视剧，哭得一把鼻涕一把泪，怀里还抱了只曼基康矮脚猫在撸。

沈挽情定睛一看《总裁的落跑小情人》，讲述的就是总裁和他的VIP情人之间虐恋情深的故事——精彩！

这可太让沈挽情感兴趣了。

于是，在偌大的谢家别墅里，保姆在兢兢业业地做饭，纪飞臣和风谣情在书房里和谢家人严肃地讨论着商业宏图，沈挽情和谢家老爷子窝在沙发上边看电视边抱头痛哭，还顺手从老爷子手里把猫偷了过来，边吸猫边抽抽搭搭。

"好惨，小情人好可怜。"

"呜呜呜……马上要被挖肾了，总裁怎么这样？"

"总裁也好惨啊，看他边磕头边红着眼眶边痛不欲生地挽回女主角，怎么这么狼狈？"

"活该活该，谁让他之前对女主角那么差。"

两个人哭了一晚上，连吃饭的时候都抱着碗边看边哭边吃，用一天的时间开二倍速看到结局。

结局十分虐心：情人黑化了，吞并总裁家产让他家破人亡；总裁

269

疯了，受不了打击，却发现自己还爱着情人，悲痛欲绝。

谢老爷子看了眼旁边哭得抽抽搭搭的沈挽情，然后一把拉过她的双手，紧紧握着，郑重其事地看着她的眼睛："小姑娘，你想不想当我孙子的女朋友？"

沈挽情觉得这样不妥："包办婚姻是陋习！"

谢老爷子觉得很有道理，于是退而求其次："所以我觉得你可以先从秘书做起。"

"不好吧，而且我都没有见过您的孙子，我才刚回国。"

"没有不好，我一看到你就觉得你这小姑娘很亲切可爱、善解人意，而且你只需要监督他一下就行，走走形式当个秘书而已，如果他对你图谋不轨，你可以随时打电话向我告状。"

"我觉得不太行……"

谢老爷指了指沈挽情怀里的矮脚猫："这只猫我上周才接回家，如果你喜欢，我忍痛给你养。"

沈挽情："好，我答应了。"

沈挽情——老猫奴。

为此，沈挽情就如何成为一个合格的霸道总裁秘书做足了功课。

入职第一天，沈挽情很紧张，特地起了个大早画好"纯情小鹿妆"，带上自己的攻略笔记，前往公司。

沈挽情进了公司之后，所有人都对这个新来的秘书很是好奇，一路上，都用一种带着些许探究以及怜惜的目光打量着她，就像在对她说"一路走好"一样。

老秘书领她进去的时候还提醒了："谢董的情绪阴晴不定，他不高兴的时候一定要赶快退出去，不然会惹大麻烦的。"

来了！性格阴郁孤冷的总裁！

果然，和电视剧男主角是一模一样的配置。

沈挽情："懂了！"

她敲开门进去，非常有礼貌地鞠了个躬："谢董好，我是您的新秘书。"

谢无衍眼皮都懒得抬一下，自顾自地签了几份文件："新秘书？"

直到这时，沈挽情才看清谢无衍的脸。真人比照片上还要帅一些，很好看，如果去演电视剧绝对能够一夜爆红，但是现在面前这位酷哥满脸写着"不好惹"，语气里自带轻嘲，很有压迫感。

但沈挽情还是得回答他的问题："没错，新秘书。"

谢无衍轻嗤一声："我怎么不知道我给自己挑了个新秘书？"

沈挽情："我没办法解释，可能这就叫作惊喜吧。"

好家伙，站在角落里等候的老秘书偷偷擦了把冷汗。这小姑娘说话怎么又软又理直气壮，让人根本没办法接。

一阵沉默。

"出去。"谢无衍说，"去人事部那里领工资，以后不要出现在这里，我不需要新秘书。"

意料之中了。

早已熟读霸总文学的沈挽情知道，这句话就是一切爱情的开始。通常女主角在这种情况下，只要锲而不舍地坚守岗位，就会通过自己的努力打动总裁的内心。

沈挽情答得非常快："好的我懂。"

于是，在老秘书瞪大眼睛、张大嘴巴的注视下，沈挽情非常乖巧地听话走了出去，然后非常自然地开始寻找自己的工位："打扰一下，我在哪里工作呀？"

老秘书提醒了下："沈小姐，谢总的意思，是不需要您在这里工作了，所以我们……"

沈挽情说："啊，我还是得留下来。"

老秘书："但是谢总会生气的，到时候一定会……"

"不用管他。"沈挽情这么说道。

老秘书吓得"虎躯"一震。不用管他？到底是多么嚣张的人才能说出这种话？

于是她善意地提醒了一下："是这样的，沈小姐，您可能不了解我们谢总，他平日里做事雷厉风行而且手段狠辣，关键还是谢家的嫡子，所以……"

"不要紧的。"沈挽情说，"我是关系户。"

沈挽情："对了，我的工位在哪里？"

老秘书："左手边的那个小办公室。"

沈挽情："谢谢哦。"

于是，在一群人的注视下，沈挽情抱着自己的文件箱，走向了自己的办公室，背影挺拔，在那一瞬间显得无比英勇。她没有回头，只留下身后一群人瞠目结舌、面面相觑。

怪事。

这小秘书怎么看上去比谢董事长还要像怪物一些？

沈挽情对此浑然不觉，坐在办公桌前，翻开自己的攻略笔记本，在"让霸道总裁瞧不起自己"这一行后面打了个钩——任务完成得很顺利。

按照剧情发展，下一项就是：在总裁嘲讽自己的时候，立下豪言壮语，让他刮目相看。

沈挽情觉得这一项很简单，但很快就面临一个问题。

因为自己是被谢老爷子塞进来的，公司根本就没给她分配什么工作，所以她现在没有任何事情可以干。

沈挽情觉得这样很不好，于是出门问了一圈："需要我帮什么忙吗？"

公司上下谁敢让沈挽情帮忙？

于是沈挽情没有为自己争取到任何任务。

但她觉得这样不行，如果自己什么都不用做，怎么给人留下积极向上而且阳光的美好形象呢？

她决定不要荒废时间。

于是她开始看美剧了。

吸血鬼的爱情故事。公司电脑屏幕很大，看得很爽，她揣着抱枕靠着椅子，边看边吃小蛋糕。

一直到有人站在她面前，挡住了她眼前的光。

"让一让。"沈挽情说，"你可以站在我后面，站在我前面会挡着光，我会看不清屏幕的啦。"

"在看什么？"

"男主角好帅，蓝眼睛小帅哥，谁看谁心动。"

一句话说完，沈挽情发现前面的人久久没有接话。

沉默，死一般的沉默，就好像周围的空气在一瞬间都变得冰冷。

沈挽情觉察到不对，缓慢地抬起头，对上那双无波无澜的双眸：谢无衍靠着桌角，抱着胳膊，懒洋洋地看着自己，脸上没有一点表情。

沈挽情沉默了一下，伸出手强装镇定地关上了视频页面，然后撑着椅子，一点点支起自己摊成一块的身子，站起身，礼貌鞠躬："总裁您好，总裁有什么吩咐吗？"

"你在做什么？"

沈挽情卡壳了一下，然后说："实不相瞒，我在学习英语。"

"我不是说过，不要出现在这里吗？"

"莫要强求。"

谢无衍觉得，这人不该来当秘书，应该去当相声演员。

其实他对沈挽情的来历很清楚。纪飞臣是个妹控，每次各种聚会上都会提到自己的妹妹，还非常自豪地给他们看照片，炫耀自己妹妹有多漂亮、多嘴甜、多可爱，顺便嘲笑那些没有妹妹只有弟弟的富二代。

纪飞臣的未婚妻风谣情也挺宠沈挽情的，时不时就托人给沈挽情留衣服首饰，还给她定制了几套知名设计师的衣服，有几位设计师甚至托了谢无衍的关系。

沈挽情的照片在这个圈子内流传度很广,这些都要归功于纪飞臣那个炫妹狂魔,其中知名度最高的,就是她抱着枕头犯困,但还是努力睁开眼睛看电视的日常照。

清纯、甜美、家世好,这对圈里那群富二代来说无疑是致命诱惑。

所以,在自家老爷子莫名其妙地给自己安排个秘书,一看秘书还是沈挽情的时候,谢无衍就知道,一定是老爷子又开始杞人忧天了。

原本谢无衍并不想陪人演戏,更何况对象还是个从小到大被娇养着的小公主。

对付这种小姑娘,一般说几句重话,让她吃一点苦头,她就会跑回家告状,压根儿就不需要自己费心思。于是谢无衍开启嘲讽模式:"所以,除了这些,你还会做什么?"

"倒咖啡。"沈挽情说。

"只会倒咖啡?"

"确实。"

因为霸总小说里只写了这一部分。

很好,很适合嘲讽。

谢无衍:"我们公司最不缺的,就是只会倒咖啡的人。所以如果你的价值只有这么多的话,今天就可以走人了。"

"那我还是很有其他价值的。"

"比如说?"

沈挽情:"我会说英语。"

你还在这儿首尾呼应自己刚才看美剧的事情是吧?

谢无衍向来在谈判上杀伐果决,能将对手逼得节节败退,却不知道为什么,拿面前这位看上去娇娇软软的小公主一点办法都没有。

沈挽情从头到尾没说一句狠话,甚至没顶嘴,却能让人无语。

谢无衍沉默了:"你大学学的是什么?"

沈挽情:"美术哦。"

谢无衍："行啊，那你去美术部当实习生，我的秘书不需要这些。"

沈挽情犹豫了一下。

她的确是想塑造个积极向上的形象，但问题是谢老爷子并没有给她额外的工资，"勾引"谢无衍这个活儿已经很困难了，额外的工作是得加钱的。

而且美术部实习生——像这种大公司里的实习生都是很辛苦的，但是她并不缺钱，像她这种没骨气的富二代一般都是不工作的啦。

于是沈挽情说："我不同意。"

谢无衍：你不同意？这到底是谁的公司？

谢无衍："你到底想做什么？"

沈挽情背出自己早就准备好的台词："想成为一个能够满足您一切要求、做事做到完美无缺、能够成功帮助谢董事长的尽职尽责的优秀秘书！就算有再多的困难，我也会努力克服，一定一定要成为让谢董认可的人！"

"'小白花'女主角面对霸道总裁时毫不退缩，立下豪言壮语，让总裁放在心里"的任务达成！

谢无衍沉默了一下，开口说："好，既然这样，我给你的第一个任务就是去美术部当实习生。"

沈挽情："我不同意哦。"

谢无衍心想：敢情你就背个台词？

这是谢无衍从未有过的失败。

一直到沈挽情下班回家，谢无衍也没能成功将她从自己秘书的工位上挪走。

这位小公主的确很不一样，说她娇气，确实也很娇气，毕竟是在纪飞臣的呵护下长大的，从没有遇到过任何挫折。即使现在跑过来装自己的秘书，浑身上下那被富养出来的气质还是显而易见。

就是这么一个本应该娇气的小姑娘，心理素质却异常强大。

谢无衍本来想给老爷子打个电话，让老爷子把人带走，但是深思

275

熟虑了一会儿,觉得就算支走了一个沈挽情,按照老爷子的性格,明天可能就弄来了个"王挽情""赵挽情"。

这么一想,他还不如就让沈挽情待在办公室里看美剧,至少乖巧,不给别人添麻烦。

但很快,谢无衍发现自己错了,沈挽情似乎给她自己定了些奇怪的指标,麻烦倒的确不怎么添,但是总会凑到他面前做一些奇怪的事情。

某个周五,沈挽情把自己的下周任务小计划混在文件里,不小心交到了谢无衍桌上。

周一小任务:
1.咖啡倒在谢无衍身上然后手忙脚乱地擦掉。
2.上班的时候气喘吁吁地赶过来,和谢无衍坐同一部电梯。

周二小任务:
1.在谢无衍面前被同事欺凌,红着眼眶咬紧下唇,默不作声。
2.在谢无衍面前一不小心摔碎杯子,然后割破自己的食指。

周三小任务:
1.摔倒在谢无衍身上。
2.在谢无衍面前扭到脚却还倔强地要去坐地铁。

周四小任务:
昨天坐地铁回家好累,今天放假看一天美剧。

周五小任务:

1．和谢无衍去参加宴会，并且成功成为他的女伴。
2．被泼酒。

周六小任务：
放假睡觉。

周日小任务：
放假睡觉。

看完这一系列计划清单的谢无衍沉默了，转头从身旁的单向玻璃看向隔壁那个小办公室。沈挽情正窝在椅子上抱着抱枕看言情偶像剧，哭得一把鼻涕一把泪，但就算抽抽噎噎，还不忘记提笔做笔记。

谢无衍不用想也知道沈挽情到底在做什么笔记。

下午，公司出了一条新规定：禁止在公司追言情剧。

虽然这条规定发布得莫名其妙，但沈挽情还是决定好好遵守规章制度，然后谢无衍就发现沈挽情改看《名侦探柯南》了，并且依旧做笔记。

事情变得复杂了起来，她看《名侦探柯南》到底会做出什么笔记？

很快到了周一，沈挽情的今日任务有：电梯偶遇，泼洒咖啡。

于是谢无衍提前一小时来到公司，但没想到沈挽情的毅力比自己想象中的还要坚忍，早晨六点半就开始在公司大堂的休息区里蹲点。

但"好景不长"，不到十分钟的时间里，谢无衍就发现她偷偷摸摸地打了三次瞌睡。谢无衍沉默了，下车走进公司，从呼呼大睡的沈挽情面前路过，按下专用电梯，等待电梯从三十几层缓缓降下。

公司前台拼命咳嗽，试图提醒蹲点的沈挽情。

终于，在电梯降到一楼的时候，沈挽情睁开了眼。

谢无衍走进电梯，在电梯门即将关上的那一刻，沈挽情从缝缝里侧身钻了进来，装出气喘吁吁的样子："谢董事长早上好。"

谢无衍："你再睡一觉就可以下班了。"

沈挽情："有道理，但我准备回办公室睡，不容易着凉。"她说完，还不忘掏出自己的任务手册，打了一个大大的钩。

谢无衍暗道：我怀疑你根本没有想要攻略我的意思，纯粹是在做日常任务。

进了办公室，沈挽情不忘初心，对谢无衍露出甜美的笑容："谢董，我给您倒杯咖啡哦。"

"我今天不喝咖啡。"

"果汁？"

"不喜欢甜的。"

"红酒？"

"我上班不喝酒。"

"那我给您倒杯温水。"

谢无衍："提醒你一下——"

"嗯？"

"我这件衬衫是私人定制的，七万五千元。"

沈挽情：奇怪，怎么好像被看穿了？

但七万五千元的衬衫，的确不适合被泼咖啡，沈挽情才不会为了完成任务花冤枉钱。

她深思熟虑了一下，离开办公室。

就当谢无衍以为她要放弃的时候，她去而复返，右手拿水，左手拿着毛毯，然后走上前，放下水杯，笨拙地给谢无衍披毛毯，但发现毯子总是往下滑，谢无衍还很不配合，于是"哎呀"一声，干脆把毛毯往他身上一裹。

被裹成木乃伊的谢无衍十分无语：你当我是个死人吗？

好了！大功告成的沈挽情满意地拍了拍自己的手，又开始了甜妹表演。"空调风太凉了，我担心谢董冻着生病。"说到这儿，她端起水杯,"老板,多喝热水……哎呀。"

水被泼在毛毯上,谢无衍沉默。

接下来,他欣赏了沈挽情的诸多表演:红眼眶表演,笨拙擦衣服表演,咬嘴唇委屈表演。

大概耗时一分半钟,沈挽情完成了自己今天的最后一项日常任务,将毛毯从谢无衍身上摘下来,接着潇洒离去,径直钻进旁边的办公室,打开电脑,开始美滋滋地继续看动漫。

谢无衍一言不发,叫了老秘书进来,阴沉着一张脸:"纪氏什么时候破产?"

周二。

今日沈挽情的日常任务是:被同事欺凌,摔碎杯子,割破手指。

谢无衍只有一个疑惑,这家公司有人会欺凌沈挽情吗?

她入职大半个月,虽然从来不惹事,平时里也挺招人喜欢,但浑身上下那股天不怕地不怕的霸王气质,简直比谢无衍更像大老板,就算是瞎子也看得出沈挽情的来头不一般。这种情况下旁人讨好都来不及,谁还会去欺凌她?

但很快谢无衍就知道人心到底能有多险恶了。

因为他从会议室回到办公室的时候,目睹沈挽情正在和同事小芳进行演练。

"对对对,你得这么推我一下。我看看哦……是的,就是这个方向,这样我往后趔趄几步可以刚好倒在沙发上。"沈挽情正在进行模拟演练,"两百块,不能再多了,因为我是小气鬼,我可以让你午休的时候来我办公室追剧,还可以睡我的单人床。你放心,谢无衍不让你来,我就找他爷爷告状!"

"来来来,我们对下台词……不行不行,你得再刻薄一点。"沈挽情声情并茂地念台词做示范,"你要说:'就凭你这样的人也想接近谢董?你也不照照镜子,你怎么可能配站在谢董身边?我劝你趁早死了

这条心，滚出公司吧！'

"对，这个时候我就很倔强地抬起头，双眸含泪地看着你。"

小芳委婉提醒："你演哭戏行吗？"

沈挽情："所以得提前滴眼药水。给，你帮我滴一下。"

两人正在手忙脚乱地滴着眼药水，在一旁的谢无衍便已经走了进来，三人面面相觑，陷入短暂的沉默。

小芳手疾眼快，啪叽一下轻推了沈挽情。

"哎呀。"沈挽情非常浮夸地后退几步，轻轻摔在沙发上，然后"呜呜"几声，楚楚可怜地抬起头，"你为什么推我？"

小芳熟练地背出台词，只是语气稍显僵硬。

轮到沈挽情接戏了，她眼眶通红，楚楚可怜："就算你这么说，我也……嗯……不会放弃……得到认可！"

怎么感觉有人忘词了？

谢无衍：你到底还有多少惊喜是我不知道的？

这样的记词水平，放在电视剧里第一集，她就会被霸道总裁打发走。

其实沈挽情也很为难，谢老爷子担心自己的孙子，隔三岔五就会问她进度如何。这份任务清单上也是她和老爷子共同商定的计划，对于沈挽情来说，这东西就跟家庭作业一样。不管质量怎么样，作业还是得按时交。

所以，在完成第二项"摔碎玻璃杯"作业时，沈挽情站在谢无衍的杯具陈列柜前沉默了。

她拉来老秘书问："哪一个最便宜？"

"左上角那个，一万四千八百元。"老秘书贴心地解答。

好吧，沈挽情回到办公室，准备牺牲自己一百七十四块三毛钱买来的珍贵杯子。所以，在谢无衍看到沈挽情端着一个粉红小熊爱心瓷杯来到自己面前的时候，再一次陷入了沉默。

谢无衍：我现在已经能承受住一切惊喜了。

沈挽情端起杯子："请喝茶。"

谢无衍："我只有一个要求，离我远点摔。"

沈挽情：怎么感觉有人识破了我的计划？

但她觉得谢无衍的意见的确可以考虑，于是找了个安全的位置，伸长手，啪叽一下，小熊杯摔在地上，四分五裂，一地狼藉。

现在该割破手指了——沈挽情看着一地碎片，陷入沉思，看了看碎片，又看了看手指，又看了看碎片，然后深吸一口气，蹲下身子，颤抖着伸出手……还没碰到碎片，谢无衍便一把拽住她的手腕，将她扯了起来："割破手就省略吧，我喊人来收拾，我可不想纪飞臣来找我麻烦。"

沈挽情："你是怎么识破我的计划的？！"

谢无衍："明天准备摔在谁身上？"

沈挽情："呜……"

"后天想成为我的女伴？"他笑了声，"准备用什么办法？"

沈挽情捂住嘴："没……"

"被泼酒？"谢无衍笑眯眯地问，"大小姐，谁敢泼你酒？"

他明明是在笑，却让人莫名地感到不寒而栗。他伸出手，慢条斯理地替沈挽情挽起脸侧的碎发，别在耳后，声音低低地说："大小姐，玩够了就回去吧，或者停下你的小动作，我没工夫陪你演戏。"

沈挽情解释："是这样的，我比较倔强。"

"大小姐。"谢无衍笑着揉了揉她的头发，说出的话却跟刀子似的，"你对我来说，没有半点诱惑力。"

欺人太甚！

这可是对沈挽情业绩能力极大的否定。

沈挽情的确被气到了。

她要潇洒走人。

谢无衍："我还以为你多有毅力呢……"

"别和我说话。"沈挽情说,"我现在就要去你家向你爷爷告状。"

沈挽情:"我还要在你爸妈面前哭鼻子。"

沈挽情:"我还会在我哥面前装出郁郁寡欢、被人抛弃、精神恍惚、食欲不振的样子。"说到这儿,她已经将自己的东西打包好,然后气鼓鼓地走到谢无衍面前,恶狠狠地竖起食指,"没想到吧,我没有诱惑力,但我恶毒。"

谢无衍:这女人是怪物吧?

沈挽情抱着东西正准备往外走,走到一半突然想起什么,折返回谢无衍的办公桌前,把他桌上五颜六色的便利贴搜刮一空。

谢无衍记得这些玩意儿是沈挽情来的第一天买的,美其名曰"用好看的东西才有好心情"。

现在看来,沈挽情这人睚眦必报,准备把自己留下的宝贵财产全部搜罗走。

于是,谢无衍眼睁睁地看着她——

从笔筒里抽走几只小动物笔,从文件夹里拿走她绘制的"动漫版谢无衍绝美画像",从键盘上扣下来键盘贴,从椅子上撤走爱心柔软靠枕,把盖在台灯上的少女心防尘布揭走。最后她站在椅子上艰难地去够吊灯的灯泡:"这个灯泡是我来这儿之后第二个星期自费换的,我特地找了有护眼效果的,现在也得还我。"

谢无衍看着她气鼓鼓的样子,又转头看了眼在一旁堆成一座小山的东西,稍稍怔了一下。

不到一个月的时间,她居然已经带来这么多东西了吗?

每一件看上去似乎都和这冰冷的办公室格格不入,但将这些都拿走之后,周围好像瞬间就冷清空旷了。

谢无衍看着站在椅子上摇摇欲坠的沈挽情,下意识地抬手扶住了椅背,声音微沉:"下来。"

"我不。"沈挽情说,"我叛逆。"

"下来。"谢无衍说,"把东西都放回去。"

"休想。"沈挽情叉着腰朝他竖起食指,一板一眼,"我虽然是富二代,但我小气。"

"我的意思是,"谢无衍有些别扭地说,"我好像的确缺个秘书。"

沈挽情愣了一下,抱着膝盖蹲下来抬起头打量着谢无衍:"你不赶我走啦?"

谢无衍:"暂时。"他皱了下眉,别过脸,"在没有找到合适的之前,你暂时可以留下。"

"那可不行,我很忙的。"沈挽情蹬鼻子上脸,"而且你刚才还那样说我,不给点好处,我可不会轻易留下来。"

"好处?"

"比如说,周五让我陪你去参加晚宴。"沈挽情说。

谢无衍没有说话。

"你犹豫了。"沈挽情立刻又是一副委屈的样子,再一次晃晃悠悠地站起来去拧灯泡,"果然,我还是要去告状。你不让我走,刚才还命令我,还不让我带走我买的东西,还压榨员工,侵占私有财产……"

"好了好了。"谢无衍揉了揉眉骨,"下来,我带你去。"

"好欸。"沈挽情瞬间喜笑颜开,从椅子上跳了下来,心满意足地将自己刚才拿走的东西重新放回原位——果然,还是得用委屈战术。

谢无衍觉得不对劲。

怎么感觉自己又被她牵着鼻子走了?

"哦,对了,提醒一下,我明天还是要摔倒在你身上的哦。"沈挽情将笔放进笔筒里,"扭脚坐地铁那个任务是为了让你心疼怜惜我,然后提出主动送我回家,但我不怎么想扭脚,所以咱们可以省略扭脚,你直接送我回家。"

谢无衍:"不要得寸进尺。"

沈挽情瘪嘴:"好吧,那就明天再求你。"

谢无衍被噎了一下,却发现自己心底并没有火,只有带着几分好

283

笑般的无奈。

好像一直是这样。

从沈挽情来到这里的第一天，传闻中果断狠厉的谢无衍便拿她一点办法都没有。

无论她是在偷懒摸鱼，还是在搞什么神秘计划，谢无衍都束手无策。

他似乎在她面前根本发不出火。

这真是个棘手的问题，谢无衍想不出对策。

或许……

谢无衍看着面前说着心虚话，却一副理直气壮模样的沈挽情，无奈地摇了摇头。

又或许，根本就没有对策呢？

第二世界

01

潼城一中来了个转学生。

转学生叫沈挽情,长得很好看,娇小玲珑,明眸皓齿,皮肤白皙,一看就是娇生惯养长大的女孩子,据说和校花风谣情也有的一拼。沈挽情长得很乖,性格也很乖,遇到故意找刺拦在她身前逗弄她的男生,也从不会发火,软绵绵的看上去很好欺负。像她这样的性格很受男生的欢迎,所以才开学一周,沈挽情就一跃成为同学心中"脾气最佳校友top1"。

高中时期的男生大多喜欢在有好感的女孩子面前开些不太着调的玩笑,多数女生听到后总会红着脸追着人满教室跑。于是这群男生秉承着一贯传统,友好地在沈挽情面前也开始表演。

沈挽情说:"爬开。"

沈挽情的内心想法:谁再和我讲这些没品的笑话,我就开小号去贴吧连载他们的小说。

而男生们的内心想法:她害羞了,她暗恋我。

直到有一天,大家发现沈挽情好像并不是什么纯种的"小白兔"。

原因无他,那个时候的高中生总喜欢拉帮结派和别人在厕所里扯皮,吵得最大声的那个就会被称之为老大。这些老大会带着自己的小弟们偷溜去网吧,不穿校服然后被罚站,蹲在学校门口奶茶店抽烟,接着被教导主任追着跑。但在他们心中,这就是社会,这就是江湖。江湖人一般都离不开情情爱爱,有一天,某位王姓老大掐指一算,觉得自己的小弟们缺一个大嫂。

王老大思索了一下，大嫂得漂亮，这样才有面子。

　　整个年级最漂亮的就是那个转校生沈挽情，于是第二天，他带着自己三五个小弟，气势汹汹地来到了沈挽情的班上。

　　那天风和日丽，他们大大咧咧地将门一推，潇洒地一撩校服，撞开桌椅，一屁股坐在沈挽情面前，居高临下地敲了敲桌子："怎么样，愿不愿意当我的女朋友？"

　　"小白兔"沈挽情抬起头，沉思片刻，掏出纸和笔："既然这样，我们来做个调查问卷吧。"

　　"姓名。"

　　"王铁柱。"王老大虽然不知道为什么但下意识地想要回答。

　　"年龄。"

　　"十七岁。"

　　"身高。"

　　"一米八。"

　　听到这儿，沈挽情抬起头上下打量王铁柱一眼。

　　王铁柱有点心虚。

　　沈挽情："不诚实，扣三分。"

　　王铁柱：怎么还扣分？

　　"成绩。"

　　王铁柱挠挠脑袋，接着自信地说："语文能及格！"

　　沈挽情："扣五分。"

　　于是，沈挽情从"对待学习持有什么样的态度""如果有人偷了你的菜是什么反应"一直到"论如何看待当今经济的发展"进行了为期十五分钟的提问。

　　答到最后，沈挽情看着分数摇了摇头："三十四分，给你加了五分的勇气分，还是没有及格。太可惜了，你不满足我的录取条件，可以考虑一下应聘其他人的男朋友。"

　　王铁柱怒从心中起，一拍桌子："你要我呢？你知道我是谁吗？

你不怕我找你麻烦吗？我告诉你，我是混社会的。要你当我女朋友是给你面子，你居然……"

"这个我不介意啦。"沈挽情乖乖地说，"因为我家很有钱。"

王铁柱沉默了一下。

他身旁的小跟班接话："好像确实很有钱，我听人说她那个书包就不少钱。"

就这样，骄傲的少年在年仅十七岁的时候就领悟到了现实的残酷，于是王铁柱说："好吧，我去再琢磨一下其他岗位。"

由此，沈挽情一战成名。

那个时候潼城一中有三位风云人物。

一位是所有人心中的"高岭之花"纪飞臣，性格看似温柔，对人却始终带着些疏离感。不仅出身豪门，而且自打入学以来，他的成绩就在排行榜第一从未掉下去过。一位是校花风谣情，成绩紧紧追在纪飞臣之后，性格温婉知书达理，琴棋书画样样精通，和纪飞臣家里还是世交。至于最后一位……已经有足足三月没有来学校了。

沈挽情一来，风云人物的数量又往上加了一个。

整个学校暗恋纪飞臣的女生拎出来大概能坐满两个班，但大多是不敢轻易靠近他的。像他这样的人，即使看上去对谁都温温和和的，无形之间还是让人感觉与他之间有一道不可跨越的鸿沟。

"你看你看！"沈挽情的前桌江淑君激动地拽了拽她的袖子，朝前一指，"那就是纪飞臣，怎么样，是不是非常帅？"

纪飞臣。沈挽情一抬头，和那个熟悉的人来了个温情对视。她沉默了一下，准备逃走。纪飞臣皱了皱眉，朝着她的方向迈步走了过来，然后一把握住了正准备偷溜的沈挽情的胳膊，将她提溜了回来。原本这位风云人物就惹人注意，这么莫名其妙地一出，让周围的热心同学迅速开启了"吃瓜"模式。

什么？"高岭之花"居然对一个转校生一见钟情，卑微地握住她的胳膊挽留她？

"中午一起吃饭。"纪飞臣说,"不许躲着我。"

哇。好霸道,好不一般。

江淑君惊讶地捂住嘴:天哪天哪!

乖巧小白兔 × 禁欲高岭之花

磕到了!

"不。"沈挽情拒绝,顺带抽出手拉过江淑君当挡箭牌,"我要和我最好的闺蜜江淑君一起共享午餐,你得往后排队。"

江淑君:我怎么不知道我是你最好的闺蜜?

纪飞臣声音微沉:"听话。"

听话?多么言简意赅的两个字。不容置疑而又带有占有欲的情绪,难道说……"高岭之花"要强取豪夺?江淑君又磕到了——虐恋。

"我不听话。"沈挽情理直气壮,"我十七岁了,我现在是青春期,比较叛逆。"

说完,沈挽情就拉着江淑君扬长而去,留下一个潇洒而又让众人艳羡的背影。

在校园论坛的描述中,是这样一幅画面——

　　纪飞臣望着她的背影,心情久久不能平静。他攥紧拳头,双目通红,原本的"高岭之花"此刻尽显狼狈。他心想,自己一定会得到她。

　　终有一日,会将她狠狠按在墙上,红着眼对她说:"看你还往哪里逃?"

　　　　　　　　　——《虐恋情深:纯情转校生你别逃》

沈挽情对这一切一无所知。

她没有开玩笑。

她是真的青春期叛逆。

她和纪飞臣是亲兄妹,比他小一岁。沈挽情很苦恼,因为爸妈是女儿奴，哥哥还是个妹控。从初中的时候纪飞臣就紧紧把她带在身边，生怕有人给自己的妹妹递情书。

但是纪飞臣从小到大都很受女生欢迎，不知道沈挽情是他妹妹的人天天在背后编八卦议论她，知道沈挽情是他妹妹的总是会跑过来讨好她，拉着她装好闺蜜，其实就是为了偶遇纪飞臣。当够工具人的沈挽情一叛逆，报了个离家远的高中，但叛逆还不到一年，就被爱女心切的家人接了回来。回到家的沈挽情对纪飞臣说："我现在是青春期，青春期的小姑娘都是不听哥哥话的，所以我们要在学校装不认识，不然我就闹离家出走。"

纪飞臣："我就比你大一岁，我也是青春期。"

两人就此谈崩。

所以沈挽情这些天总是躲着纪飞臣，没想到还是被抓了个正着。

叛逆的沈挽情非常苦恼，一苦恼就喜欢搞些娱乐活动，但学校里不准玩手机，思来想去，她买了一副飞行棋，拉上前后左右的人一起进行这项紧张刺激的活动。

飞行棋的棋盘很大，反正没有同桌，于是沈挽情非常嚣张地将棋盘铺了两张桌子。飞行棋，非常有趣的桌游。每天下课大家排着队参加快乐地飞行棋大赛，顺带聊聊八卦，沈挽情从八卦达人江淑君口中知道了无数有趣的故事，比如说——

"王铁柱和隔壁班的张小芳在一起了，听说张小芳对王铁柱追过你这件事耿耿于怀，你要小心她找你麻烦。"

"王铁柱是谁？"

……

"原本大家都说纪飞臣对风谣情爱而不得，听说他经常站在舞蹈室门口从那扇窗户里故作无意地看风谣情跳舞，却对别人说只是'路过'。"

"哇哦。"

"听说有小混混骚扰风谣情，纪飞臣还勇敢地和他们打架，保护她。这是纪飞臣第一次对人动手……"

"哇。"

"但他现在……好像对其他人心有所属。"

什么？

沈挽情愤怒了："那人是谁？"

江淑君死活不说，只是幽幽叹气，换了个话题。

"你知道吗，我们学校还有一位绝对不能招惹的人。"江淑君说到这儿，刻意压低声音，"那人还是我们班的，听人说他是因为和外面的人打架才休学了三个月。这人家世不一般，就连纪飞臣也有三分顾忌，为人恣意张扬，无法无天，简直就是个混世魔头……"

"提问。"一道懒洋洋的男声在几人身旁响起，"这个位子是谁的？"

江淑君背后一僵。

沈挽情毫无察觉，追问着："然后呢然后呢，混世魔头被打断腿了吗？"

没人回答她的问题，周围一片寂静，所有人连飞行棋都不下了。他们僵直后背，放下手中的东西，纷纷作鸟兽散。只剩好奇的沈挽情和一脸想死的江淑君。

沈挽情不知道发生了什么，还在继续追问："然后呢为什么不说话然后呢然后呢？"

吱呀——有人坐在了她身旁的空位上，沈挽情转头，对上一旁男生的视线。男生将手搭在椅背上，宽大的校服随意地披散在肩上，他将头枕在椅背上，露出一截雪白的脖颈。他抬手揉了揉脖子，姿态慵懒随意。他皱着眉轻轻提起飞行棋的棋盘："我说，你们觉得这空位的主人看见这堆东西会不会生气啊？"

江淑君不敢吭声。

沈挽情说："不会吧，那人这么小气？"

江淑君双膝发软。

男生停顿了下，接着突地轻笑，点了点头，松开手，偏头看着沈挽情："新来的？"

沈挽情伸出手："您好您好，我叫沈挽情。"

"谢无衍。"他干脆地自报家门，转过身握住她的手，特地俯下身迁就她的身高，盯着她的眼睛温温柔柔地说，"以后还得多关照了。"

沈挽情："太客气啦。"

江淑君拼命咳嗽。

沈挽情会意，把自己抽屉里的牛奶递给她："想喝水？好吧给你，我只剩一盒了。"

江淑君没接，谢无衍却先笑了起来。

过了一会儿，他好似想起什么，笑着又问了一遍："怎么不回答我？这位子上坐的人应该是谁？"

这人好奇怪，总问这个干什么，而且好像之前没见过他，串班的？也不对啊，怎么江淑君一副鹌鹑的样子？

江淑君："哎呀，想去厕所。"

沈挽情：等等，发现不对。

果然，谢无衍的目光又落到了她的身上，他笑了："是啊，这个位子的主人是谁呢？"

为什么听出了威胁。沈挽情左看看，右看看，心里有一个大胆的猜想，难道说……她用探究的目光看向江淑君，进行无声的询问。江淑君痛苦地点了点头。沈挽情深吸一口气。完蛋了。在那一分钟里，她想了很多。根据她熟读小说的经验，甚至想到了自己多年之后在阴险男主角谢无衍的报复下家破人亡流落街头的残忍画面。

不行。她要挽救这一切。

"既然你这么问。"沈挽情说，"根据我的分析，应该是个酷哥。"

男生大笑了起来，笑得连胸腔都在稍震，笑够了之后才直起身，用手撑着下巴："是个被打断腿的混世魔王。"

"哇。"沈挽情尽力配合，"好厉害咧。

"一听就知道，这人肯定很桀骜不驯。

"充满江湖气息。

291

"少年就应该这么肆意张扬!"

"吾辈楷模!值得人深深敬仰!"

"我明白了,我没有转过来的这一年里错过了怎样一个惊艳的少年。如果上天给我一次机会,我一定会去年就转来,只为能够在这样一个不平凡的人身边多待一会儿。"

这下轮到谢无衍沉默了。

谢无衍原本只是想吓唬她一下,没想到人没吓到,自己反倒先沉默了。他试图打断她这一段慷慨激昂的发言:"够了……"

"不够,这怎么能够了?"沈挽情根本不给谢无衍插话的机会,"你不懂,我是多么渴望见到这么一个充满斗志的人,他一定是在人群中能够闪闪发光的一个人!"

闪闪发光的谢无衍说:"停……"

"不,我不停。除非他原谅我们刚刚偷偷说他坏话并且在他的座位上玩飞行棋。"

良久的沉默。

教室里一片安静,谢无衍和沈挽情四目相对。

谢无衍:你干脆指名道姓算了。

"我说……"谢无衍按了按突突跳动的太阳穴,"你刚才那话是什么意……"

"不,我不想听你说。"沈挽情见情况不对,立刻再次打断,她看着谢无衍的眼睛,情真意切,"我在夸奖我同桌的时候不允许别人插话,你不懂他给我造成了多么大的影响,他……"

"我原谅你们了。"谢无衍咬牙切齿。

"好欸。"沈挽情长舒一口气,转过头拿起下节课要用的书本,坐得端端正正。只剩下谢无衍觉得浑身不对劲,他安静许久终于忍无可忍:"你是新来的?你到底……"

"嘘。"沈挽情乖乖巧巧地说,"马上上课了,我是好学生,我上课不讲话的欸。"

02

谢无衍不喜欢意外。

他的父母在他很小的时候就离婚了，两个人都不想带孩子，就把他甩在高级公寓里托付给保姆照顾，每个月打进来一大笔钱，偶尔想起来自己还有个儿子时在微信上不痛不痒地关心几句。谢无衍的父亲不在意他上了几节课、惹了什么事，因为对于谢家来说，一切都能用钱解决。

他们什么都给谢无衍，好像又什么都不给谢无衍。

沈挽情回到家被纪飞臣抓了个正着，跟个鹌鹑似的站在自家哥哥面前被批评，风谣情端着杯牛奶在旁边笑眯眯地看戏。

"以后放学和我们一起回来，自己走回来像什么话？你知道现在有多么不安全吗？"纪飞臣说。

沈挽情表示抗议。上学最快乐的事情就是放学之后和同学一起绕路聊天，如果和纪飞臣回来，那四舍五入相当于在路上加了一节课后问答。于是沈挽情说："不用了，我和我的朋友一起回家。"

"一起回家？你们班上那些同学我都调查过了，和你顺路的那几个人家离学校都很近，他们都回家之后，你自己还得走十多分钟的路才能到家。"纪飞臣冷着一张脸，"十分钟，你知道能做些什么吗？完全足够一个穷凶极恶的劫匪把你绑架然后撕票。"

沈挽情沉默了——可恶的妹控。她求助地看向风谣情。

风谣情耸耸肩："我可没办法哦，你也知道我和你哥哥一直都很狼狈为奸。"

纪飞臣："这个词不是这么用的。"

风谣情笑着吐了下舌头，沈挽情窒息了——绝对，不能，和这两人一起回家。

"我还是和同学一起走吧,这样能尽快融入新班级。"沈挽情绞尽脑汁,试图从自己的记忆里搜出一个和她顺路的熟人。她家住的小区房价不菲,好像确实没有顺路的。不对,她今天在小区门口明明看见了那个人。

沈挽情不管三七二十一,说道:"比如说谢无衍,我和他关系可好了,好得跟异父异母的兄妹一样。他非要送我回家,我不能拒绝一个如此热情且善良的人。"

此话一出,纪飞臣和风谣情双双沉默了。他们像是见了鬼一样盯着沈挽情,安静许久之后,纪飞臣终于开了口:"谢无衍?你确定是这个人吗?"

"是的。"

纪飞臣沉默许久,然后冷笑一声:"巧了。"

半小时后,沈挽情站在谢无衍公寓的大门前,陷入沉思。

"行啊,刚好妈让我给他家送件礼物来巩固一下这段时间的合作友谊,我和谢无衍一直都不对付,不想看他那张脸。既然你和他那么熟,不如就你去吧。"纪飞臣是这么和她说的。

其实事后风谣情问过纪飞臣:"你就不担心挽情说的是实话?她这么招人喜欢,没准谢无衍是真的和她关系挺好的呢。"

"不可能。"纪飞臣斩钉截铁地说,"谢无衍这个人平日里看着吊儿郎当,总是一副生不着气的模样,但内心冷淡薄情得很。当年他母亲离世也没见他掉一滴眼泪。从小围在他身边活泼可爱的姑娘多的是,他哪次不是看上去笑眯眯的,但在背地里捉弄人的事情可没少干。"

怎么说呢,纪飞臣觉得,谢无衍是个不能被看轻的人,无论看上去他是怎么样一副笑眯眯的友好模样,剥开皮肉后那颗心脏是乌黑的。让挽情得到点教训也好,免得她从小被宠坏,也不知道提防着人。

而此刻的沈挽情内心是崩溃的。

搬起石头砸自己的脚。

沈挽情想起今天刚刚得罪谢无衍的经过,试图挣扎:"突然肚子疼。"

"行,那今天的冰激凌抹茶蛋糕你别吃了。"

"我去。"

于是,沈挽情抱着礼物盒子,站在这陌生的大门前来回踱步,思索着对策。要不然把礼物丢在这里就跑?但万一谢无衍以为是垃圾把盒子随手丢了该怎么办?看来还得再在上面写个便条,但是万一谢无衍和他爸妈说这件事,他们会不会觉得自己很没礼貌,然后一生气就取消了合作?不行不行,绝对不行。就在沈挽情转第四十七圈的时候,门打开了,谢无衍穿着宽大的T恤,一脸不耐烦地靠在门框,拧着眉看着她。

沈挽情:"好巧。"

"不巧,我家门口有监控,提示我门外有人逗留。"谢无衍说,"我以为是没有脑子的小偷在撬门锁,结果打开监控就看着你在这儿来回转了四十七圈。"

可恶。忘记大门有监控这回事了。

沈挽情和谢无衍尴尬对视。不知道为什么,她不太敢看谢无衍那双含笑的眼眸。虽然他看上去在冲自己笑,但沈挽情总觉得他跟只猫似的拿着奶酪笑眯眯地冲角落里的耗子招手。

耗子吃猫奶,自己的命运自己改。

俗话说得好,伸手不打笑脸人,更何况她还带着礼物。

"你好谢同学。"沈挽情挺直腰板,将手中的礼盒递了出去,"这是我们家送给你的礼物。"

"为什么送我礼物?"谢无衍将头懒洋洋地靠在门边,弯起眼睛看她。

这可把沈挽情问住了。

之前出门的时候纪飞臣好像和她简单提了一下,大概是什么……"合作""对接""持续发展可行性"之类的,但老实说这种类型的词语沈挽情一个都记不住,于是她简单地概括了一下:"应该是为了表达合作愉快,祝你身体健康,以后多多关照的意思。"

295

"哦。"谢无衍拖长尾音，侧了侧身，"那你进来吧。"

什么？不是把礼物放下就走吗？不知道为什么，沈挽情总觉得谢无衍身后是龙潭虎穴，而且他这人看面相就不是那种平易近人的人，进他的公寓不亚于王者峡谷里的小乔走进了兰陵王的秘密基地。

"不好吧。"

"怕我？"谢无衍笑了声，"看来你也不是很诚实啊，今儿早不是还说，深深地敬仰着我吗？"

沈挽情：所以说这人绝对是在记仇！

但沈挽情脸不红心不跳地继续撒谎："你不懂我这人，我敬仰的人一定要是天上遥不可及的月亮，我不舍得让他堕入凡尘。"

这句话出自沈挽情小学三年级的网上个性签名。

"而且万一被人知道了，你的名声就会被毁掉了。"沈挽情痛苦地捂住脸，"我不能因为我的自私毁掉你一辈子。"

老实说，开门前谢无衍的心情的确很不好。父亲刚刚打了通电话，电话时长十四分钟，挂了电话后谢无衍随手将手机丢在一边，面无表情地拆了根糖咬在嘴里继续拿起手柄打游戏。屋内没有开灯，投影墙的光一闪一闪的，照亮谢无衍的脸庞。糖是柠檬味的，紧紧贴在口腔内壁，酸得舌根都在发麻。就在这时，监控的警报声"嘀嘀嘀"开始提示。

谢无衍抬起头看着监控上那个晃悠来晃悠去的小姑娘，想起了刚才电话里父亲交代的话："纪氏那边等会儿会叫人送点心来给你，你好好招待一下人家。你身为我们家的继承人，少不了这些关系。"

他站在监视器前，冷淡地看着沈挽情那张漂亮的小脸露出一脸纠结的表情。这么让你痛苦吗？谢无衍忽地低笑了声。谁都一样，对吧？大家都警惕着自己这只洪水猛兽，有人想用金钱打动他，也有人可笑地觉得会用爱感化他。他不需要这些东西，从来都不需要。

看着眼前的沈挽情，谢无衍忽然就懒得再逗她了，伸出手："东西给我。"

"好的。"沈挽情如获大赦，终于把手中沉甸甸的东西交到谢无衍手上。

"可惜了，这东西应该是那位甜点名厨做的点心，本来想让你也尝尝的。"谢无衍将东西随手放在旁边的柜子上，握住门把手，眸中笑意收敛，"看来你没空，那不如就下次……"

话音未落，沈挽情从谢无衍的胳膊下钻了过去，挤进了他家的门。

"你放心，我沈挽情永远不会辜负别人的好意。"沈挽情拍了拍自己的胸脯，"我们是现在就开始吃吗？"

谢无衍沉默了。这下谢无衍是真的沉默了。

沈挽情在听到"点心"两个字的时候，就已经做出了选择，因为她是美食的奴隶。世界上唯一能让她勇敢无畏的，就是香草味的甜点。

谢无衍和沈挽情对视，看着她坚毅又勇敢的眼神，忽然就陷入了对人类的质疑。有人因为他的家世靠近他，有人因为他的钱靠近他，也有人单纯因为觉得他长得好看靠近他，但他不能接受有人是因为巧克力蛋糕靠近他。

谢无衍突然就不想捉弄沈挽情了，说："出去。"

五分钟后——

沈挽情拿着叉子坐在蛋糕前："盘子呢盘子呢盘子呢盘子呢？我要吃椰蓉那一块的、香草那一块的和巧克力那块的，草莓夹心的我不吃，我不爱吃草莓。"

谢无衍端着一堆盘子从厨房里走出来，看着理直气壮坐在餐桌旁偷摸吃点心上樱桃的沈挽情，陷入了沉思。

五分钟前，谢无衍让沈挽情出去。

沈挽情说："现在后悔已经晚了，我不讲道理。"

不对劲？

你是校霸还是我是校霸，你是反派还是我是反派？

然后从那天开始，谢无衍隔三岔五就能在门口抓到沈挽情。

因为沈挽情发现，如果自己向老爸提出"我想吃大师做的甜点"，自己的父亲就会说"你知道排号定制要等多久吗"，但如果沈挽情说"谢无衍和我说想吃大师做的甜点"，第二天就能够得到一个完整的点心礼盒。于是沈挽情几乎保持着每周两次的频率出现在谢无衍的家门口，谢无衍一开门她就挤进去非常自觉地坐在旁边等着谢无衍上盘子。

这无疑是谢无衍人生中屈指可数的难题。

他不能将人赶出去。

因为他百分之百地确定，按照沈挽情这种睚眦必报的古怪性格，她肯定会在自己父亲面前一哭二闹三告状。谢无衍不怕自己的父亲，但是那些唠叨比让一个小姑娘在自己家里大吃大喝要麻烦很多。

沈挽情边吃边哽咽："谢谢你不揭穿我，我之前看错你了，你是这个世界上最大的好人。"

谢无衍：我也看错你了。

谢无衍：你是这个世界上最大的恶人。

但是就这么猝不及防地，沈挽情带着点心，理直气壮地挤进了谢无衍的生活。

她嫌弃谢无衍家的盘子不好看，第二天就带来了一大堆图案可爱、造型千奇百怪的动物盘子。那些五颜六色的盘子就这么霸占了谢无衍家黑、白、灰配色的厨房。

她忍受不了吃蛋糕的时候看着谢无衍一个人打游戏，心痒痒也想玩，但是谢无衍居然只有一个游戏手柄。于是第二天她哼哧哼哧地搬过来一摞游戏手柄，在吃饱喝足后窝在沙发上和谢无衍联机打游戏，但因为打得太菜输得哭唧唧地回家了。

她觉得谢无衍家没有什么零食，甜口的东西吃太多会很腻，打游戏的时候不吃点小零嘴又会很无聊，于是第二天辛辛苦苦提着一大袋零食和饮料，有气无力地趴在谢无衍家的门口，半死不活抬起手按门铃，对他说："我想撸猫，我爸不让养猫。"

谢无衍："拒绝。"

于是沈挽情开始抹眼泪假哭,说自己每天风雨无阻就为了给谢无衍送东西,把一颗真心都交给了他,而现在就这么一个小小的要求都不能被满足。说着,她就哭唧唧地要收回自己带来的一切东西,包括谢无衍脖子上那个库洛米的颈枕,和他阳台上那堆拥有小天使翅膀的奇怪衣架。

谢无衍在沈挽情伸手要摘掉自己颈枕的时候,终于不耐烦地开口:"行行行。"

于是第二天,沈挽情抱着一只乳色矮脚小猫站在了谢无衍门口。

她说这只小猫被取名叫"狗蛋",贱名好养活。

"蛋蛋。"沈挽情逗猫,指着自己说,"叫妈妈。"然后又指着谢无衍说,"叫哥哥。"

谢无衍沉默三秒,将沈挽情赶出门。

狗蛋完全不理解这两个"两脚兽"在吵些什么,它想吃猫条,于是"喵喵"叫着去蹭谢无衍的手,翻起肚皮冲着他撒娇。

没皮没脸,谢无衍弹了下狗蛋的额头,心想:怎么那个聒噪的小姑娘养的猫都和她一模一样?

但他还是认命地拆开猫条,谨慎地搜了下网络上对这个品牌的测评,再喂到小猫的口中。

猫咪闹了一会儿,趴在猫抓板上睡着了。

谢无衍环顾一圈,原本只有黑、白、灰的公寓里,现在堆满了五颜六色的东西,玄关处的大门上挂着一个小黑板,黑板上写着本周要玩的游戏。

这是沈挽情写的,她说因为在家里时自己的哥哥会天天守着她好好学习,所以要偷偷跑到这里来一次性全玩完。但她游戏水平烂得要死,本来计划一周通关三个,现在变成玩三周才能通关。

沈挽情很会耍赖,每次被 NPC[①]揍得走不出新手村时,就会气急败

---

① 非玩家角色,指电子游戏中不受真人玩家控制的角色。

坏地将手中的手柄塞到谢无衍手上，狗仗人势地在旁边跺着脚叫嚣。

真的，非常吵。

但谢无衍总是认命地帮她打通关，她欢呼一声，掏出手机对着大大的通关界面拍张自拍，然后心满意足地发朋友圈，并配文："轻松拿捏。"就这样，等谢无衍回过神来回头看的时候，发现自己的生活里，已经挤满了沈挽情。

他忽然无所适从。

他不喜欢意外。

但沈挽情从来都不是能被人抓在手里的东西，她风风火火地闯进他的世界，就像拿着喷漆将原本黑洞洞的地方喷得五颜六色的，但又随时可能风风火火地离开。谢无衍想起，沈挽情是为了一枚点心，才闯进自己的世界的，所以等她吃腻了这些，又随时可能离开。

这么想着，谢无衍突然想解决掉这个意外了。对他来说，让沈挽情从自己身边消失有许多办法，他只需要在下一次宴会上找到她的父亲，随随便便说几句话，她就再也不会出现在自己眼中。但他发现自己做不到。他唯一能做到的，是假装自己不在家，任由沈挽情在门外按门铃。所以那天，他戴上耳机，拔掉了门铃的插头。

小猫在他身边蹭来蹭去，屏幕上的技能特效闪烁着，令人目不暇接。谢无衍输了很多次，一局又一局，直到手柄都被捏得微微发烫。他心想，沈挽情肯定走了，她向来是个没耐心的人。但当谢无衍站起身，目光瞥过监控时，却突然愣住。沈挽情还在那儿，抱着什么东西，蹲在门口，委屈地缩成小小的一点，脑袋一点一点的，好像是在犯困。谢无衍曾告诉过自己许多次，这一次要彻底地将沈挽情关在门外，却无法控制地快步走向玄关处，拉开了门。听到开门声，沈挽情扬起那张小脸，冲他笑了起来："生日快乐，我来给你送蛋糕啦。"

"因为是你的生日，所以这次我特地准备了你喜欢的味道。"沈挽情邀功似的递出手里的东西，"我为了你放弃了香草味哦。"

输给她了。谢无衍这么想。

在那一瞬间，谢无衍突然希望沈挽情是因为想要利用自己才来到自己身边。因为如果是这样的话，他还能够想办法让自己变成一个有利用价值的人，她或许也会待在自己身边更久一点。但沈挽情要的东西太单纯，单纯到谢无衍找不到一个可以将她永远永远锁在自己身边的机会，所以，只能输给她了。

谢无衍从来不是一个光明磊落的人，完全可以用尽手段留下自己想要的东西，但不能这么对沈挽情。因为她本身就是鲜活的，需要活在五颜六色的房间里和拉开窗帘的阳光下。

他不忍心。

03

校霸克星。

学校里的人都这么称呼沈挽情。

学校每周都会在每个班里选出几个人站在大门口执勤，专门登记那些衣冠不整、不穿校服，或者染发、文身的不良少年。老实说，这样的活儿一般大家都是睁一只眼闭一只眼。毕竟都是学生，宁可被老师骂几句，都不想招惹那些没事就蹲在校门口的校霸——除了沈挽情。

只有沈挽情敢在执勤的时候，揪着路过的黄头发不良少年，勒令他半天内染回黑色，还要他剪掉小指的长指甲。

黄头发少年气急败坏道："头发染黑就算了，为什么指甲也要剪？"

沈挽情说："这周我执勤，我不讲道理。"

不良少年真的是从没见过这么不讲道理的风纪委员，气得够呛，撸起袖子就想给面前这个不知天高地厚的小丫头一个教训，但是校服还没挽到胳膊肘，沈挽情身后站着的谢无衍就动了。他原本靠着校门，忽然就直起了身，若无其事地拍了拍肩头的灰，平淡地看了他一眼。不良少年瞬间蔫了菜，忍痛剪掉自己的长指甲，哭丧着一张脸去找理发店染头。

关校门的时间差不多到了,谢无衍单肩背着书包,从沈挽情面前走过。

旁边的其他人窃窃私语——

"你发现了吗,这几天谢无衍怎么来得这么早?而且也不进校门,就在旁边站着。"

"堵人吧?看来谁要摊上大麻烦了。"

而就在这时,沈挽情伸手拽住了谢无衍的背包带。

四周的人倒吸一口冷气。

谢无衍转过头看她,皱起眉头,一脸"你又来了"的无奈表情:"做什么?"

"马上要关校门了,我走不开。"沈挽情理直气壮道,"可是我想喝四季奶青,半糖加椰果啵啵。"

然后大家就眼睁睁地看着谢无衍转过身,老老实实地排在了长龙般的买奶茶队伍后面。

排在谢无衍之前的人频频转身,难以置信地看着他顶着一张臭脸,却低着头在手机备忘录里输着沈挽情刚才那一长串要求。

沈挽情站在校门口朝他大喊:"差点忘了,我要多冰!"

谢无衍木着一张脸对店员说:"常温。"

于是接下来的一整个早上,沈挽情边喝着奶茶边委屈道:"我想喝冰的我想喝冰的我想喝冰的。"

谢无衍:"再吵今晚别来我家。"

沈挽情立刻鸦雀无声。

一开始坐在前面的江淑君听到二人的对话,还会吓得掐自己人中,以为自己还没睡醒,但时间一长,她就已经习惯了谢无衍这位大魔王和沈挽情这朵虚假"小白花"之间诡异而又和谐的相处方式。

但江淑君唯一担心的,是学校里的另一位风云人物——纪飞臣。

纪飞臣看上去很在意沈挽情,万一有一天发现沈挽情和谢无衍之间的关系,那么学校里会不会发生一场血雨腥风?

这一天很快就来了。

那天，风和日丽，学校的食堂里，江淑君坐在沈挽情的旁边，沈挽情坐在谢无衍的对面。沈挽情正把自己碗里的胡萝卜丝全都偷偷摸摸夹到谢无衍的碗里，然后眼巴巴地等着谢无衍把他碗里的炒猪肝分给自己。就在这个时候，纪飞臣和风谣情端着盘子在二人身边坐下了。江淑君吓了一跳，饭都不敢吃一口，睁大眼睛，生怕错过了这场好戏。果然，纪飞臣的脸色非常难看，目光落在谢无衍脸上："你就是这样对她的？"

江淑君：哇！先发制人。

然后纪飞臣又看向沈挽情："我不盯着你的时候，你就做出这样的事情？"

江淑君：哇！正主质问？

而这个时候，一旁的风谣情终于开口了："你真是的，挽情挑食而已，又不是什么大问题，对自己妹妹这么凶做什么？"

妹妹？妹妹！

沈挽情附和："就是就是。"

"你还顶嘴？"纪飞臣没好气道，"娇生惯养也就算了，还有一堆坏毛病，以后还有谁敢要你。"

明明是一句玩笑，沈挽情却认真考虑起来，在心底列好一堆人选，挨个儿排除了一串之后，将目标锁定在谢无衍身上。

她郑重其事地看着谢无衍："如果……"

谢无衍撑着下巴逗她："成啊，但你得先吃完胡萝卜。"

沈挽情痛苦地呜咽一声，然后开始认命地扒拉着胡萝卜丝。

饭桌上其乐融融，除了被迫吃胡萝卜的沈挽情和神情骤变的纪飞臣。纪飞臣转头看向谢无衍，谢无衍感觉到视线，偏头看他。两人一句话没说，但莫名有股诡异的气氛在流动。

完了。"吃瓜"群众江淑君捧起饭碗。

两人之间的战争开始了。

04

　　大学毕业后的第二年，沈挽情窝在自己租的小公寓里追剧。

　　谢无衍出国三年了。

　　他们俩共同养的那只猫也被带去了国外，成了一只"洋猫"。

　　谢无衍回国后是要继承谢氏集团的，这三年，他的名声越来越大，在商业版图上和纪飞臣分庭抗礼，不相上下。

　　沈挽情的父亲最近天天催她和一些富家公子搞好关系，门当户对的人很多，如果随随便便和谁在一起，对两家来说都是有利无弊。其实沈挽情对这些看得很开，养尊处优这么久，她无论到哪儿都是有人撑腰的千金大小姐。

　　不过纪飞臣和风谣情将她护得死死的，商业上的事情他们都扛了下来，只要沈挽情平安喜乐，过自己想过的生活就好，不需要去参与商场的钩心斗角。

　　沈挽情躺着躺着，有些犯困，然后突然听到门口传来小猫的叫声。她一下子来了精神，一个鲤鱼打挺从沙发上跳了起来。难道说她也要捡猫了？

　　沈挽情打开门，门口的走廊上堆满大包小包的东西，搬家公司的员工将那些一看就价值不菲的家具往里面挪。她的门前放着一个猫包，小猫在里面喵喵叫着。沈挽情蹲下身——乳色，矮脚，眉心有一撮小白毛。

　　"好巧啊狗蛋，遇到遗弃你的可恶妈妈了？"

　　那熟悉的声音，慵懒，并且欠揍。

　　沈挽情抬起头，看见谢无衍靠在门边，插着手看她，眼里带着点笑："现在想认回你儿子，已经晚了。"

　　好久不见——沈挽情想这么打声招呼，但还是没忍住情绪，张开双臂扑进谢无衍怀里，委屈地拿脑袋蹭着他的肩窝。

谢无衍愣了下。

他的确想过要戏弄一下这个当年都没来送自己离开的没良心的小浑蛋，但看她这么委屈，忽然就消了气，下意识地想要安抚她。

"怎么了？"谢无衍问。

"太好了。"沈挽情哭得上气不接下气，"你没失忆。"

这是哪里来的谣言？很快，谣言制造者就被找到了。纪飞臣坐在主座上，接受着另外三个人的审判。风谣情难以置信地说："我真不能相信你居然骗挽情，说谢无衍车祸失忆了。"

老实说，纪飞臣很冤。他的确和谢无衍不对付，在发觉这小子对自己妹妹有想法之后，像所有妹控的哥哥一样，开始看谢无衍不顺眼。谢无衍三年前出国，谢氏集团与纪氏集团合作关系破裂，两家少不了明争暗斗。谢父原本就是个利欲熏心的人，知道自己儿子对沈挽情有别的心思，就更不能让他因为这个绊脚石而毁掉家业。谢无衍知道父亲的秉性，所以在夺权之前也耐着性子，不给他将注意力放在沈挽情身上的机会。保护沈挽情，这一点谢无衍和纪飞臣倒是前所未有地默契。所以在沈挽情不知道第多少次想偷偷从纪飞臣这里打探消息时，纪飞臣想绝情一点说些狠话，于是说："你还总想着他，他早就把你忘了。"

"不可能吧。"沈挽情说，"谢无衍记性很好的，除非是出车祸失忆了。"

"你就当他车祸失忆了吧。"纪飞臣说。

以上为谣言全过程。

纪飞臣也很崩溃："谁知道她这么相信我说的话。"

"我一直都很相信你的，哥哥。"沈挽情委屈地抹眼泪，"为什么不对我说真话呢？你们总是瞒着我，但这样我会很难受的。"

纪飞臣瞬间就发不起脾气，突然有些责怪自己，于是耐心去哄沈挽情："抱歉，我们应该对你坦诚，原谅哥哥好不好，你有什么要求随便提。"

"真的吗？"沈挽情立刻不哭了，指着谢无衍说，"我要和他一起养小猫，还要天天去他家打游戏。"

纪飞臣："不行。"

05

防火防盗防谢无衍，这是纪飞臣这么多年来的经验之谈。谢无衍以雷厉风行的手段接管谢氏集团，谢氏集团和纪氏集团之间僵硬数年的关系也逐渐破冰。许多宴会上，纪飞臣都会和谢无衍相遇，觥筹交错之际，少不了阿谀奉承。

有人说："谢公子真是一表人才，年纪轻轻就有如此成绩，真不知道什么样的人才能配得上你啊。"

谢无衍看向纪飞臣："听说纪少董有个妹妹？"

纪飞臣臭着一张脸："我没有妹妹。"

这样的情况屡见不鲜——

"纪、谢两家的合作令双方的事业都更上一层楼，两家冰释前嫌真是一个极为正确的决定，不知道是谁先有此想法的呢？"

谢无衍："这要从纪飞臣的妹妹说起。"

纪飞臣："我没有妹妹。"

直到最后——

"哈哈，二位请看今晚的月色，是不是别有一番风情？"

谢无衍："嗯，我想纪少董的妹妹应该也会很喜欢。"

纪飞臣："我没有妹妹！"

就这样，谢无衍回国还没多久，全世界都知道他对纪飞臣的妹妹有兴趣。

纪父当然是举双手赞成。沈挽情和谢无衍年少时就认识，加上虽然他不喜欢谢父那人的性子，但如果谢氏集团是谢无衍当家，沈挽情和他在一起必定不会受任何委屈，怎么看都是一桩美事。只有纪飞臣气急败坏。

直到风谣情问纪飞臣:"你这么不喜欢谢无衍,是因为你发现沈挽情也在全心全意地注视着他吧?"

其实沈挽情一直都是个讨人喜欢的姑娘。

从小到大追沈挽情的人不计其数,但纪飞臣从来没对谁像对谢无衍这样提防。一开始风谣情纯当二人是在吵着玩,但后来风谣情发现,像纪飞臣这么聪明的人一早就看得出来,谢无衍是真的喜欢沈挽情。一直黏在自己身后喊"哥哥"的小姑娘要被人抢走了,所以他才会那么不满谢无衍的存在,对谢无衍百般挑剔。

谢无衍和纪飞臣之间的矛盾持续了很久,一直到某一天,两人结束同场宴会,开着车一前一后来到同一个小区。

谢无衍是回家,纪飞臣是来找沈挽情。

纪飞臣按了半天门铃,没人开门。

谢无衍做了个噤声的手势:"再按下去会吵醒她。"

纪飞臣想怼谢无衍几句,但觉得他说得有道理,所以忍了下来。谢无衍打开自己公寓的门,朝里面望了一眼,眼神瞬间变得温柔起来。

"在我这儿。"他说。

纪飞臣往谢无衍公寓里一看,果然看见沈挽情盖着一条毛毯睡在沙发上,手里还握着游戏手柄,眉头微微皱起,看上去睡得很不安稳。小猫趴在她身上,发出微弱的呼噜声。纪飞臣刚准备发火,却被谢无衍拦住。谢无衍脱掉外衣搭在一旁,径直走向厨房倒了杯热牛奶,然后轻轻走到沈挽情的旁边,揪起小猫的后颈,将它从沈挽情身上挪开。他扶着沈挽情的后背,将热牛奶喂给她,直到看着她紧皱的眉头舒展开来,才轻手轻脚地扶着她躺下。

谢无衍站起身,拿起一旁的外衣,对纪飞臣说:"别折腾她了,我出去住,钥匙放在玄关,她睡醒之后记得给她倒杯温水。"

纪飞臣没有说话。

他看着谢无衍走出去,轻轻将门带上。

站在安静的玄关处,纪飞臣看着安稳睡在沙发上的沈挽情,忽然在这一刻,放下了所有的芥蒂。

可以放下心了吧?

虽然有那么一点不舍得,也有那么一点不情愿,但还是幸运的。

自己这个娇生惯养长大的妹妹,那么早就遇见了会为她卸下所有的棱角,将最柔软的地方交予她的那个人。